Christoph Wortberg
Manfred Theisen

DER GEIST DER BÜCHER

Christoph Wortberg
Manfred Theisen

DER
GEIST
DER
BÜCHER

Roman

List

List ist ein Verlag
der Ullstein Buchverlage GmbH

ISBN 978-3-471-78948-3

Umschlaggestaltung: Stefan Hilden, HildenDesign, München
Umschlagmotiv: Iacopo Bruno, Mailand
Illustration Vorsatz: Iacopo Bruno, Mailand
Gesetzt aus der Adobe Garamond bei
Pinkuin Satz und Datenverarbeitung, Berlin
Druck und Bindung: Clausen & Bosse, Leck

Ullstein Verlag, Berlin
www.ullstein-verlag.de

1

La corrida – der Stierkampf, el toro – der Stier, el matador – der Stiertöter … Ben versuchte zu frühstücken und gleichzeitig Spanischvokabeln zu lernen, als ihn ein Klingeln zusammenzucken ließ. Glocke Nummer drei hatte angeschlagen – die Bibliothek. Er blickte hinüber zu dem Kasten aus Eichenholz. Die Anlage bestand aus einem ausgeklügelten System von Schnüren und Drähten, die hier in der Küche zusammenliefen.

»Vergiss es, Tantchen. No chance!«

Es klingelte erneut. Lynn war ein verflucht zäher Knochen. Immer sollte er nach ihrer Pfeife tanzen. Aber damit war jetzt Schluss! Er schob sich einen Löffel Cornflakes in den Mund und biss zu. Wenn er laut genug kaute, konnte er das nervtötende Klingeln vielleicht übertönen.

Die verdammte Apparatur verdankte ihre Existenz dem ersten Besitzer des Hauses, einem Kohlenhändler namens Winter, der sie Ende des neunzehnten Jahrhunderts hatte einbauen lassen.

Mr Winter hielt sich für einen direkten Nachkommen der berühmten Pilgrim Fathers. In der Passagierliste der *Mayflower* war er auf den Namen der fünfzehnjährigen Desire Winter gestoßen, die 1620 an Bord des Dreimasters den Atlantik überquert hatte. Allerdings war Mr Winter bei seinen Nachforschungen ein entscheidender Fehler unterlaufen. Die gute Desire *W*inter hieß in

Wahrheit *M*inter. Damit wurde Mr Winter vom Gründerenkel der Vereinigten Staaten wieder zu einem stinknormalen Kohlenhändler, wohlhabend, aber völlig bedeutungslos. Verspottet von seinen Freunden, verschwand er mit seiner Frau auf Nimmerwiedersehen irgendwo im Südwesten.

Bens Tante Lynn war durch einen Artikel in der *New York Times* auf die Geschichte des Kohlenhändlers aufmerksam geworden. Kurz entschlossen verarbeitete sie seine Biografie zu einem historischen Roman über die Wurzeln der USA und gewann mit *Das Erbe der Mayflower* den Pulitzerpreis. Ein paar Jahre und mehrere Romane später war sie eine der bedeutendsten Schriftstellerinnen englischer Sprache. Und eine äußerst wohlhabende dazu, was sie dazu bewog, Mr Winters Haus zu kaufen.

Es klingelte noch immer. Die Glocke tanzte an ihrer Aufhängung hin und her wie ein Gelynchter im Todeskampf. Bens Widerstand bröckelte. Es war immer dasselbe. Wenn seine Tante nur lange genug beharrte, wurde er weich. Sie würde erst Ruhe geben, wenn er bei ihr auftauchte.

»Ist ja schon gut«, fluchte er. »Hast gewonnen!«

Missmutig ließ er den Löffel in die Schale mit den Cornflakes fallen und schlug sein Spanischbuch zu. Wie es aussah, würde er den leidigen Vokabeltest wohl verbocken! Eins allerdings nahm er sich fest vor: Wenn er aus der Schule kam, würde er die Drähte durchschneiden und dem Klingelmechanismus ein für alle Mal den Garaus machen.

Ben verließ die Küche. Seit vier Jahren lebte er jetzt schon bei seiner Tante. Er wusste, dass er ihr dankbar sein musste, aber genau das war das Problem.

Sie hatte ihn damals am John-F.-Kennedy-Airport abgeholt. Die Behörden hatten ihn in ein Flugzeug gesetzt, obwohl er sich mit Händen und Füßen dagegen wehrte. Keine der Stewardessen hatte seine Todesängste während des Flugs kapiert. Wie sollten sie auch wissen, was er durchgemacht hatte.

Tante Lynn war die einzig lebende Verwandte, die ihm nach

dem Unfall geblieben war. Obwohl wesentlich älter als seine Mutter, war die Ähnlichkeit zwischen den beiden Schwestern verblüffend. Dieselben klar geschnittenen Gesichtszüge, derselbe entschlossene Zug um den Mund. Ben hatte das Gefühl gehabt, einem Gespenst zu begegnen, als sie am Terminal auf ihn zukam.

»Wo ist denn dein Koffer?«

»Hab keinen«, hatte er geantwortet und sie einfach nur angestarrt.

Auf der Fahrt in die Stadt hatte sie die ganze Zeit geredet – über das Empire State Building und den Broadway, über die Metropolitan Opera und den Central Park –, während er sich mit offenen Augen auf die andere Seite des Atlantiks träumte. Zu Mama und Papa. Nach Hamburg in die Villa in der Rothenbaumchaussee, in der er bis dahin gelebt hatte. Zu den kleinen Segelbooten, die er mit seinem Vater auf der Binnenalster hatte schwimmen lassen, und zu der echten großen Jacht, auf der er mit ihm gesegelt war. Zu dem Parfum am Hals seiner Mutter, wenn sie sich abends fertig gemacht hatte, um mit seinem Vater ins Theater zu gehen. Zu ihren duftenden Haaren in seinem Gesicht, wenn sie ihm einen Gutenachtkuss gab. Lass das Licht an, Mama!

Das gelbe Taxi war über die Brooklyn-Bridge gerollt wie in eine neue, fremde Welt. Die Sehnsucht hatte ihn verschluckt. Er hatte sich vorzustellen versucht, er sei gar nicht da. Doch er war da, saß auf dem Kunstlederpolster eines New-York-Cabs, neben sich die Frau, die nach dem Tod seiner Eltern die Vormundschaft für ihn übernommen hatte.

Niemand hatte ihn gefragt. Irgendein Beamter in irgendeiner Behörde hatte einfach über seinen Kopf hinweg entschieden und ihn an seine Tante gekettet. Die Verknüpfung zweier Schicksale bis zu dem Tag, an dem er endlich achtzehn würde.

Immer wieder hatte er sich vorgestellt, sein Vater hätte die Einladung zu dem Herzchirurgenkongress in Phoenix nicht angenommen. Oder sie wären einen Tag früher geflogen. Warum hatte er darauf bestanden, seine Frau und seinen Sohn mitzunehmen?

Das Taxi hatte vor dem Haus in der Morton Street gehalten. Seine Tante hatte bezahlt und ihn die Stufen der Eingangstreppe hinaufgeführt. Sie hatte aufgeschlossen und ihm die Hand auf die Schulter gelegt.

»Willkommen in deinem neuen Zuhause. Jedenfalls hoffe ich, dass es irgendwann eins für dich sein wird.«

Zuhause! Er hatte versucht, das Würgen in seinem Hals herunterzuschlucken, und sich von ihr in sein Zimmer im ersten Stock führen lassen.

»Gefällt es dir?«, hatte sie gefragt.

Er hatte genickt. Sie hatte ihn allein gelassen. Er hatte sich auf das Bett gesetzt und sich umgesehen. Taubenblaue Wände. Alte Holzmöbel, die ihm trotz ihrer feinen Maserung vorkamen, als wären sie aus Stahl. Wie in einer Gefängniszelle. Über dem Bett hing ein Kasten mit aufgespießten Schmetterlingen hinter Glas. Gefangen und für immer eingesperrt. Genau wie er selbst.

Ben erreichte das Obergeschoss. Die Sonnenstrahlen, die durch das bunte Glas des Oberlichts fielen, erzeugten Farbreflexe auf dem Orientteppich. Wie oft schon hatte er auf dem handgeknüpften Perser gelegen und sich wegtragen lassen in die Zeit, in der alles heil und ganz gewesen war.

Er klopfte an die Tür der Bibliothek. Hoffentlich würde sie ihn nicht wie üblich mit irgendwas vollquasseln, ihm einen Vortrag halten über einen Autor und seine Werke. Oder ihm die neuesten Seiten ihres aktuellen Romans vorlesen. Oder ihn zu irgendeiner Figur befragen. Er hatte ihr schon hundertmal klarzumachen versucht, dass er sich für das, was sie tat, nicht sonderlich interessierte. Es mochte ja sein, dass man mit dem Schreiben reich und berühmt werden konnte. Aber er verstand nicht, wie man freiwillig von morgens um fünf bis nachmittags um vier allein in einem Zimmer sitzen und sich Geschichten ausdenken konnte. Wozu brauchte man Bücher, wenn man da draußen das echte Leben haben konnte?

»Wie lange willst du noch vor der Tür stehen?«, hörte er ihre rauchige Stimme durch die Tür.

Er griff nach dem Drehknauf und trat ein. Der vertraute Geruch ihrer Bücher. Das Aroma von Holz, Staub und Papier. Sortiert in langen Regalreihen standen die Bände da, einer neben dem andern, für Ben nichts weiter als eine willkürliche Ansammlung von Geschichten und Figuren.

»Setz dich«, sagte Lynn und deutete auf das abgewetzte braune Chesterfield-Sofa, auf dem sie ihren Mittagsschlaf zu halten pflegte. Sie nahm ihre Brille ab und legte sie auf den mit Filz bespannten Tisch aus Eichenholz. »Ich muss mit dir reden!«

»Jetzt?«

»Es ist wichtig!«

»Mein Spanischvokabeltest ist auch wichtig!« Ben kannte seine Tante. Wenn er nicht sofort gegensteuerte, würde das hier eine längere Veranstaltung werden.

Sie stand auf und trat an das Regal mit ihren Lieblingsbüchern, alles Erstausgaben oder Sonderdrucke, die sie in Antiquariaten aufgespürt oder auf Buchauktionen erworben hatte. Cervantes, Dickens, Defoe. »Ich möchte dir etwas zeigen.«

Na toll, er musste sich schleunigst etwas einfallen lassen, sonst konnte er die erste Stunde vergessen. Was das bedeuten würde, war klar: Test nachschreiben, Strafarbeit, Verweis im Klassenbuch – Mrs Sanchez konnte es vom Temperament her locker mit seiner Tante aufnehmen. »Weißt du, wie viel Uhr es ist?«

Lynn ignorierte seinen Einwand, zog eine in Leder gebundene Ausgabe von Shakespeares *Romeo und Julia* hervor und begann zu zitieren: »Willst du schon gehen? Der Tag ist ja noch fern. / Es war die Nachtigall und nicht die Lerche, / die eben jetzt dein banges Ohr durchdrang … Dritter Aufzug, fünfte Szene, eine der berühmtesten Stellen der Weltliteratur. Die schöne Stadt Verona in Oberitalien, die zwanziger Jahre des fünfzehnten Jahrhunderts.«

»Tante, bitte, ich muss los. Hast du eine Ahnung, was Mrs Sanchez mit mir macht, wenn ich zu spät komme?«

»Weißt du, wem diese Ausgabe gehört hat?«, überging Lynn von Neuem seinen Einwand und deutete auf den handgeschriebenen Namen auf der ersten Seite. »Der großen Virginia Woolf.«

O Gott! Jetzt fing sie wieder mit ihren Bezügen an. Sie war in ihre Bücher verliebt und in die Dichter, die sie geschaffen hatten. Ein Leben für die Literatur: Frühstück mit William Shakespeare, Lunch mit Jane Austen, Dinner mit Johann Wolfgang von Goethe. Für Lynn waren all diese längst gestorbenen Dichter und ihre Figuren lebendig. Als gäbe es eine Wirklichkeit neben der Wirklichkeit und man könne einfach so von der einen in die andere Welt hinübergleiten.

Ben glaubte nicht an so was. Seine Erfahrung hatte ihn auf brutale Weise eines Besseren belehrt: American Airlines Flug 2217 von Chicago nach Phoenix, Arizona. Wegen eines schadhaften Scharniers wird die Kabinentür aus ihrer Verriegelung gerissen. Der Pilot löst einen Sturzflug aus, um den Druckabfall in der Kabine durch Erreichen tieferer Luftschichten auszugleichen. Es kommt zur Überhitzung des rechten Triebwerks, die Turbine fängt Feuer. Die Hitze zerstört die Steuerung des Querruders. Der Pilot verliert die Kontrolle, die Maschine verschwindet von den Radarschirmen der Flugaufsicht. Erst drei Tage später findet man die Blackbox. Ihre Auswertung ermöglicht die komplette Rekonstruktion des Unfallhergangs. Der Bericht ist über achthundert Seiten stark. Er beantwortet jede offene Frage – bis auf eine: Warum hatte ausgerechnet Ben als Einziger überlebt?

Er nahm seiner Tante die *Romeo-und-Julia*-Ausgabe aus der Hand und klappte sie zu. »Wann wirst du endlich aufhören, mir deine Literatur als Erste-Hilfe-Kasten zu verkaufen?«

»Wenn du anfängst, sie ernst zu nehmen.«

»Die Wirklichkeit steckt nicht zwischen zwei Buchdeckeln.«

»Woher weißt du das? Nur, weil du diese Wirklichkeit nicht siehst?«

»Das sind doch alles nur erfundene Geschichten.«

»Und deswegen sind sie nicht wahr?«

Sie schaute ihn durchdringend an. Volltreffer!

»Wahr vielleicht, aber nicht wirklich!«, erwiderte er. Sanchez hin, Sanchez her – so leicht würde er sich nicht geschlagen geben.

»Zum Beispiel ein Querschnittsgelähmter im Rollstuhl«, sagte er. »Liest einen Abenteuerroman und fängt an, sich mit dem Helden zu identifizieren …«

»Ich würde sogar noch weitergehen«, unterbrach ihn Lynn. »Er *ist* der Held!«

Ben triumphierte. Genau das hatte er hören wollen. Jetzt war sie ihm in die Falle gegangen. »Und was ist, wenn der Rollstuhlfahrer fertig gelesen hat?«, fragte er. »Kann er dann etwa einfach aufstehen und wie der Held aus dem Buch in den Sonnenuntergang laufen?«

»Natürlich nicht, aber solange er den Roman las, konnte er es. Und das ist doch schon viel.«

Typisch Tante Lynn. Ansatzloser Return aus dem Handgelenk. Es war hoffnungslos. Sie gewann immer! Enttäuscht schaute er zur Uhr auf seinem Handy. »Hör zu. Wenn ich jetzt nicht endlich losgeh, verpass ich meinen Bus.«

»Und wenn schon.« Lynn deutete auf das achteckige goldene Amulett, das sie um den Hals trug: »Du weißt, was das ist?«

Natürlich wusste er das. Die eingravierte Tür. Das Zeichen einer Art Bruderschaft. Irgendwas mit Literatur. Lynn hatte ihm mal beim Abendessen erklärt, wie sie in den Besitz gelangt war. Der Nobelpreisträger Isaac Bashevis Singer hatte es ihr kurz vor seinem Tod persönlich übergeben. Er hatte ihr die Bedeutung des Amuletts und die damit verbundene Verantwortung dargelegt und ihr dazu eine Liste der bisherigen Träger übergeben, auf der sich so berühmte Namen wie Hemingway oder Puschkin fanden. Tante Lynn glaubte fest daran, dass das Oktagon eine geheime Macht besaß. Im Gegensatz zu Ben, der das alles für faulen Zauber hielt.

»Was ist mit dem Ding?«, fragte er.

»Es könnte sein, dass du es früher erbst, als ich dachte.«

»Wieso erben? Was redest du denn da?«

»Ich meine es ernst, Ben.«

»Hast du mir nicht erzählt, dass es von Dichter zu Dichter weitergereicht wird?«

»Ja, das habe ich.«

»Ich bin aber kein Dichter!«

»Mag sein.« Ihre Augen leuchteten. »Doch vielleicht wirst du mal einer sein.«

»Komm schon«, winkte er ab und ging hinüber zur Tür. »Ich und Schriftsteller? Niemals!«

»Ich an deiner Stelle wäre da nicht so voreilig.«

Er schaute sie an. Er verstand sie einfach nicht. »Was willst du mir mit dem ganzen Unsinn denn sagen?«

»Dass die Lage ernst ist. Sehr ernst! Ein furchtbarer Kampf steht bevor.«

O Mann, jetzt drehte sie völlig ab! »Was denn bitte schön für ein Kampf?«

»Die Welt droht zu zerbrechen, Ben!«

»Vielleicht die in deinen Büchern, aber nicht die echte! Schau aus dem Fenster. Da draußen ist alles wie immer.«

»Nichts ist wie immer. Gar nichts!«

»Moment mal«, machte er einen neuen Anlauf. »Scheint da draußen die Sonne oder nicht?«

»Es geht um Leben und Tod, Ben!«

»In jedem deiner Romane geht es um Leben und Tod.«

»Ich brauche dich. Allein schaffe ich es nicht!«

»Mit mir auch nicht. Ich bin nämlich kein Schriftsteller, Tante Lynn, ich bin nichts weiter als ein Junge, der in die Schule muss, okay?«

Sie blickte ihn traurig an. »Du willst es einfach nicht verstehen.«

»Weil es da nichts zu verstehen gibt!«

»Sollte ich mich wirklich so in dir getäuscht haben?«

Jetzt fing sie mit ihrer Mitleidstour an. Bloß nicht weich werden! »Hör zu, ich verspreche dir, wir reden später drüber. Aber jetzt muss ich los. Die Sanchez reißt mir den Kopf ab, wenn ich zu spät komme. Tschüss.«

Er trat hinaus auf den Flur, zog die Tür der Bibliothek hinter sich zu und rannte die Treppe hinab in die Halle. Dass seine Tante immer alles so dramatisieren musste. Wahrscheinlich kam sie einfach nur mit ihrem neuen Roman nicht weiter. Er kannte das schon. Dann war sie übernervös, weil sie eine ihrer Figuren nicht treffend charakterisiert fand oder ihr die Handlung nicht geglückt schien. Für seinen Geschmack nahm sie das alles viel zu ernst. Literatur und Wirklichkeit waren nun mal zwei verschiedene Paar Schuhe – Schluss, basta! Und dann ihre verschrobene Idee, aus ihm würde ein Schriftsteller werden. So ein Schwachsinn. Er wusste es besser!

Sein Blick fiel auf die Standuhr neben der Gipsbüste von Mr Winter: kurz vor halb acht. Um seinen Bus noch zu kriegen, würde er die hundert Meter unter zehn Sekunden laufen müssen.

2

Natürlich war der Bus schon weg, als er ein paar Minuten später die Haltestelle an der Houston Street erreichte. Ihm blieb nichts anderes übrig, als sich ein Yellow Cab heranzuwinken.

Der Taxifahrer war ein Latino, trug eine abgewetzte Schirmmütze über seinen krausen Haaren und roch nach Zwiebeln. Er grinste Ben im Rückspiegel zu. Einer seiner Schneidezähne war aus Gold.

»Wohin darf's denn gehen?«, fragte er mit einem leichten Lispeln in feinstem Latino-Englisch. Über dem Rückspiegel hing eine Kette mit dem heiligen Sankt Antonius als Anhänger.

»Eleanor Roosevelt High, 79. Ost, Ecke First Avenue.«

»Was gegen einen kleinen Aufwacher?«, fragte der Fahrer und schob eine Kassette ein. »Von meinem Junior. Selbst eingespielt. Hat echt was drauf, mein Carlito.«

Zu einer Mischung aus Latin Pop und Hiphop-Rhythmen, die Latino Junior mit dem kreischenden Sound einer Punkgitarre kombiniert hatte, ließ der Fahrer sein Taxi über die unzähligen Schlaglöcher springen, die wie offene Wunden im Asphalt klafften. Ben musste sich festhalten, um nicht auf der Rückbank hin und her geschleudert zu werden. Begleitet von Carlitos schriller Stimme, die zu allem passte, nur nicht zu seiner Musik, versuchte Ben zu checken, ob sich von seinem Vokabel-Schnelldurchlauf in der Küche wenigstens kleine Reste im Kopf festgesetzt hatten. Es war hoffnungslos. Stierkampf war einfach nicht sein Ding!

»Ohhh, te quiero, te quiero, te quiero«, sang der Fahrer und klopfte den Rhythmus auf dem Lenkrad mit. »Ich sag dir was, Kumpel«, grinste er in den Rückspiegel. »Zwei Jahre noch, dann hat mein Carlito seinen Durchbruch geschafft. Und wenn sich bis dahin einer von diesen aufgeblasenen Musikmanagertypen in meine Karre verirrt, dann auch schon früher.«

Er bog links in die Third Avenue Richtung Gramercy Park ein. Innerhalb weniger Sekunden wich das wilde Gehopse völliger Reglosigkeit. Der allmorgendliche New Yorker Stau hatte das Taxi ausgebremst.

Genau in diesem Moment hörte Ben einen Schrei. Und es war nicht Junior, der da schrie.

»Haben Sie das mitgekriegt?«, wandte er sich an den Fahrer, aber der hatte nur Ohren für seinen Carlito. Verzückt wippte sein Oberkörper hin und her.

Hatte Ben sich den Schrei bloß eingebildet? Er schaute hinter die Scheiben der umstehenden Autos: Männer, die sich in Rückspiegeln ihre Krawattenknoten richteten oder in Morgenzeitungen vertieft waren; Frauen, die mit ihrem Lippenstift vor heruntergeklappten Schminkspiegeln hantierten oder mit Handys am Ohr Termine verschoben. In keinem der Gesichter konnte Ben Angst oder Verzweiflung erkennen.

Da hörte er einen zweiten Schrei. Das war Lynns Stimme, ganz eindeutig! Sie schrie um Hilfe. Schwachsinn, Ben, das kann nicht sein! Trotzdem überfiel ihn Panik. Seine innere Stimme sagte ihm, dass etwas verdammt schiefgelaufen war! Er griff in seine Jackentasche, fischte sein Handy heraus. Die Taste mit ihrer Kurzwahlnummer. Warum hob niemand ab? Sie musste doch da sein! Beruhige dich, Ben, sie ist nur kurz aus dem Zimmer gegangen, aufs Klo oder um die Morgenzeitung von unten zu holen. Vor seinem inneren Auge scannte er die Bibliothek ab – und sah die

Morgenzeitung auf Lynns Schreibtisch liegen. Etwas ist passiert!, kreischte seine innere Stimme immer lauter.

Er zog einen Zehndollarschein aus seinem Portemonnaie, drückte ihn dem Taxifahrer in die Hand und sprang aus dem Wagen. Ehe der verdutzte Latino reagieren konnte, war er schon einem vorbeischießenden Fahrradkurier ausgewichen, hatte einem violett beschleiften Yorkshire-Terrier auf die Pfoten getreten, sich von der Besitzerin des Köters beschimpfen lassen und rannte, seine Schultasche unter den Arm geklemmt, so schnell er konnte, die Third Avenue hinunter in Richtung Süden.

Noch immer sagte ein Teil in ihm, dass er dabei war, sich lächerlich zu machen. Was sollte er seiner Tante erzählen, wenn er sie gleich an ihrem Schreibtisch vorfinden würde bei der Arbeit an ihrem Roman? »Ich hab dich schreien hören, mitten im Stau, ich dachte, ich komm lieber vorbei und schau nach, ob alles in Ordnung ist.«

Und wenn sie nicht mehr da war? Wenn ihre Schreie wirklich waren und sich tatsächlich etwas Furchtbares ereignet hatte? Dann trug er die Schuld!

Er hatte ihre Sorgen in der Bibliothek leichtfertig weggewischt. Die Welt droht zu zerbrechen, hatte seine Tante gesagt. Was, wenn sie damit die wirkliche Welt meinte? Und was, wenn der bevorstehende Kampf, von dem sie gesprochen hatte, ein echter war?

Schlitternd bog er auf die Vierte Straße Ost ein. Ein paar Blocks vor ihm lag der Washington Square. Zwei Männer mit blutbesudelten Fleischerkitteln hoben Schweinehälften aus einem Lieferwagen, luden sich die rosigen Stücke auf ihre Rücken. Ben blickte hastig auf seine Uhr: zehn Minuten vor acht. Vor knapp zwanzig Minuten hatte er das Haus verlassen.

Lynn war so was wie der letzte Anker zu seiner Familie. Warum, verdammt noch mal, war er nicht bei ihr geblieben? Sie hatte ihn um Hilfe gebeten. Aber er hatte ihr nicht wirklich zugehört. Wieso hatte sie ihn auf das Amulett angesprochen? Und warum hatte sie ihm aus *Romeo und Julia* vorgelesen? Was hatte sie ihm damit sagen wollen?

Er hastete weiter. Seine Lungen fühlten sich an, als würden sie jeden Moment explodieren. Seine Füße begannen zu schmerzen, die Fersen scheuerten an den Kanten seiner schwarzen Halbschuhe. Noch fünf Blocks bis zur Sixth Avenue, dann weiter über die West in die Jones und schließlich über die South Varick in die Morton Street. Mit jedem Schritt wuchsen seine Schmerzen, genau wie die Furcht, zu spät zu kommen.

Seit vier Jahren lebte er jetzt bei seiner Tante. Keinen Tag davon hatte er sich wirklich um sie bemüht. Sie hatte ihn nach dem Tod seiner Eltern bei sich aufgenommen, freiwillig und selbstverständlich – und zum Dank hatte er es ihr schwer gemacht, von Anfang an; hatte sich wochenlang in sich selbst verkrochen und sie bei jeder Gelegenheit spüren lassen, wie sehr er die Welt, in der sie lebte, verachtete. Nicht mal vor ihrer geliebten Bibliothek hatte er haltgemacht, sondern Bücher aus Vitrinen gezerrt und Regale umgeworfen, Seiten aus Erstausgaben gerissen und Lynns Manuskripte zerfleddert. Schließlich hatte er seinen Kopf so lange gegen die Wand geschlagen, bis sich auf der handgefertigten braunen Ledertapete ein großer Blutfleck ausbreitete.

Die Ärzte im Mount Sinai Medical Center hatten einen Riss im Schädelknochen diagnostiziert. Tante Lynn hatte an seinem Bett gewacht, bis er wieder zu Bewusstsein kam. Sie hatte seine Hand gehalten und nicht mehr losgelassen. Keine Erwähnung des Ledertapeten-Vorfalls, kein Vorwurf, nur ihre Anwesenheit, die ihm bedeutete: Ich bin da …

An der Ecke Cornelia Street blockierte eine Menschenmenge den Weg. Mehrere Feuerwehrwagen standen hintereinander. Das Brummen ihrer laufenden Motoren vermischte sich mit dem aufgeregten Flüstern der Schaulustigen. Alle starrten in dieselbe Richtung. Am Rand eines der Dächer stand eine junge Frau, vielleicht Mitte zwanzig. Ihr rötlich schimmerndes Haar flatterte im Wind.

Genau wie die Krawatte des Mannes, der hinter ihr stand und mit angespannten Gesichtszügen pausenlos auf sie einredete.

Eine Drehleiter wurde in Position geschwenkt. Feuerwehrmänner versuchten ein Sprungtuch auszurollen, mussten aber erkennen, dass der Platz zwischen Hauswand und parkenden Autos dafür nicht ausreichte. Die elektrischen Stellmotoren der Drehleiter begannen zu surren, langsam schob sich die Leiter auseinander, glitt nach oben auf die sprungbereite Frau zu.

Ben suchte in dem Durcheinander aus Menschen und Autos nach einer Lücke, gab es aber sofort wieder auf. An ein Durchkommen war nicht zu denken. Es gab nur eine Möglichkeit, Lynn zu erreichen: Er musste zurück, die Sixth Avenue runter bis zur Bleecker und von dort in die Morton Street.

Er drückte die Wahlwiederholung seines Handys. Wieder ging niemand dran.

Ein letztes Mal schaute er nach oben zu der jungen Frau. Für eine Sekunde schien es ihm, als hätten sich ihre Blicke getroffen. Mühsam löste er sich von ihren roten Haaren und lief los. Schon nach ein paar Metern hörte er in seinem Rücken die Schaulustigen aufschreien, dann vernahm er einen dumpfen Schlag, das Geräusch von Metall, das sich knirschend verformte, Glas, das splitterte. Dann war alles ruhig.

O Mann, die junge Frau hatte sich wirklich umgebracht! Dreh dich nicht um, Ben. Lauf weiter! Im Kopf vermischten sich seine Gedanken mit wachsender Angst. Das alles ergab keinen Sinn. Was passierte hier? Er spürte Blut aus seinen aufgescheuerten Fersen sickern.

3

»Tante Lynn?« Er lief die Eingangstreppe zum Haus hinauf. So ein Unsinn! Wie sollte sie ihn von hier aus hören? Er klingelte, zog gleichzeitig seinen Schlüssel aus der Tasche, versuchte aufzuschließen. Jetzt mach schon! Endlich war die Tür offen. Stille empfing ihn, bleiern und schwer.

»Ich bin's, Ben!«

Keine Antwort. Nur drückende Lautlosigkeit. Und das Klopfen seines Herzens – pamm, pamm, pamm! Schweiß lief ihm über Stirn und Brauen, tropfte von der Nasenwurzel, ließ seine Augen brennen. Plötzlich ein Poltern. Er hob den Kopf. Das Poltern wurde lauter. Es kam von oben, aus der Bibliothek. Jemand schrie. Seine Tante, kein Zweifel. Dann ein weiterer Schrei, aber unterdrückter als der erste. Wie gewaltsam erstickt.

Er nahm drei Stufen auf einmal, erreichte mit letzter Anstrengung den Treppenabsatz vor der Bibliothek, rutschte auf dem Perser aus und knallte gegen die Tür. Verzweifelt schnappte er nach Luft, lauschte. Bis auf das Röcheln in seinem Brustkorb war alles ruhig.

Er streckte den Arm nach dem Türgriff aus, glitt mit seinen schweißnassen Fingern von dem Messingknauf ab, musste zweimal nachfassen, ehe die Tür endlich aufsprang.

»Tante Lynn!«

Nichts zu sehen von ihr. Dafür nahm er einen merkwürdigen Gestank wahr. Vom Schreibtisch her roch es verbrannt. Wie Feuer nach einer Schlacht, schoss es ihm in den Sinn, das Verbrennen der Gefallenen nach der Niederlage … So ein Quatsch! Wer sollte sich hier schon bekriegt haben. Doch der Gestank war greifbar und echt, genau wie das Gepolter und die Schreie, die er eben gehört hatte.

Er rief noch einmal nach seiner Tante, aber er spürte, dass es zu spät war. Ein Gefühl von Einsamkeit überkam ihn. Als wäre er eingesperrt, allein mit sich selbst. Das letzte Mal hatte er sich nach dem Verlust seiner Eltern so gefühlt. Was, wenn er Tante Lynn nie wiedersehen würde? Der alte Fleck an der Wand. Wie gelähmt starrte er auf das eingetrocknete Blut, das sein eigenes war. Er kam sich genauso hilflos vor wie damals.

Plötzlich vernahm er ein Knacken aus einer der hinteren Regalreihen, dann ein Rascheln. Vorsichtig ging er auf das Regal zu. Noch sechs Schritte, noch fünf. Vielleicht war Tante Lynn ja nur gestürzt, hatte beim Herausholen eines Buchs aus den oberen Regalreihen das Gleichgewicht verloren, war von der Bücherleiter gefallen und beim Aufprall unglücklich mit dem Fuß umgeknickt … Noch vier Schritte, noch drei … Er würde einfach einen Krankenwagen rufen, man würde sie ins Mount Sinai Medical Center fahren oder ins Lenox Hill Hospital … Noch zwei Schritte, noch einer … Bitte, lass es so sein!

Er erreichte die Rückseite des Regals. Vor ihm auf dem Boden lag ein Stapel Bücher, der von einem der Borde gefallen war. Griechische Philosophen. Aristoteles, Sokrates, Platon. Entweder jemand war gegen das Regal gestoßen oder die Bücher waren gewaltsam herausgerissen worden.

Der Bücherhaufen bewegte sich. Unter einer in Leder gebundenen Ausgabe von Thomas von Aquins *Summa Theologica* schälte sich Tante Lynns rot getigerter Kater Mr Oz hervor. Ben nahm ihn hoch. »Wo ist sie, Ozzie?«

Mr Oz gähnte herzhaft und schmiegte sich dann schnurrend

an seine Brust. Ben setzte ihn auf das Chesterfield-Sofa. Sofort rollte sich der Kater zusammen und schloss die Augen.

Ben beneidete ihn. Einfach schlafen, um dann irgendwann aufzuwachen, als ob nichts passiert wäre. Aber etwas war passiert, etwas Schlimmes!

Er ging hinüber zum Schreibtisch. Auf dem Monitor lief der Bildschirmschoner, den er für Tante Lynn aus dem Internet heruntergeladen hatte. Langsam wanderte die Erde über die Bildschirmfläche. Sein Blick fiel auf die Schale aus afrikanischem Ebenholz mit den Bleistiften und Radiergummis. Tante Lynns Notizblock mit den handschriftlichen, hieroglyphengleichen Anmerkungen zu ihrem neuen Roman. Die staubgraue Tastatur des Computers und davor dunkle Stellen im Filz der Schreibtischauflage, dort, wo ihre Handballen lagen, wenn sie schrieb.

Dann sah er den Zettel, herausgerissen aus ihrem Block. Er lugte unter der Tastatur hervor. Als ob sie ihn dort versteckt hätte, damit er ihn fände. Er zog ihn heraus, glättete ihn, las, was da in hastig hingeworfenen Lettern geschrieben stand: Jetzt weißt du hoffentlich, was ich meinte. Bin in seiner Gewalt … Die Schrift brach ab. Er spürte, wie seine Hände zitterten.

»Lynn!«, rief er, und noch einmal: »Lynn!«

Woher kam dieser üble Geruch? Wenn er die Augen schloss, sah er Leichenfeuer, die den Himmel über einem Schlachtfeld röteten, hörte das verzweifelte Stöhnen Verwundeter und die Schreie von Krähen, die den Leichen ihre Augäpfel herausrissen. Und noch etwas sah er: eine Burg, in die Erde hineingebaut, und in der Burg sich selbst, eine Treppe hinuntersteigend, sich herabtastend in unergründliche Finsternis …

Ein dumpfer Schlag holte ihn zurück. Aus dem Regal mit den Lieblingsbüchern seiner Tante war ein Buch gefallen. Er musste es nicht aufheben, um zu erkennen, dass es sich um jene Ausgabe von Shakespeares *Romeo und Julia* handelte, aus der sie ihm vorgelesen hatte. Irgendetwas ging hier nicht mit rechten Dingen zu. Wie konnte ein Buch von selbst aus einem Regal fallen? Er wollte es zurückstellen, als er die rote Flüssigkeit bemerkte, die zwischen den Seiten herausdrang und sich auf dem Boden verteilte. Was war das? Er schlug das Buch auf. Zwischen den Seiten lag Lynns Amulett. Es war zerbrochen, die untere Hälfte fehlte. Die Bruchkanten waren deutlich zu erkennen. Aus den Kanten tropfte die rote Flüssigkeit, rann über die Buchseiten und fiel auf seine Hand. Er tauchte einen Finger hinein, roch, schmeckte – und erschrak: Blut!

Zum ersten Mal seit dem Tod seiner Eltern wurde Ben von wirklichem Grauen erfasst. Ohne dass er wusste, warum, griff er nach dem Amulett. Er legte sich das lederne Band mit dem Oktagon um den Hals. »Hilf mir bitte«, flüsterte er, »wie auch immer du kannst!«

Er schloss die Augen. Um ihn herum war nur noch Rauschen. Etwas riss an ihm. Etwas, das größer war als er. Es packte ihn und zog ihn mit sich fort …

4

Seine Ohren sausten. Er fühlte, wie sich seine Trommelfelle nach innen wölbten. Der Schmerz war unbeschreiblich. Als würden ihm von außen spitze Metallstangen in die Gehörgänge getrieben. Gleichzeitig setzte Schwindel ein, er verlor jede Orientierung. Sein Körper hatte kein Gewicht mehr …

Dann war es plötzlich vorbei. Stattdessen Geräusche wie aus dem Nichts. Das Lachen von Kindern, die werbenden Rufe heiserer Männerkehlen. Dann Düfte. Ein wildes Durcheinander von Gerüchen. Das Herbsüße von Orangen, die Säure von Zitronen, die frische Schärfe von Lauch. Der Gestank nach faulendem Fisch, der Blutgeruch frisch geschlachteten Viehs.

Er riss die Augen auf, schaute sich ungläubig um. Vor ihm die Augäpfel in einem hautlosen Ochsenkopf, der von Fliegen umschwärmt neben abgezogenen Hasenleibern und gerupftem Geflügel an einem Haken hing. Ein glatzköpfiger Fleischer mit blutiger Schürze hielt einen toten Schafsbock bei den Hörnern, während sein blasshäutiger Gehilfe dem Tier in den Schädel griff und das Gehirn herausschälte.

Über all dem lag Lachen und Fluchen, Schreien und Zetern – ein Durcheinander menschlicher und tierischer Stimmen, emporgewirbelt und zurückgeworfen von den Fassaden kunstvoll verzierter Patrizierhäuser.

Ben begriff, dass er sich mitten auf einem Markt befand, inmitten von Buden und Ständen, zwischen Händlern und Kunden. Die Frauen trugen lange Kleider mit taillierten Miedern, darüber mantelartige, an den Seiten aufgeschnittene Obergewänder. Ihre Haare waren mit Haarnetzen und Girlanden geschmückt. Die Männer hatten Trikothosen an und bequeme, in Röhrenfalten gelegte Wämser mit bauschigen Ärmeln.

Was war passiert? Wo zum Teufel war er gelandet?

Er versuchte sich zu bewegen, streckte Arme und Beine von sich, merkte, dass er wie ein Käfer auf dem Rücken lag. Etwas knackte. Dann sauste ein nasser Lappen auf ihn nieder und er blickte in die wutsprühenden Augen einer aufgedunsenen Marktfrau mit mehrfach gefaltetem Doppelkinn und Händen wie Schaufeln.

»Was fällt dir ein, du Nichtsnutz?«, schrie sie. »Pack dich, fort aus meinen Muscheln!« Speichel troff ihr aus dem Mundwinkel, der Lappen, mit dem sie auf ihn eindrosch, stank nach Fisch. Erst jetzt wurde ihm klar, dass es nicht seine Knochen waren, die da eben geknackt hatten, sondern Muschelschalen. Er war gefangen in einem großen, mit Miesmuscheln gefüllten Bastkorb. Eine Männerhand griff nach ihm, zog ihn heraus, während die Fischerin immer neue Verwünschungen ausstieß und sich lamentierend an die umstehenden Kunden und Händler wandte: »Seht nur, was er angerichtet hat. Die Arbeit eines ganzen Tages, von meinem armen Girolamo mühsam dem See abgerungen, zerbrochen und verdorben.«

Die Hand, die ihn aus seiner misslichen Lage befreit hatte, gehörte einem jungen Mann, schlank und groß gewachsen, mit strahlend blauen Augen und braunem, halblangem Haar. Auch er trug diese merkwürdige Kleidung. Knielange, leicht gewölbte Hosen und ein mit Goldfäden durchwirktes Wams. Und auf dem Kopf eine rote Samtkappe. Wie in einem Kostümfilm!

»Aber das wird er mir bezahlen, der saubere Herr«, schimpfte die Fischhändlerin. »Muschel für Muschel!« Sie begann die zerbrochenen Schalen aus dem Korb zu klauben, um sie ihm vorzuzählen. Ben fasste sich an seine Jacke. Gott sei Dank, das Handy war noch da. Die Umstehenden rückten neugierig heran. Noch ein paar Sekunden, dann würde sich der Kreis schließen und ein Davonkommen unmöglich sein. Er blickte Hilfe suchend zu dem jungen Mann. »Folge mir«, raunte der und zog ihn mit sich. Die beiden rannten los.

»Haltet sie«, rief die Fischersfrau. Ben presste sich mit seinem Helfer vorbei an den Obst- und Gemüseständen, tauchte unter im fiebrigen Gewühl der Masse. Nachdem sie den Platz hinter sich gelassen hatten, zog der junge Mann Ben in einen dunklen Hauseingang und legte einen Finger an den Mund. Im selben Augenblick lief auch schon die Meute draußen vorbei. Dann war es wieder still. Ben hörte nur sein Herz klopfen. Irgendwo schrie ein Kind.

»Danke«, sagte Ben.

»Wofür?«, fragte der Fremde.

»Dass du mich aus diesem Schlamassel gerettet hast.«

»Keine Ursache.« Er zwinkerte Ben zu und schob vorsichtig seinen Kopf auf die Gasse hinaus. »Wie's aussieht, ist die Luft rein.«

»Wer bist du?«

»Meine Freunde nennen mich Mercutio.«

»Mercutio?«

Irgendwo hatte Ben den Namen schon einmal gehört, aber wo? Er drehte sich zur Seite und zog heimlich sein Handy aus der Tasche. Gott sei Dank, es war noch eingeschaltet. Aber das nützte nichts. Das Display zeigte ihm: kein Empfang.

»Was hast du da?«

»Nichts.« Ben steckte das Handy hastig wieder ein.

»Dann weiter!« Mercutio trat aus der Kühle des Hauseingangs auf die Gasse. Ben blickte nach oben, erhaschte ein Stück blauen Himmel. Die Häuser schienen aufeinander zuzustürzen und sich an ihren Giebeln zu berühren, so schmal war der Durchgang zwischen ihnen. Die Luft staute sich zwischen den hoch aufragenden Mauern. Erst jetzt bemerkte er, wie er schwitzte.

»Wo sind wir?«, fragte er.

»Bitte?« Mercutio schaute ihn verwundert an.

»Ich meine den Ort, die Stadt.«

»Verona, wo sonst?«

»Moment mal«, hakte Ben ein, »heißt das …?« Wie hatte Tante Lynn heute Morgen gesagt: die schöne Stadt Verona in Oberitalien. Er griff nach dem Amulett um seinen Hals. Es war noch da. »Welches Jahr haben wir?«

»Willst du mich auf den Arm nehmen?«

»Welches Jahr?«

»Anno Domini 1423.«

Wieder schossen Ben die Worte seiner Tante durch den Kopf: die zwanziger Jahre des fünfzehnten Jahrhunderts. »Das ist nicht wahr«, flüsterte er. »Das kann einfach nicht sein.«

»Was kann nicht sein?«, fragte Mercutio zurück.

Ben packte ihn an der Schulter, als ob er einen Geist anfassen würde. Doch das war kein Geist. Da stand tatsächlich ein Mann vor ihm, der sich Mercutio nannte.

»Bist du sicher, ich meine …, sind wir wirklich in Verona?«

»Hör zu, du Witzbold!« Mercutios Freundlichkeit verwandelte sich in Gereiztheit. »Ich lass mich nicht gern verschaukeln. Und schon gar nicht von einem, den ich nicht kenne.«

»Das hab ich nicht vor, es ist nur …« Ben spürte, wie ihm weich in den Knien wurde, er musste sich gegen eine Hauswand lehnen. Eine echte Mauer, keine Kulisse aus Pappe! Alles war wirklich: der Himmel, die Wolken – und dieser Mercutio.

»*Romeo und* …«, entfuhr es ihm.

»Du kennst meinen Freund Romeo?«

»Nicht persönlich«, versuchte Ben sich herauszureden.

»Und Julia? Julia Capulet?«

»Na ja, schon … Hab von ihr gehört, ja.«

»Die beiden sind in großer Gefahr.« Mercutio wurde immer aufgeregter.

»In Gefahr? Wieso?«

»Pssst!« Mercutio hob unvermittelt die Hand und lauschte.
»Was ist denn?«
»Still!« Mercutios Blick kehrte sich nach innen. Sekundenlang verharrte er in völliger Reglosigkeit. »Ich glaube, die Gestalten sind hier«, flüsterte er schließlich. »Sie werden nicht zögern, zuzuschlagen. Wir müssen uns beeilen!«
Er hastete weiter, bog eilig um die nächste Ecke. Ben hatte Mühe, ihm zu folgen.
»Was für Gestalten?«, fragte er. »Von wem redest du?«
»Sie bringen den Tod, das spür ich genau.«
»Wen meinst du, verdammt noch mal? Wer sind *sie*?«
»Ich weiß es nicht«, gab Mercutio verzweifelt zurück. »Sie tragen graue Mäntel. Sie schleichen durch die Gassen. Vor ein paar Tagen sah ich sie vor Julias Haus. Sie flüsterten miteinander. Es war unheimlich. Als sie mich sahen, verschwanden sie. Gestern dann …«
»Du hast sie wiedergesehen.«
Mercutio nickte. »In der Nähe von Romeos Haus.«
»Und jetzt glaubst du, sie wollen …?«
»Ich mache mir Sorgen. Um ehrlich zu sein, ich habe Angst.«
Ben war durcheinander. Die Gedanken fuhren Achterbahn in seinem Kopf. Er befand sich in Shakespeares berühmtestem Stück, so viel war klar. Aber irgendetwas daran stimmte nicht. Von finsteren Gestalten in grauen Mänteln war in *Romeo und Julia* nicht die Rede. Tante Lynn! Sie könnte ihm sagen, was hier los war. War sie auch in Verona? *In seiner Gewalt* – so hatte es auf dem Zettel in ihrer Bibliothek gestanden. War sie entführt worden? Er musste herausfinden, was geschehen war, unbedingt. Er griff nach dem halben Amulett um seinen Hals. Das rötlich schimmernde, mit einer Inschrift verzierte Oktagon hatte ihn hergeführt. War es der Schlüssel zu allem? Und wenn es so war: Wo war dann die andere Hälfte?

5

Mercutio führte ihn durch ein Gewirr von Gassen und Passagen, vorbei an der wuchtigen Fassade der Basilica di San Zeno und dem Löwentor. Je länger sie gingen, desto breiter wurden die Gassen und desto vornehmer die Fassaden der Häuser. Vor einem prächtigen Palazzo blieb Mercutio stehen.

»Wir sind da«, sagte er und öffnete die schwere, mit aufwendigen Holzschnitzereien verzierte Eingangstür. Sie betraten eine Halle, schattig und kühl. Fresken an den Wänden. Jagdszenen, Bilder aus dem häuslichen Leben, daneben in einem goldbelegten Rahmen ein Porträt – vermutlich der Hausherr.

»Wer wohnt hier?«

»Die Montagues«, sagte Mercutio und wies auf eine breite Treppe aus Marmor. »Folge mir.«

Kaum vier Stufen weiter kam ihnen ein alter Mann mit Tränen in den Augen entgegen.

»Balthasar!«, rief Mercutio.

»Oh, Mercutio, etwas Furchtbares ist … Mein Herr, Romeo Montague, ist …«

Mercutio packte den Alten an den Schultern und schüttelte ihn. »Wo ist er? Was ist mit Romeo?«

Der Diener zitterte: »Da waren Gestalten. Auf der Gasse. Sie haben ihm aufgelauert und ihn mit sich gezerrt.«

»Sie haben Romeo entführt?«

»Ja, Herr.«

»Trugen sie graue Mäntel?«

Balthasar nickte. »Lange Umhänge mit weiten Kapuzen.«

»Wohin haben sie sich gewandt?«

»In Richtung Arena. Mein Herr hat sich gewehrt, aber was konnte er schon ausrichten, allein gegen drei?« Der Diener stockte. »Eine von diesen schrecklichen Gestalten hat sich zu mir umgedreht …«

»Wie sah er aus?«, fragte Mercutio.

»Seine Augen, sie …« Balthasar war von Entsetzen gezeichnet. »Sie glühten wie Kohlen in einem Feuer.«

Mercutio sah Ben entschlossen an. »Los, komm«, sagte er, »bevor es zu spät ist!«

Sie liefen los. Natürlich hatte Ben von der weltbekannten Arena di Verona gehört. Seine Eltern hatten ihm davon erzählt. Das Mekka für Opernfans. *Nabucco* und *Aida*, der berühmte Guiseppe Verdi. Bens Mutter hatte die Oper geliebt. Sein Vater hatte eine Reise für sie geplant, zu der es nicht mehr gekommen war.

Ben sah sich um. Etwas lag in der Luft. Warum waren die Plätze und Gassen auf einmal wie leer gefegt? Kein Mensch weit und breit, keine Katze, kein Hund. Statt der Hitze drückte plötzlich erbarmungslose Stille auf die Stadt. Kurz darauf kam Wind auf, schwoll an, blies Mercutio und ihm erst entgegen, um sie einen Augenblick später von der Seite anzufallen und ihnen das Gleichgewicht zu rauben. Der Himmel, vor ein paar Minuten noch strahlend blau, war fleckig geworden: mit grauen Schlieren überzogen, die sich zusammenballten zu einer düsteren, Unheil verkündenden Wolkenwand.

Dann setzte Regen ein, wie Ben ihn noch nie erlebt hatte. Von einer Sekunde zur andern liefen Mercutio und er durch eine Wand aus Wasser und Gischt. Der Himmel hatte sich in ein tosendes Meer verwandelt. Ben versuchte, mit den Händen seine Augen zu beschirmen, um nicht den Anschluss an seinen Begleiter zu verlieren.

»Da vorn!«, hörte er Mercutio rufen. Zwischen den stürzenden Wassermassen tauchten schemenhaft die Umrisse der halb zerfallenen Arena auf, rund und schwarz, ausgefranst an den Mauerrändern. Aus der Ruine schallte ein Schrei zu ihnen herüber, drang ihnen durch Mark und Bein. Sie beschleunigten ihre Schritte.

»Romeo!«, rief Mercutio. Und dann noch einmal, noch lauter: »Romeo!«

»...utio ...ilf mir«, drangen Wortfetzen aus dem Gemäuer zu ihnen.

Sie schauten sich an und rannten los.

»Da hinten!« Mercutio deutete zur Mitte der gewaltigen Arena, in der sich drei Gestalten um einen jungen, ausnehmend schönen Mann geschart hatten. Genau wie von Balthasar beschrieben, trugen sie graue Umhänge mit Kapuzen, die ihre Gesichter beschatteten. Aber hatten sie überhaupt Gesichter? Ben fröstelte. Etwas unfassbar Gnadenloses ging von ihnen aus, eine abgründige Bösartigkeit, wie er sie noch nie gespürt hatte. Sie waren genau wie er in diesem Stück – und waren doch weder Mensch wie er noch erdachte Figuren wie Mercutio oder Romeo. Kein Dichter dieser Welt, nicht mal ein William Shakespeare, konnte sich derart Grauenhaftes ausgedacht haben.

Romeo hatte keine Chance. Blut sickerte ihm bereits aus mehreren Stichwunden an Brust und Schulter. Er versuchte, seine Angreifer mit einem Messer abzuwehren, was völlig aussichtslos war. Die Gestalten hatten breite Schwerter, mit denen sie ihn mühelos auf Distanz hielten und ihm gleichzeitig weitere Stiche beibrachten.

In Ben blitzten Bilder vom spanischen Stierkampf auf. Ein Schlachten, ein kunstvoll choreografierter Tanz in den Tod. Aber der, der da vor ihm in der Arena um sein Leben kämpfte, war kein Stier, sondern ...

»Romeo!«, schrie Mercutio.

Eine der Gestalten hatte Romeo ihr Schwert bis zum Heft in die Seite gestoßen. Tödlich getroffen, sank der junge Mann zu Boden.

Ben begriff das alles nicht: Warum wurde Romeo hier, in dieser Arena, durch ein Schwert getötet? In Shakespeares Stück starb er in den Armen seiner Julia an Gift. Ben kam nicht dazu, weiter nachzudenken, denn jetzt stürmte Mercutio los – direkt auf die grauen Kerle zu.

»Das ist Wahnsinn!«, schrie Ben. »Bleib hier!«

Instinktiv rannte er hinter ihm her. Mercutio hatte die Gestalten mittlerweile erreicht und versuchte einer von ihnen das Schwert zu entwinden.

Eine andere Gestalt – die, die Romeo getötet hatte – zog ihre blutige Klinge aus dem Leichnam und stellte sich Ben entgegen. Eine ungeheure Hitze ging von ihr aus. Als würde sie von innen heraus brennen. Ihr Gesicht war das Schrecklichste, was Ben jemals gesehen hatte. Die Haut schien wie von Ruß geschwärzt, dabei durchscheinend. Von blauschwarzen Adern durchzogen, überspannte sie wie dünnes Papier die hervorstehenden Schädelknochen. Gleichzeitig wirkte der ganze Schädel wie ein Trugbild. Ungreifbar. Weder Körper noch Geist. Das Schlimmste aber waren die Augen. Wie glühende Lavastücke saßen sie in ihren Höhlen. Die Gestalt öffnete den Mund. Faulige Zahnstümpfe wurden sichtbar. Derselbe üble Geruch wie in der Bibliothek schlug Ben entgegen: der Gestank des Todes. Die Gestalt lachte zischend, heißer Speichel tropfte ihr aus den Mundwinkeln – ein Schattenkrieger des Todes! Bleich vor Schreck, wandte sich Ben ab. Und erschrak noch mehr. Mercutio rannte schreiend auf ihn zu, das Schwert, das er der anderen Gestalt entwendet hatte, gezückt in den Händen. Was machte dieser Wahnsinnige! Wollte er ihn umbringen? In letzter Sekunde warf Ben sich zur Seite. Mercutio schoss an ihm vorbei, direkt auf das grinsende graue Wesen zu – und rammte ihm das Schwert in den Leib. Der Schattenkrieger schaute erstaunt auf die Klinge in seinem Bauch, dann blickte er hoch. Ben hatte den Eindruck, als würde sich ein Grinsen über die dunklen Mundwinkel ziehen. Eiskalt lief es ihm über den Rücken, er rappelte sich auf. »Komm schon!«, rief er, packte Mercutio, der wie gelähmt auf die Gestalt starrte, am Kragen und zog ihn mit sich fort. Durch den strömenden Regen rannten die beiden los, in ihrem Rücken das wütende Geheul der grauen Gestalten. Die Jagd war eröffnet.

Ben spürte, wie Mercutio ihn an der Schulter packte, als wolle er ihn zurückhalten.

»Bist du verrückt?« Ben riss sich los. Weg, nur weg! Aber wohin? »Mach schon«, rief er Mercutio zu. »Lauf!«

Was war bloß mit dem Veroneser los? Vorhin auf dem Weg zur Arena war er wesentlich schneller gerannt als jetzt. Lähmte ihn der giftige Atem der Gestalten in seinem Rücken, das kalte Metall ihrer gezückten Schwerter?

Meter um Meter machten die Schattenkrieger gut. Ben wunderte sich über sich selbst. Er spürte keine Angst, nur die Gewissheit, dass die grauen Gestalten hinter ihm nicht eine Sekunde zögern würden, erneut zu morden. Nie in seinem Leben war er so unverstellter Grausamkeit begegnet, der nackten Freude am Töten.

Mercutio hatte inzwischen wieder zu ihm aufgeschlossen. Da hinten war ein schmaler Durchgang! Wenn überhaupt, hatten sie nur im Gewirr der engen Gassen eine Chance. Dort würden die Schattenkrieger ihre Schnelligkeit nicht so ausspielen können wie auf dem breiten Platz vor der Arena.

Ohne weiter nachzudenken, riss Ben Mercutio mit sich. Nach ein paar Metern gelangten sie in einen kleinen Hof, der auf allen Seiten von hohen Hauswänden umschlossen war. Es roch nach Essen. Ben hörte das Hecheln der heranstürmenden Schattenkrieger. Wenn er nicht auf der Stelle etwas unternahm, waren Mercutio und er verloren! Er blickte sich um. Dort, eine schmale Treppe hinter einer geöffneten Tür. »Da rein!«, rief er und schob Mercutio vor sich her die Stufen hinauf. Er verfluchte sich innerlich. Warum hatte er nicht eine Sekunde länger überlegt, bevor er in den Durchgang gerannt war.

Sie erreichten eine Tür, Ben stieß sie auf. Das Dach des Hauses. Sie waren auf einer Terrasse gelandet. Endstation!

»Und jetzt?«, schnaufte Mercutio außer Atem.

Ben sah sich um. Der Regen prasselte unaufhörlich auf die Dächer der umliegenden Häuser. Die Aussicht, von einem Schwert der Schattenkrieger zerteilt zu werden, steigerte seinen unbedingten Willen, einen Ausweg aus dieser ausweglosen Lage zu finden.

»Wir müssen springen!«, rief er und deutete auf ein Hausdach, das ein Stück tiefer auf der anderen Seite einer schmalen Gasse lag.

»Du willst da rüber?«, fragte Mercutio erschrocken.

Statt einer Antwort kletterte Ben auf das mit roten Ziegelpfannen gedeckte Dach. Von der Treppe her drangen bereits die Schritte der Schattenkrieger und das Klirren ihrer Schwerter herauf.

»Komm zurück!«, forderte Mercutio. »Das kann nicht gut gehen!«

Ben antwortete nicht. Er rannte das schräge Dach hinunter bis zur Kante. Jetzt nur nicht das Gleichgewicht verlieren! Mit aller Kraft drückte er sich ab. Ein weiter Satz und er fand sich auf der anderen Seite wieder. Zu seiner Überraschung landete unmittelbar darauf Mercutio bei ihm, das Gesicht grimmig verzerrt. Dabei löste sich eine der Dachpfannen und glitt in die Tiefe. Ben hörte sie unten auf dem Pflaster zerplatzen. Mercutio verlor den Halt und rutschte auf den regennassen Ziegeln ab. Ben konnte ihn gerade noch am Arm packen und zu sich herüberziehen. Er schaute hoch zu der Terrasse. Sie mussten sich vor den Blicken der Schattenkrieger verbergen, so schnell wie möglich! Der einzige Schutz weit und breit war ein Schornstein, keine drei Schritte von ihnen entfernt. »Da rüber«, flüsterte er und zog Mercutio mit sich hinter den gemauerten Abzug. Als der Veroneser etwas erwidern wollte, hielt Ben ihm den Mund zu. »Leise!«, zischte er und lauschte. Die Gestalten mussten die Terrasse auf dem anderen Dach erreicht haben. Er konnte hören, wie sie miteinander redeten. Was sie sagten, verstand er allerdings nicht. Nach ein paar Sekunden – Ben kamen sie wie eine Ewigkeit vor – waren die Stimmen nicht mehr zu hören. Die Schattenkrieger mussten die Verfolgung eingestellt und die Terrasse verlassen haben.

»Sieht so aus, als hätten wir noch mal Glück gehabt«, sagte Ben zu Mercutio und löste die Hand von seinem Mund. »Wenn du den Burschen in der Arena nicht erwischt hättest, wär ich jetzt tot.«

»Schon gut.« Mercutio senkte den Kopf. Er wirkte noch immer verwirrt. »Und jetzt?«

»Weiter!«, gab Ben zurück.

»Wohin?«

»Zu Julia!«

»Wieso zu Julia?«

»Hast du nicht gesagt, diese finsteren Kerle hätten auch vor ihrem Haus gelauert?«

»Ja schon, aber …«

»Verdammt, Mercutio, die haben Romeo umgebracht! Was glaubst du, werden sie als Nächstes tun?«

6

Vom Regen durchweicht und völlig außer Atem, erreichten sie das Haus der Capulets. Hoffentlich kamen sie nicht zu spät! Mercutio betätigte den Türklopfer. Ein Diener mit hageren Gesichtszügen öffnete. Mercutio schob sich an ihm vorbei ins Haus.

»Wo ist sie, Gregorio?«

»Wen meint Ihr, Herr?«

»Julia, wen sonst?«

»Sie ist oben.«

»Gott sei Dank! Verriegele die Tür und lass niemanden rein. Sie ist in großer Gefahr. Wir alle sind in großer Gefahr.«

Ben warf einen Blick auf die Gasse. Noch war von den grauen Gestalten nichts zu sehen, aber es war nur eine Frage von Augenblicken, bis sie hier auftauchen würden.

Gregorio schlug die schwere eichene Haustür zu und schob den Riegel vor. »Ihr könnt euch auf mich verlassen.«

Ben folgte Mercutio eine breite Treppe hinauf. Sie mündete in einen weitläufigen Flur, von dem mehrere Zimmer abgingen. Die beiden betraten einen behaglich eingerichteten Raum, dessen Stirnseite von einem mächtigen Kamin beherrscht wurde. In einer der Fensternischen saß in sich versunken ein Mädchen und kämmte ihr hüftlanges braunes Haar. An die bunten bleigefassten Scheiben hinter ihr prasselte der Regen. Sie trug ein kostbares purpurnes Seidenkleid, die Brust goldfarben abgesetzt.

»Julia!«, rief Mercutio leise.

Das Mädchen fuhr erschrocken zusammen.

»Mercutio!«, sagte sie. »Was tust du hier?«

»Wir müssen fliehen. Sofort!«

»Fliehen? Aber wieso denn?«

»Das ist jetzt nicht der Zeitpunkt, um …«

»Wer ist dein Begleiter?« Julia schaute hinüber zu Ben. Der starrte sie an. Ihre Schönheit war atemberaubend.

»Ich heiße Ben«, stammelte er.

»Hab ihn auf dem Markt kennengelernt«, erklärte Mercutio hastig.

»Warum seid ihr so durchnässt? Und wo ist Romeo?«

»Er … wir … ich dachte, er wäre bei dir«, log Mercutio.

»Wieso bei mir? Er wollte doch zu dir.«

»Zu mir?«

»Das hat er jedenfalls gesagt.« Sie musterte Mercutio skeptisch. »Ist irgendetwas passiert? Du schaust so merkwürdig.«

»Komm schon, Julia, wir müssen uns beeilen!«

In diesem Augenblick war von unten ein Poltern zu hören, dann ein Aufschrei und ein Röcheln.

»Das war Gregorio!« Erschrocken wandte sich Julia an Mercutio. »Was um Himmels willen ist hier los?«

Sie wollte zur Tür. Mercutio hielt sie zurück. »Bleib hier!«

»Was soll das? Lass mich los!«

»Wenn du da rausgehst, werden sie dich töten!« Er wandte sich an Ben. »Ich fürchte, wir werden mit ihnen kämpfen müssen!«

»Bist du verrückt?«, widersprach Ben. »Das ist Wahnsinn! Du hast ja nicht mal eine Waffe.«

Von der Treppe her waren zischende Stimmen zu hören.

Julia starrte Mercutio und ihn an. »Von wem redet ihr?«

Die Stimmen wurden lauter, ohne dass man sie hätte verstehen können. Eine Tür wurde geöffnet und kurz darauf wieder geschlossen. Ben überlegte fieberhaft. Sie schienen die Zimmer zu durchsuchen, die vom Flur abgingen. Eine Minute höchstens, dann würden sie auch hier hereinkommen. Sein Blick fiel auf den Kamin. Auch wenn es verrückt war, vielleicht würde es funktionieren. »Los, dort hinein!«

»Damit sie uns von unten abstechen?«, entgegnete Mercutio.

»Es ist unsere einzige Chance!« Ben rannte zum Fenster und riss es auf. »Vielleicht können wir sie täuschen und sie glauben, wir wären aus dem Fenster geklettert.«

»Er hat recht«, sagte Julia und lief hinüber zum Kamin. Ohne zu zögern, zwängte sie sich in den rußgeschwärzten Abzug.

Ben folgte ihr und hob sie hoch. »Versuch dich mit deinem Körper gegen die Mauer abzustützen.« Sie schaute ihn an. Ihre Augen waren tief wie das Meer.

»Lass mich das machen, ich hab mehr Kraft als du«, sagte Mercutio unwirsch und schob Ben zur Seite. Mit der einen Hand drückte er Julia nach oben, mit der andern stützte er sich gegen die Kaminwand ab. So gut es ging, verkeilte er seinen Körper im Mauerwerk, zog die Füße nach, suchte mit den Sohlen Halt auf vorstehenden Backsteinen und arbeitete sich auf diese Weise wie eine Raupe Stück für Stück weiter hinauf.

Ben fixierte mit den Augen die Tür und lauschte. Sein Herz schlug bis zum Hals.

»Beeilt euch«, flüsterte er und versuchte Mercutio und Julia von unten zu stützen. Gleichzeitig drückte er sich selbst in den gemauerten Schacht, presste Körper und Arme, so fest er konnte, gegen die Wände. Dann zog er seine Beine nach und drückte sich an der Mauer nach oben.

In diesem Moment hörte er, wie die Tür aufflog und die Gestalten den Raum betraten. Er erkannte sie an ihrem Geruch und an der furchtbaren Hitze, die von ihnen ausging. Er hörte sie schnüffeln.

Ben hielt den Atem an. Er hoffte nur, dass der Ruß der Kaminwände seinen Körpergeruch und den von Julia und Mercutio überdeckte.

»Also muoget wir guot ûv lauer seînt«, hörte er einen der Schattenkrieger zischen. Seine Stimme klang merkwürdig abgehackt, war heiser und kaum zu verstehen. »Der meister hat sâget, der junge her sînt von schlauem gewês.« Von wem redete er? »Glîch sîner tant.« Verdammt, diese Kreatur meinte ihn! Aber woher wussten die Schattenkrieger, dass er hier in Verona war?

»Seî west nît weiter gelaufet als bis hîr«, hörte er eine weitere Stimme flüstern. Auch wenn sie noch leiser sprach als die erste, ihre Kälte und Bosheit war unüberhörbar. »Muoget fassen den fremten hern ohn gnâd!«

Das war die Bestätigung. Sie waren hinter ihm her. Ohne jeden Zweifel! Aber warum? Mercutio hatte doch behauptet, sie hätten es auf Romeo und Julia abgesehen. Was ja wohl auch stimmte. Jedenfalls war Romeo tot, ermordet.

Bens Beine zitterten, in seinem rechten Oberschenkel breitete sich ein Krampf aus. Das Gewicht der beiden Körper über ihm lastete auf seinen Schultern. Die Kanten vorstehender Mauersteine pressten sich in seinen Rücken. Es war, als würde er keine Luft mehr kriegen. Er packte Mercutio an den Waden, versuchte seine Beine weiter nach oben zu drücken. Lange würde er die beiden nicht mehr halten können.

»Woher bist gewiss, dass die zwêe hern und capulets tohter seînt hîr?«, zischte die erste Gestalt.

»Da leyet rôtes mytz«, fauchte es zurück.

Mercutios rote Kappe! Er musste sie in der Aufregung verloren haben. Warum hatte er nicht besser aufgepasst? Ben begann zu schwitzen. Der Krampf in seinem Oberschenkel wurde immer stärker. Er spürte, wie sein Wille nachließ. Vielleicht noch eine halbe Minute, dann würde er der Schwerkraft nicht länger widerstehen können. Schweiß lief ihm von der Stirn, brannte in seinen Augen. Wann würden diese verdammten Scheißkerle endlich das offene Fenster bemerken?

»Sâg oich, seînt gefluecht«, zischte jetzt der erste Schattenkrieger. »Seht, fenster stet ôfen!«

Hoffnung keimte in Ben auf. Er hörte die Gestalten beratschlagen, konnte aber nicht verstehen, was sie sagten. Dann hörte er die Tür knarren. Die grauen Kerle schienen sich entschlossen zu haben, den Raum zu verlassen.

Erleichtert atmete er auf, da erhielt er plötzlich von oben einen Tritt. Mercutios Fuß landete unterhalb von Bens linkem Jochbein mitten im Gesicht. Sein Hals knackte. Was machte dieser Wahnsinnige da? Mercutio zog seinen Fuß zurück, nur um sofort darauf noch mal zuzutreten. Ben konnte sich nicht länger halten, rutschte ab – und im nächsten Moment fand er sich auf dem Boden des Kamins wieder. Instinktiv griff er nach einem Schürhaken, der neben ihm lag, und drehte sich zur Tür um, bereit zum Kampf. Aber keine Spur mehr von den Gestalten, die Tür war zu!

»Sie sind weg«, stammelte Ben ungläubig.

»Bist du sicher?«, fragte Mercutio.

»Nichts mehr von ihnen zu sehen.«

Er rollte sich von der Feuerstelle weg, versuchte sich aufzurichten und seine schmerzenden Glieder zu strecken. Mercutio ließ sich den Abzug hinabrutschen und half Julia aus dem Kamin.

»Hätte nie gedacht, dass sie auf eine so plumpe List hereinfallen würden.«

»Wären sie auch nicht, wenn du eine Spur früher und fester zugetreten hättest.«

»Was soll das?«, brauste Mercutio auf. »Was willst du damit sagen?«

»Warum hast du das getan?«

»Ich bin abgerutscht, das ist alles.«

»Zweimal kurz hintereinander?« Ben verzog ungläubig das Gesicht.

»Denk nach, bevor du solche Unterstellungen aussprichst«, zischte Mercutio. »Wenn sie dich erwischt hätten, hätten sie Julia und mich auch erwischt. Glaubst du wirklich, ich hätte uns alle drei ausliefern wollen?«

»Nein. Natürlich nicht.«

»Dann spar dir solche Anschuldigungen!«

»Jetzt hört schon auf«, mischte sich Julia ein. »Oder wollt ihr, dass sie wegen eures Streits wieder zurückkommen?«

Ben streckte Mercutio seine Hand entgegen. »Tut mir leid.«

»Schon gut.«

»Na also, geht doch«, sagte Julia. »Dann können wir uns ja jetzt endlich Gedanken machen, wie wir hier wegkommen.«

»In der Nähe der Stadt ist ein großer Wald«, sagte Mercutio. »Ich kenne jemanden, der dort lebt. Bei dem könnten wir uns verstecken.«

»Und wie willst du da hinkommen?«, fragte Ben. »Diese Teufel werden nicht so einfach aufgeben. Selbst wenn sie auf den Trick mit dem Fenster reingefallen sind, die werden das Haus umstellen und weiter beobachten.«

Mercutios Miene verdüsterte sich. »Und was willst *du* tun?«

Ben überlegte. Dann wandte er sich an Julia. »Gibt es hier irgendwo einen geheimen Ausgang?«

Julia schüttelte den Kopf. »Nicht, dass ich wüsste ... Doch, warte. Im Keller, da ist eine Tür ...«

Vorsichtig schlichen sie die Treppe hinunter. Als Julia den toten Gregorio sah, wollte sie aufschreien. Ben hielt ihr den Mund zu.

»Irgendwann werden die Kerle dafür büßen«, sagte er, »das versprech ich dir.«

Minuten später standen sie in den unterirdischen Gewölben des Hauses vor einer kleinen aus Kastanienholz gezimmerten Tür.

»Und wo führt die hin?«, fragte Mercutio skeptisch.

»Weiß nicht«, antwortete Julia. »Mein Vater hat mir erzählt, dass sie noch nie geöffnet wurde, seit er hier lebt.«

»Na, dann wird's ja Zeit!« Ben griff entschlossen nach der Klinke, doch Mercutio war schneller.

»Warte! Du weißt nicht, was uns dahinter erwartet.«

»Aber ich weiß, was uns da oben erwartet. Tut mir leid, ich hab nicht die geringste Lust, mich von dieser Bande kaltblütiger Mörder abstechen zu lassen.«

Damit schob Ben Mercutios Hand beiseite und drückte die Klinke herunter.

Vor den dreien öffnete sich ein schwarzes Loch. Modriger Geruch schlug ihnen entgegen.

»Also los«, sagte Ben.

»Ohne mich«, erwiderte Mercutio.

»Er hat uns schon einmal gerettet«, sagte Julia und trat durch die Tür. Ben folgte ihr.

»Du verdammter Idiot!«, hörte er Mercutio schimpfen, dann knallte die Tür hinter ihm zu.

7

Totale Finsternis umgab ihn. Die Luft war abgestanden und verbraucht. Das Atmen fiel ihm schwer. Wie ein Blinder tastete er sich mit den Füßen über den abschüssigen Boden. Sein Schuh verhakte sich in etwas, das er in der Dunkelheit nicht erkennen konnte. Er verlor das Gleichgewicht, nahm das Klatschen von Wasser wahr, schlug mit dem Rücken hart auf, spürte Nässe, die durch seine Kleidung drang, und begriff, dass er in einer knietiefen Pfütze gelandet war. Er riss die Augen auf, aber da war nichts, nur Schwärze.

Das Wasser war brackig und stank nach Salz, Fisch und Teer. Einem Impuls folgend, griff er sich an die Brusttasche. Sein Handy. Es war nicht mehr da, musste bei seinem Sturz herausgerutscht sein. Panisch kroch er durch die faulige Brühe und begann den Boden abzutasten, der aus hölzernen Planken bestand.

»Ben?«, fragte Julia. Ihre Stimme kam von rechts. Sie hatte Angst, das konnte er hören.

»Ja.«

»Was ist das für ein Raum?«

»Ich weiß nicht.«

»Er weiß es nicht«, hörte er eine Stimme hinter sich sagen.

»Bist du das, Mercutio?«

»Wer sonst?«

Trotz ihres Streits vor der Kellertür war Ben erleichtert. »Gut, dass du da bist«, sagte er.

»Glaubst du wirklich, ich hätte Julia mit dir allein gelassen? Du kennst dich doch überhaupt nicht aus in Verona.«

Das stimmte – einerseits. Andererseits hatte Ben das unbestimmte Gefühl, dass sie längst nicht mehr in Verona waren, auch wenn das eigentlich unmöglich schien. Mit *Romeo und Julia* hatte das hier jedenfalls garantiert nichts zu tun! In was war er da bloß hineingeraten? Er spürte einen Kloß im Hals. Wenn er wenigstens das verdammte Handy gefunden hätte.

»Ich wollte uns doch nur in Sicherheit bringen«, sagte er.

»Und hast uns in noch größere Schwierigkeiten gebracht«, entgegnete Mercutio.

»Dann lass uns eben wieder zurückgehen.«

»Gern. Wenn du mir sagst, wie.«

»Was soll das heißen?«

»Um zurückzugehen, brauchen wir eine Tür. Aber die ist verschwunden!«

»Was redest du denn da?«, mischte sich Julia ein.

»Es gibt keine Tür mehr!«

»Du musst doch direkt davorstehen.«

»Im Prinzip ja. Aber hier ist nichts. Keine Mauersteine, keine Tür. Bloß eine Holzwand.«

»Soll das ein Witz sein?« Ben versuchte aufzustehen, stützte sich mit den Händen ab. Seine Finger ertasteten einen länglichen Körper, nachgiebig und sich windend wie eine … Er schrie auf.

»Was ist?«, fragte Julia panisch.

»Nichts«, sagte Ben, »gar nichts.« Die Schlange zwischen seinen Fingern war nur ein Seil, das zu einer Taurolle gehörte. Er ertastete die kühlen Eisenringe von Holzfässern, die einen beißenden, widerlich fettigen Geruch verströmten. Kaum hatte er sich an den Fässern hochgezogen, bemerkte er das Schwanken. Vor und zurück, auf und ab. Erst schrieb er es der Dunkelheit zu, aber auch als er sich abstützte, hörte es nicht auf, im Gegenteil: Der ganze Raum und die Finsternis darin schienen sich zu bewegen.

»Hört ihr?«, fragte Julia. »Was ist das?«

Es war ein Ächzen, das sich anhörte wie zusammengefügte Holzplanken, die sich in ihren Fugen verschoben. Daneben ein Plätschern. Kein Zweifel, das war Wasser. Oder genauer: Es waren Wasserblasen, so wie sie sich beim Vorbeifließen an festen Körpern bilden, zum Beispiel an einem hölzernen Rumpf. Und dann war da noch ein drittes Geräusch, eines, das ihn an das Klatschen von zum Trocknen aufgehängten Bettlaken erinnerte. In diesem Moment begriff er, wo er sich mit Julia und Mercutio befand. Deswegen der schiefe Boden, das brackige Wasser, der faulige Geruch, das Ächzen im Gebälk, das Schlagen des Windes – sie waren im Kielraum eines Segelschiffs!

»Woher kommen all diese Geräusche?«, flüsterte Julia. »Wo um Himmels willen sind wir?«

»Keine Angst!«, sagte Ben. »Wir müssen nur die Tür finden, dann gehen wir zurück!« Er wollte es einfach nicht glauben. Durch eine Kellertür zu gehen und in einem Schiffsrumpf zu landen – das war unmöglich! Genauso unmöglich wie in einer New Yorker Bibliothek die Seiten eines Buchs zu berühren und sich mitten in einem Theaterstück wiederzufinden. Er tastete sich in Mercutios Richtung. »Eine Tür kann sich doch nicht in Luft auflösen!« Er stieß mit den Händen gegen die Wand, richtete sich auf und begann zu klopfen und zu tasten. Rechts und links Holz! Aber nirgendwo eine Tür!

»Überzeugt?«, fragte Mercutio. »Warum gibst du nicht endlich zu, dass du einen Fehler gemacht hast?«

»Und wenn schon.«

»Und wenn schon? Wir sind in diesem verdammten Keller eingesperrt und kommen nicht heraus. Und das nur, weil du dich unbedingt durchsetzen musstest!«

Ben spürte Wut in sich aufsteigen. »Warum hackst du ständig auf mir rum? Wird davon irgendwas besser?«

»Du verträgst nur die Wahrheit nicht.«

»Mit der du ja eher sparsam umgehst.«

»Was willst du damit sagen?«

Ben gab keine Antwort. Dieser verdammte Besserwisser! Der immer nur dagegen redete, anstatt selbst zu handeln. Und jetzt redete *er* über Wahrheit? Ausgerechnet er, der zu feige gewesen war, seiner angeblich so guten Freundin Julia reinen Wein einzuschenken, was mit Romeo passiert war? Na gut, dann werde ich es ihr eben erzählen, und zwar hier und jetzt, überlegte Ben. »Weißt du was, Julia …?«

»Nein, weiß ich nicht«, unterbrach sie ihn. »Und ich will es auch gar nicht wissen. Ich will nur, dass wir so schnell wie möglich hier rauskommen und dass ihr endlich aufhört zu streiten!«

Die Entschlossenheit in ihrer Stimme war bezwingend. Stille machte sich breit. Und mitten in diese Stille hinein … tack, tack tack.

»Pssst!«, flüsterte Ben. Das waren Schritte, er war sich sicher! Verdammt! Ihr Streit war nicht unbemerkt geblieben. Im selben Augenblick knarrte auch schon das Scharnier einer Tür.

»Versteckt euch!«, zischte Ben Julia und Mercutio an. Fieberhaft überlegte er, wie er sich selbst verbergen konnte. Doch zu spät. Schon wurde die Tür aufgestoßen, und Ben sah sich in dem schmalen Schein einer Petroleumlaterne einem kräftigen Mann gegenüber. Der trug eine halblange Hose, an den Beinen ausgefranst und geflickt, dazu ein speckiges Hemd. Sein unrasiertes Gesicht war von pockigen Schrunden übersät.

»Hab ich doch richtig gehört«, sagte er mit heiserer Stimme. Seine eng stehenden Augen musterten Ben misstrauisch. Er schritt auf ihn zu, packte ihn am Arm und zog ihn zu sich heran. »Wo sind die andern?«

Ben schwieg. Sollten Mercutio und Julia es geschafft haben, sich zu verstecken? Der Matrose schlug ihm ins Gesicht, packte ihn, wirbelte ihn herum und drehte ihm den Arm auf den Rücken. Schmerz durchzuckte Ben wie ein Stromschlag. Er stand jetzt mit seinem Gesicht zur Bordwand. Genau dort musste eben die Tür gewesen sein, aber nichts. Nichts. Der Matrose zog ihm mit einem Ruck den Arm nach oben. Sein Mund war ganz nah an Bens Ohr. »Hör zu, du Pisser, Onkel Bill mag's nicht, wenn man ihn verscheißert, klar?«

»Klar«, presste Ben hervor. Sein Oberarm fühlte sich an, als sei er ihm aus dem Gelenk gerissen worden.

»Also? Wo sind sie?«

»Hier ist niemand. Ich bin allein.«

»Willst du mir weismachen, du hättest mit dir selbst geredet?«, fauchte der Matrose. »Wo ist das Mädchen?«

Ben spürte den abstoßenden Speichel in seinem Nacken und dann einen Schlag in seinem Rücken. Es knackte. Er schrie auf. Der Seemann hatte ihm sein Knie in die Wirbelsäule gerammt.

»Ben!«, rief Julia aus der Dunkelheit.

»Na also«, grunzte der Matrose zufrieden und schwenkte die Laterne in die Richtung, aus der ihre Stimme gekommen war. »Putt, putt, putt, kleines Hühnchen, komm brav zu Onkel Billyboy!«

In diesem Moment sprang Mercutio aus der Dunkelheit auf den Seemann zu, doch der riss gerade noch rechtzeitig sein linkes Bein hoch und traf ihn mit voller Wucht in den Unterleib. Stöhnend klappte Mercutio zusammen.

»Ich bitte Euch, Herr.« Julia trat aus der Dunkelheit vor. »Tut ihnen nichts!«

Der verdreckte Matrose schwenkte seine Laterne und starrte sie an. »Bei allen Heiligen, was für ein leckeres Käferchen«, geiferte er und stieß Ben zu Boden. Dann schnappte er sich Julia und roch begehrlich an ihr. Er zog ein Messer mit elfenbeinernem Griff aus seinem Gürtel, ließ die Klinge über ihr Mieder fahren und durchtrennte die Schnürung. Seine Finger wühlten sich wie Maden unter den kostbaren Stoff. Julia versuchte sich zu wehren, was seine Gier nur noch mehr anstachelte.

»Nimm deine schmutzigen Hände von ihr!«, schrie Ben und

mühte sich, hochzukommen. Doch der Matrose trat nach ihm. »Jetzt hab ich aber genug, kleiner Scheißer. Willst doch dem guten Billyboy wohl nicht den Spaß verderben.«

Sein Schuh traf Ben mitten ins Gesicht, knapp unterhalb des Jochbeins. Der Schmerz explodierte in seinem Kopf. Ben kauerte sich zusammen – in Erwartung eines weiteren Tritts. Aber dazu kam es nicht, denn von draußen donnerte eine wütende Stimme: »Was in drei Kreuzes Namen ist in dich gefahren?«

Der Matrose zuckte zusammen. Hinter ihm tauchte das verärgerte Gesicht eines Mannes auf, dessen hagere Züge von einem sorgfältig rasierten Backenbart eingerahmt waren. Sein Zorn verlieh ihm etwas Unbezwingbares, seine vom Wetter gegerbte Haut schimmerte kupfern im trüben Licht seiner Laterne.

»Blinde Passagiere, Mr Starbuck …«, meinte der Matrose eingeschüchtert.

»Das seh ich selbst.«

»Tut mir leid, Sir. Ich wollte das Fräulein nur nach Waffen durchsu…«

Der Rest des Satzes ging in einer schallenden Ohrfeige unter, die ihm Starbuck verpasste, ansatzlos, wie aus dem Nichts. In seinem hoch aufgeschossenen hageren Körper mussten Bärenkräfte wohnen.

Er wandte sich an Ben und seine Begleiter, musterte sie mit seinen klaren, kalten Augen. Sein Zorn wich einer misstrauischen Neugier, die ihn nur umso bedrohlicher wirken ließ.

»Woher kommt ihr?«

»Aus Verona«, sagte Mercutio und erhob sich.

»Verona?«

»Italien, Sir«, sagte Ben.

»Italien, Verona, so 'n Quatsch«, drängte sich der Matrose vor. »Wenn Sie mich fragen, Sir, will Ihnen dieser Klugscheißer nur einen einschenken.«

Starbuck brachte ihn mit einem Blick zum Schweigen. »Wie kommt ihr hier rein?«, fragte er.

»Eine komplizierte Geschichte«, wich Ben aus. Wie sollte er das alles erklären? Starbuck würde ihm nie glauben.

»Schmeißen wir sie über Bord«, schlug der Matrose vor. »Das sind blinde Passagiere, die haben nichts Besseres verdient.«

»Aber wir haben doch überhaupt nichts verbrochen«, sagte Julia. »Wir wissen ja nicht mal, wie wir hierhergekommen sind. Wir haben nichts weiter getan, als durch eine Tür im Keller unseres Hauses zu gehen.«

»Eine Tür im Keller eures Hauses?« Starbuck glotzte sie ungläubig an.

»Sie müssen sie entschuldigen, Sir …«, versuchte Ben die Situation zu retten und schob sich vor Julia. »Was sie sagen will, ist … sie … sie ist einfach verwirrt.«

Starbuck schlug den Kragen seiner Seemannsjacke hoch. »Schätze, der Käpt'n wird euch sehen wollen. Befürchte allerdings, das wird eine außerordentlich unangenehme Begegnung für euch …«

8

Den fauligen Atem des Matrosen im Nacken, folgten sie Starbuck durch einen engen Aufgang an Deck. Die frische Brise schlug wie eine salzige Woge über ihnen zusammen. Es war kalt hier oben, keine zehn Grad. Ein scharfer Wind fegte übers Deck, pfiff zwischen Rahen und Wanten hindurch. Die Segel der Dreimastbark waren gerefft. Nur am Besanmast flatterte ein Schratsegel. Auf den Wellen tanzten kleine Schaumkronen einem düsteren Horizont entgegen.

»Ist das etwa …?« Julia blickte entsetzt zu Boden.

Ben nickte. »Blut.« Es war überall. Wie ein roter Film lag es über einer dünnen Schicht aus Sand und Sägespänen.

Die Mannschaft der *Pequod* war mit dem Abspecken eines riesigen Walkadavers beschäftigt, der neben der Bordwand vertäut lag. In der Takelage des Schiffs waren große Flaschenzüge gehisst worden, Abspecktaljen, um den Walspeck an Bord zu hieven. Matrosen standen auf einem an der Bordwand befestigten Gerüst und schnitten mit Walspaten Löcher in den blutenden Tierleib, durch die sie Speckhaken stießen und an den Taljen befestigten. Einer der Männer rief ein Signal, worauf die an den Winden stehenden Matrosen ein Seemannslied anstimmten und zu hieven begannen. Wie eine Apfelsinenschale löste sich der am Haken hängende Speckstreifen vom Kadaver. Langsam rollte der Walkörper um seine Längsachse und verlor Meter um Meter seines kostbaren Specks, der höher und höher hinaufgehievt wurde, bis sein oberes Ende den Großtopp berührte.

Ben blickte hinüber zu einem gewaltigen Kupferbottich, in dem der Speck über einem Feuer zu Waltran gekocht wurde und dem derselbe scheußliche Geruch entströmte wie den Fässern unter Deck.

»Das ist ja ekelhaft«, sagte Julia. Mercutio begann zu würgen und übergab sich. Bill trat ihn in die Seite. »Schön wegwischen, du Scheißer, bevor's ans Sterben geht.«

Plötzlich hielten die Matrosen inne. Sie hatten Julia, Ben und Mercutio bemerkt und starrten zu ihnen hinüber, als hätten sie es mit Gespenstern zu tun.

»Was gibt's da zu gaffen, ihr verdammten Hurensöhne?«, schrie einer von ihnen, ein stämmiger, dabei aber drahtiger Seemann, der mit einer Pfeife im Mund neben dem Gangspill stand und Ben und seinen Gefährten den Rücken zudrehte.

»Mr Stubbs, Sir, da …«, stammelte ein Matrose und deutete stumm zu Ben hinüber, worauf sich Mr Stubbs in die angewiesene Richtung drehte.

»Ja, laus mich der Affe …«, entfuhr es ihm. Dann sagte er nichts mehr.

»Genug geglotzt, Männer«, sagte Starbuck. »Sind nur Menschen. Nicht anders als ihr selbst.«

»Aber da ist auch ein … Mädchen, Sir«, meldete sich einer der Matrosen vorsichtig zu Wort.

Julia zuckte zusammen. Gott sei Dank war dieser Starbuck dazwischen, der jetzt mit drohender Stimme zu dem Matrosen sagte: »Dir scheint wohl der Sinn nach Kielholen zu stehen.« Dann wandte sich Starbuck an Stubbs, der seine Pfeife nervös zwischen den Zähnen hin und her schob. »Wo ist der Käpt'n?«

»Wird in seiner Kabine sein, denk ich.« Stubbs versuchte seine Fassung zurückzugewinnen, dann fügte er hinzu: »Wo zum Teufel kommen die drei her?«

Starbuck blieb eine Antwort schuldig. »Ismael!«, wandte er sich stattdessen an einen Blondschopf, der hinter Stubbs an der Winde stand. »Hol den Käpt'n!«

»Jawohl, Sir«, sagte Ismael, blieb aber weiter wie angewachsen stehen.

»Sofort!«, befahl Starbuck. »Herrgott, was ist nur in euch gefahren?«

Einer der Matrosen knuffte Ismael in die Seite, worauf sich der Matrose aus seiner Erstarrung löste und zum Heck hinüberlief. Die Übrigen glotzten weiter misstrauisch, während aus dem Körper des Wals das Blut troff. Der Wind ließ die Takelage singen, ein Zittern lief durch das Schiff.

Plötzlich ein Geräusch. Wie das Aufschlagen eines Hammerkopfes auf einem hölzernen Pfosten, dumpf und gnadenlos – tack, tack, und dann noch einmal: tack. Es war in Bens Rücken und näherte sich. Zwischen jedem Tack vernahm Ben das Aufschlagen einer ledernen Schuhsohle. Dann sah er ihn und das Grauen nahm Gestalt an. Er hatte nur ein Bein. Anstelle des andern saß unterhalb des Knies ein Stumpf aus weißlich schimmerndem Walknochen.

Das konnte nicht sein. Erst *Romeo und Julia* und jetzt … Doch Ben war sich sicher: Das musste Kapitän Ahab sein, jener Ahab aus Herman Melvilles berühmtem Roman *Moby Dick*. Aber wie war das möglich? Eben war er noch in Verona gewesen und jetzt …? Jetzt befand er sich plötzlich in einer ganz anderen Geschichte, einer anderen Zeit, Tausende Kilometer entfernt. Ben sah Ahab vor sich, zwei Krücken, auf die sich der Mann stützte. Die Augen lagen tief und schwarz in ihren Höhlen, unstet und fiebrig prüfend, was sich vor ihnen tat. Ben hatte Angst vor ihm, vor den Augen. Das Profil des Kopfes erinnerte an das eines Raubvogels. Bens Herz pochte, schlug ihm bis zum Hals. Er war gefangen in dem Buch. Und Ahab schien genauso wenig wie Mercutio oder Julia eine papierene Figur zu sein, sondern wirklich wie der gehäutete Wal und das Erbrochene von Mercutio. Was hatte Lynn heute Morgen gesagt? Die Welt gerät aus den Fugen! Jetzt wusste er, welche Welt sie gemeint hatte: die der Bücher, die tatsächlich genauso wirklich war wie die reale Welt. So wie Lynn es immer behauptet hatte. Er war hineingeraten in diese Welt neben der Welt, immer tiefer, je weiter er sich bewegte. Warum hatte er seine Tante nicht ernst genommen? Jetzt saß er in diesem Albtraum fest.

»Drei blinde Passagiere, Sir«, sagte Starbuck. »Fanden sie unten im Kielraum.«

Der Kapitän nickte und ließ den Blick über den Horizont schweifen, sekundenlang, ohne dass sein Gesicht das leiseste Anzeichen einer Gemütsregung zeigte. Seine Mannschaft starrte zu ihm herüber. Ben konnte die Ehrfurcht spüren, die ihm von den Männern entgegengebracht wurde. Oder war es einfach nur Angst?

»Wie lange sind wir schon unterwegs, Mr Starbuck?«, fragte der Kapitän leise, den Blick weiter unverwandt auf die Endlosigkeit des Meers gerichtet. Seine Stimme klang monoton, fast müde – und war doch scharf wie die Klinge eines Samuraischwerts.

»Zwei Jahre, sechs Monate und dreizehn Tage.«

»Wann haben wir zum letzten Mal Wasser aufgenommen und Lebensmittel?«

»Vor vier Monaten. Auf der Osterinsel.«

»Seitdem sind wir auf See.«

»Jawohl, Sir.«

»Was, wenn ich mich nicht irre, bedeutet, dass drei blinde Passagiere, einer davon ein Weib, sich mehr als hundert Tage unerkannt im Kielraum verborgen hielten.«

»So muss es sein.«

»So kann es nicht sein, Mr Starbuck, und das wissen Sie!«

»Tut mir leid, Sir, aber eine andere Erklärung habe ich nicht.«

»Und Sie, Mr Stubbs, haben Sie eine andere Erklärung für dieses Mirakel?«

Stubbs starrte seinen Kapitän an. »Nein, Sir, nicht wirklich.«

»Irgendeiner aus der Mannschaft?«, wandte sich Ahab an seine Männer.

Niemand meldete sich. Alle verharrten in Reglosigkeit. Jeder, den das Auge des Kapitäns traf, senkte sofort den Blick.

»Also gut«, sagte Ahab und erhob auch jetzt nicht seine Stimme. »Ich will euch sagen, was ich davon halte. Wenn drei blinde Passagiere an Bord sind, die erst Monate nach dem letzten angelaufenen Hafen entdeckt werden und dabei weder verdurstet sind noch unterernährt oder verlaust, dann kann das nur heißen, dass ihnen jemand geholfen hat. Jemand aus der Mannschaft. Sie können meinen Ausführungen folgen, Mr Starbuck?«

»Jawohl, Sir.«

»Und? Teilen Sie meine Schlussfolgerungen?«

»Verzeihen Sie, Kapitän«, wandte sich Mercutio an Ahab. »Auch wenn es unglaublich klingen mag, aber wir sind durch eine Tür im Laderaum ...«

»Halt die Klappe! Hast uns schon das halbe Schiff vollgekotzt!«, schrie ihn Bill an und versetzte ihm einen Hieb.

Ahab warf Mercutio, der in Erwartung weiterer Schläge seine Hände vor das Gesicht hielt, einen abfälligen Blick zu, dann wandte er sich wieder an Starbuck. »Also, was meinen Sie? Wer von der Mannschaft hat den dreien geholfen?«

Der erste Maat räusperte sich. »Für meine Jungs leg ich die Hand ins Feuer. Für jeden einzelnen.«

»Sie glauben also nicht, dass einer von ihnen in diese Angelegenheit verstrickt ist?«

»Nein, Sir. Gewiss nicht!«

Ben lief ein Schauder über den Rücken. Starbuck schien unter den Worten des Kapitäns zu wanken, aber er gab nicht nach. Es war wie ein stummes Ringen zwischen den beiden.

»Nun, Mr Starbuck, dann kann es nur eine Erklärung geben.« In Ahabs Augen trat ein merkwürdiger Glanz, als sei das bisher Gesagte nur Vorbereitung gewesen für das, was jetzt folgen würde. Er ließ sich Zeit für jedes einzelne Wort. »Entweder hat Gott drei Engel ausgesandt ...« Er machte erneut eine Pause. »... oder aber der Teufel selbst hat uns die Ehre erwiesen.«

Ein Raunen ging durch die Mannschaft. Starbuck erbleichte.

»Also«, wandte sich der Kapitän an Ben. »Seid ihr des Teufels, du und deine Freunde?« Er musterte Ben mit der Geduld des Tigers, der weiß, dass ihm seine Beute nicht entkommen kann.

»Bitte, Sir …«, sagte Starbuck.

Der Kapitän unterbrach ihn: »Ich habe eine Frage gestellt, auf die ich eine Antwort erwarte.«

Ben fröstelte. Was sollte er sagen? Was wusste er über Moby Dick? Wie konnte er sich mit dem Wissen über den Wal aus der Affäre ziehen? Er musste verhindern, dass Julia, Mercutio und er selbst gekielholt oder gleich an einem der Masten aufgehängt würden. »Es gibt keinen Teufel«, sagte er. »Weder hier an Bord noch oben im Himmel. Und schon gar nicht im Meer, wo der Weiße Wal lebt, dem ihr nachjagt.«

Ahab starrte Ben an. Sein Kinn schob sich vor, seine Augen verengten sich zu Schlitzen. »Also doch des Teufels!«, stellte Ahab finster fest und wandte sich an seine Männer. Dabei schien er zu wachsen. Die Muskeln unter seinem schwarzen Rock spannten sich, sein dünner Hals rötete sich.

»Gott hat uns verlassen, Männer«, schrie er. »Der Teufel selbst fordert uns heraus. Er verhöhnt und verlacht uns. Und wisst ihr auch, warum?« Er deutete hinaus aufs Meer. »Weil diese Ausgeburt des Bösen da draußen noch immer ungestraft ihr Unwesen treibt.« Er packte Ben an der Schulter und sein Schreien ging in ein drohendes Raunen über. »Was weißt du von ihm? Und woher weißt du von ihm?«

In seinen Augen brannte Gier. Der beißende Hunger nach Vergeltung, die Sehnsucht nach dem eigenen Untergang.

Es ist nur ein Buch, versuchte sich Ben einzureden, ein paar Hundert Seiten Literatur, weltberühmt, aber doch nur ein Buch.

»Sie werden ihn treffen«, sagte er leise, während er Ahab vor seinem inneren Auge sah, gefangen von der Leine der eigenen Harpune, an den Körper seines Erzfeindes gefesselt, hinuntergerissen in die Tiefe des Ozeans. »Aber Sie werden ihn nicht besiegen.«

Er schaute den Kapitän offen an, hielt dem Feuer in seinen Augen stand. Er sah Müdigkeit darin aufglimmen und Zweifel – den Urgrund seiner so sorgsam gehüteten Qual. Die Angst vor Ahab machte Mitleid Platz. Gleichzeitig war Ben erschrocken, weil ihm klar wurde, dass er der Einzige an Bord war, der das Schicksal des Mannes kannte.

»Wal, da bläst er!« Im Ausguck des Großmastes, dreißig Meter über ihren Köpfen, stand ein Matrose und zeigte aufgeregt nach Backbord. »Wal, da bläst er!«

Ein Ruck ging durch den Kapitän und seine Mannschaft. Ahab verlangte ein Fernrohr, zog es auseinander und blickte in die Richtung der Stelle, wo der Wal gesichtet worden war. Ein Schwarm Seevögel kreiste zwischen der *Pequod* und dem Horizont, dann teilten sich die Wellen. Der riesige Kopf eines Pottwals tauchte auf, dann sein Leib mit der gewaltigen Schwanzflosse. Er blies eine Fontäne in den bleifarbenen Himmel.

Ahab schob das Fernrohr wieder zusammen. Die alte Entschlossenheit kehrte in ihn zurück. »Du bist es«, flüsterte er und sein Körper straffte sich. »Mr Starbuck«, rief er. »Boote fertig machen!«

»Aye, aye, Käpt'n!«

»Mr Stubbs!«

»Sir?«

Ahab zeigte auf den vom Großmast hängenden Speckstreifen. »Runter damit und die Segel setzen.«

»Ja, aber …«, stammelte Stubbs und deutete auf den halb zerlegten Walkörper an Steuerbord.

»Weg mit ihm.«

»Ich weiß nicht, Sir, die Männer haben lange auf einen so feinen, großen Burschen warten müssen.«

Der Kapitän funkelte ihn böse an. »Die Beute, die wir machen werden, Mr Stubbs, wiegt schwerer als jeder Wal in den Meeren dieser Welt.« Er trat an den Großmast und stampfte energisch mit seinem Beinstumpf auf. »Hört zu, Männer der *Pequod*! Da draußen ist er und wartet auf uns. Die Bosheit selbst. Der Abgesandte des Teufels. Der, für den wir um die halbe Welt gefahren sind.« Er zeigte auf eine goldene Münze, die an den Mast genagelt war. »Ihr habt's doch wohl nicht vergessen? Diese Dublone für den, der mir den Weißen Wal bringt.« Er drehte sich zu Ben um. »Also, bring ihn mir!«

»Ich?«

In Ahabs Augen stand blanker Hass.

»Du und nur du! Der Teufel selbst soll den Teufel fangen!«

Damit drehte er sich um und gab seiner Mannschaft ein Zeichen. Auf Deck setzte hektische Betriebsamkeit ein. Jeder der Männer wusste, was er zu tun hatte. Keiner sprach ein Wort. In kürzester Zeit war der Speckstreifen des Wals von der Talje geschnitten und die Vertäuung des Kadavers gekappt. Nur noch als blutiger Klumpen trieb der riesige Walkörper langsam von der *Pequod* weg, hinaus in die Unergründlichkeit des Ozeans.

»Was hat es mit diesem Kapitän auf sich?«, fragte Mercutio und sah verstohlen hinüber zu Ahab, der seine Leute zur Eile trieb und immer wieder ungeduldig mit seinem Fernrohr den Horizont absuchte.

Ben kam nicht dazu, zu antworten. Eine starke Hand packte ihn. Die Finger, die zugriffen wie ein Schraubstock, waren tätowiert, nicht anders als der dazugehörige Arm. Ben sah einen groß gewachsenen fremdländisch aussehenden Mann, dessen Haut olivfarben schimmerte und dessen Schädel kahl geschoren war bis auf einen langen blauschwarzen Zopf, der den Hinterkopf zierte. Auch sein Oberkörper war mit Zeichen und Bildern übersät. Sein scharfes Profil und seine unergründlichen dunklen Augen erinnerten an einen Indianer.

»Du kommen mit mir«, sagte er mit tiefer, kehlig klingender Stimme.

»Quiqueg!«, entschlüpfte es Ben. Der Indianer starrte ihn an.

»Woher du wissen mein Name?«

»Ich weiß nicht, was du meinst.« Ben sah verstohlen zu Mercutio und Julia, die ihn ebenso skeptisch musterten wie der Indianer.

»Du eben mein Name in Mund gehabt«, sagte der Indianer. »Quiqueg.«

»Das stimmt«, mischte sich Mercutio ein. »Genau das hast du gesagt.«

»Unsinn«, versuchte sich Ben herauszureden. »Woher soll ich denn wissen, wie der Kerl heißt?«

»Das ist doch alles ein Albtraum.« Julia brach in Tränen aus.

»Beruhige dich«, sagte Mercutio und versuchte sie tröstend in den Arm zu nehmen. Aber sie schob ihn weg. »Lass mich! Lasst mich alle in Ruhe! Wo ist Romeo! Was soll ich überhaupt hier? Warum können wir nicht einfach aufwachen und zurück sein in Verona?«

»Du bleiben trotzdem hier«, sagte Quiqueg zu Julia und nickte einem Matrosen zu, der sie mit sich zog. »Und du auch«, deutete er auf Mercutio.

»Aber …«, protestierte Ben.

»So will Ahab Käpt'n«, sagte Quiqueg düster. »Du mit auf Boot, fangen Weißes Wal.«

»Und wenn er uns entkommt?«, fragte Ben.

»Besser nicht nachdenken. Dort, wo in mein Brust schlägt Herz, ist bei Kapitän Ort von Hass.«

Ben schaute hinüber zu Ahab, der seine Leute beim Zuwasserlassen der Boote überwachte.

»Macht schon!«, schrie er sie an.

Dann endlich lagen die Walfangboote der *Pequod* an Steuerbord, lang gestreckt und leicht, schnell und wendig mit flachen Dollborden. Gebaut, um sich von den harpunierten Walen durchs Meer ziehen zu lassen, Meile um Meile, bis das getroffene Tier, geschwächt durch seine Wunden, zu Tode erschöpft durch das Schleppen der Boote, den Todesstoß des Harpuniers empfangen würde.

Quiqueg zog Ben mit sich zur geschwärzten Reling der *Pequod* und forderte ihn auf, in das erste der beiden Boote zu steigen, wo neben Mr Stubbs schon andere Ruderer saßen. Die Männer waren angespannt.

Quiqueg nahm im Bug Platz, griff nach der Harpune, die auf einer Seiltrosse lag, und befahl Ben, sich hinter ihn zu setzen. Dann nickte er Stubbs zu, der das Boot abstieß. Schon jetzt schwankte es bedrohlich in der Dünung, obwohl es sich noch im Leeschatten der *Pequod* befand.

»Also los, faules Pack«, schrie Stubbs, »jetzt zeigt mir, aus welchem Holz ihr geschnitzt seid.«

Die Männer legten sich in die Riemen und im Rhythmus der Ruderschläge beugten sich ihre Rücken vor und zurück. Geschmeidig ritt das Boot auf den Wellen, pfeilschnell schoss es auf den riesigen Feind zu, der sich dort vor ihnen irgendwo in der unergründlichen Tiefe des Ozeans herumtrieb und jederzeit auftauchen konnte. Wasservögel umkreisten noch immer kreischend die Stelle, wo er zum letzten Mal abgetaucht war. Ihr Schreien drang Ben durch Mark und Bein. Quiqueg hockte reglos im Bug, suchte mit den Augen die Wasseroberfläche ab. Plötzlich hob er die Hand und stellte sich aufrecht in den Bug. Die Männer stellten das Rudern ein. Das Grau des Meers verschmolz mit der düsteren Endlosigkeit des Horizonts. Das Pfeifen des Windes stritt mit dem Kreischen der Vögel und dem Brechen der Wellen. Raum und Zeit existierten nicht länger.

Dann tauchte er auf. Keine sechzig Fuß vor ihnen schoss er aus dem Wasser empor. Sein riesiger, gräulich-weißer Leib war mit Narben übersät. Ben und die Männer im Boot schossen auf seine Flanke zu, aus der er sie mit einem seiner gewaltigen Augen anglotzte.

Quiqueg riss Ben zu sich hoch und drückte ihm die Harpune in die Hand. »Los!«, schrie er. »Schenke Tod!«

Ben zögerte. Er hatte noch nie eine Harpune in der Hand gehabt. Sie war schwer und dieser Wal einfach nur riesig. Vielleicht war es der Blick des Tiers, die Urgewalt seiner Kraft oder das Gefühl der eigenen Lächerlichkeit vor dem gewaltigen Wesen, die Ben erstarren ließen.

»Ahab sagt, du sollst fangen!«, rief Quiqueg.

Bens Hände schlossen sich um den hölzernen Schaft der Harpune, er visierte das Auge des Wals an – und spürte, wie warmer Urin an seinen Beinen hinablief.

»Worauf wartest du!«, schrie Stubbs. »Mach schon, Junge, verpass ihm das verdammte Eisen!«

Mit der freien Hand griff Ben nach dem Amulett. Er zog das Band mit dem halben Anhänger unter seinem Hemd vor und fixierte es – als könne ihm das Oktagon sagen, ob dieser Wurf sein Schicksal entschied oder nicht.

Er holte aus. Der erste Wurf musste sitzen. Er zielte, wollte werfen, aber im selben Augenblick, in dem der Schaft seine Hand verließ, stieß Quiqueq Ben scheinbar zufällig in die Rippe, als hätte er sein Gleichgewicht verloren. Die Harpune änderte im letzten Moment ihre Richtung und verfehlte den Wal um Zentimeter. Sofort ließ der Koloss seinen gewaltigen Körper in die Tiefe zurücksinken und verschwand in einem brodelnden Krater aus Gischt.

»O Gott, Junge«, fluchte Stubbs. »Du Idiot. Du hast vorbeigeworfen! Willst du, dass Ahab uns fertigmacht?« Ben warf Quiqueg einen Blick zu. All das hatte sich im Bruchteil von Sekunden abgespielt und doch war Ben sicher, dass Quiqueg ihn ganz bewusst angestoßen hatte. Der Indianer starrte auf das Amulett. Ben stopfte es eilig zurück unter sein Hemd. Er blickte hinüber zur *Pequod*, die jetzt unter vollen Segeln stand und auf sie zusteuerte.

»Junge, Junge«, stöhnte Stubbs kopfschüttelnd, »jetzt hast du ein Problem!«

9

In Ahabs Gesicht regte sich keine Miene. Den Oberkörper auf seine Krücken gestützt, blickte er wie ein Scharfrichter auf Ben, der zwischen ihm und der versammelten Mannschaft am Großmast stand, über sich wie ein Vorwurf die angenagelte Dublone. Stumm warteten die Männer auf das, was passieren musste. Neben dem Kapitän standen Starbuck und Stubbs mit dem gefesselten Mercutio. Daneben hielt Bill Julia fest – ausgerechnet dieser grobschlächtige, geifernde Typ.

Das Ächzen der Takelage, der Kampf der Windböen mit den Segeln – jedes Geräusch machte das Schweigen noch unerträglicher.

Als habe der Kapitän Bens Gedanken gelesen, hob er den Kopf. »Warum?«, sprach er in den Himmel und seine Augen flogen über die undurchdringliche graue Wolkenmasse, als müsse es irgendwo darin ein Loch geben und dahinter … Was sucht er, fragte sich Ben. Gott? Er fühlte sich Ahab plötzlich merkwürdig nah, ohne sagen zu können, warum.

»Warum kehrst du ohne den Wal zurück?«, fragte der Kapitän.

»Er ist abgetaucht.«

»Seit drei Jahren jagen wir Moby Dick und du lässt ihn entkommen?«

»Aber ich …«

»Schweig!«, schrie Ahab.

Ben begriff, dass jedes weitere Wort den Kapitän nur noch mehr reizen würde.

Quiqueg trat vor und versuchte zu retten, was nicht mehr zu retten war.

»Waren unglückliches Zufall, Käpt'n, Sir. Welle hat Boot geschaukelt. Junge sein unschuldig.«

»O nein, kein Zufall! Der Teufel selbst hat ihm die Hand geführt. Er will uns versuchen, jeden Tag aufs Neue. Der Teufel ist die schwerste Prüfung von allen. Wie heißt es in der Bibel bei Jesaja: ›Zu der Zeit wird der Herr heimsuchen mit seinem harten und starken Schwert beide, den Leviathan, der eine flüchtige Schlange, und den Leviathan, der eine gewundene Schlange ist, und wird den Drachen im Meer erwürgen.‹« Ahab wandte sich an seine Männer. »Ich bin euer Kapitän und ich sage euch, wir werden diese Prüfung bestehen, wir werden den Drachen erwürgen. Gott wird bei uns sein in dieser Stunde. Mr Starbuck?«

»Käpt'n?«

»Morgen bei Sonnenaufgang werden sie gekielholt, alle drei. Wer von ihnen dann noch am Leben ist, wird in einem Fass mit Waltran ertränkt.«

Julia versuchte sich von dem Matrosen loszureißen, doch er hielt sie fest und drückte ihr von hinten sein stoppeliges, pockennarbiges Gesicht gegen die Wange.

»Aber Sir, die Männer seines Bootes haben mir versichert, dass der Junge den Wal nicht aus böser Absicht verfehlt hat. Und ihr habt es gehört, sogar unser bester Harpunier ist dieser Meinung.«

»Der Teufel, Mr Starbuck, handelt immer aus einer Absicht, verschleiert oder nicht. Und diese Absicht ist immer dieselbe, merken Sie sich das!«

Damit drehte Ahab sich um und humpelte nach achtern in seine Kabine. Ben wurde von zwei Matrosen gepackt.

»Quiqueg«, rief er. Doch der wich seinem Blick aus. Stattdessen starrte er auf Bens Brust, dorthin, wo das Amulett hing.

Ben und die beiden andern wurden unter Deck gebracht und im Lagerraum bei den Tranfässern an die Spanten gekettet. Über ihren Köpfen hörten sie das Getrampel der Mannschaft an Deck, geschriene Befehle von Stubbs oder Starbuck und immer wieder das beunruhigende Tack-Tack von Ahabs Holzbein und seinen Krücken, wenn er über die Planken des Achterdecks humpelte.

Ben fragte sich: Warum hatte Quiqueg ihn im entscheidenden Moment angerempelt?

Er sah hinüber zu Julia. Sie schien zu schlafen, jedenfalls regte sie sich nicht. Inzwischen war die Sonne untergegangen. Durch das hölzerne Gitter der Deckluke fiel fahles Mondlicht.

»Mercutio?«

»Was ist?«

»Ich … Wir kommen hier schon irgendwie raus.« Es klang hilflos und lächerlich. Das schien auch Mercutio so zu empfinden.

»Klar«, spottete er. »Und ich bin sicher, du hast auch schon eine Idee.«

»Nein.«

Sie schwiegen. Julia regte sich noch immer nicht. Wahrscheinlich träumte sie. Von Verona, von … Romeo!

»Wir müssen es ihr sagen, Mercutio.«

»Was?«

»Du weißt schon. Das mit Romeo.«

»Warum willst du ihr das antun?«

»Willst du ihr die Wahrheit verheimlichen?«

»Was würde es nützen, wenn ich es jetzt sage? In dieser Situation. In diesem verfluchten, ausweglosen Chaos.«

Auf seine Art hatte Mercutio ja recht. Trotzdem …

»Ben?«

Das war Julias Stimme. Erschrocken wandte er sich zu ihr um. Wenn sie gehört hatte, was nur für Mercutios Ohren bestimmt war …

»Ja?«

»Kielholen«, fragte sie. »Was ist das?«

Sie hatte es nicht gehört. Gott sei Dank! Dafür aber hatte sie eine Frage gestellt, die er ihr lieber nicht beantwortete.

»Ich weiß nicht, ob es gut ist, dir das zu sagen …«

»Was ist Kielholen?«, wiederholte Julia ihre Frage.

Ben zögerte, schaute zu Mercutio hinüber. Der blickte ihn offen an, als genösse er Bens Verunsicherung.

»Sie binden dich an ein langes Seil. Das werfen sie am Bug ins Wasser und lassen es unter dem Rumpf durchtreiben. Dann schmeißen sie dich ins Wasser und ziehen dich unter dem Rumpf durch. Wenn du nicht ertrinkst, zerschneiden dir die Muscheln, die unter dem Schiff wachsen, am ganzen Körper die Haut. Dein ausströmendes Blut lockt Haie an … Reicht das?«

Julia starrte Ben ausdruckslos an, Mercutio wich seinem Blick aus. Mit dieser Erklärung hatten beide nicht gerechnet. Sie taten Ben leid.

Ein leiser Pfiff ertönte. Er sah nach oben. Am Deckgitter tauchte Quiquegs kahler Schädel auf. Der Indianer legte einen Finger auf die Lippen und verschwand wieder. Dann waren Schritte auf einem der Niedergänge zu hören. Kurz darauf stand er vor ihnen.

»Tut leid Quiqueg«, flüsterte der Indianer. »Von ganzes Herz. Will nicht, dass ihr sterben.«

Ben musterte ihn.

»Warum hast du mich beim Werfen angestoßen?«

Quiqueg antwortete nicht. Seine schwarzen Augen schimmerten in der Dunkelheit.

»Ich hätte ihn getroffen.«

Noch immer schwieg der Indianer. Dann blickte er auf Bens Brust.

»Deshalb?« Ben zog das halbe Amulett hervor.

Quiqueg starrte wie hypnotisiert.

»Was hast du denn da?«, fragte Mercutio.

»Es gehört meiner Tante.«

»Amulett haben große Macht«, sagte Quiqueg. »Ist gemacht für Leben, nicht für Töten.«

»Heißt das, du willst uns retten?«, fragte Ben.

»Haben große Macht«, wiederholte Quiqueg. »Du aufpassen. Nicht verlieren, sonst große Gefahr! Alles zerbrechen wie Oktagon selbst.«

Er zog eine Eisenstange hinter seinem Rücken hervor und schob sie durch den Bügel des Vorhängeschlosses, mit dem Bens Kette gesichert war. Dann atmete er tief durch. Seine Muskeln spannten sich. Mit der ganzen Kraft seines Körpers zog er die Stange ruckartig zu sich. Ben hörte ein metallisches Knacken – und das Schloss sprang auf.

Quiqueg lauschte nach oben, ob die Deckwache ihn gehört hatte. Alles blieb still. Also machte er sich an Julias und Mercutios Schlössern zu schaffen. So lautlos wie möglich schlichen die drei hinter dem Hünen her, folgten ihm durch einen weiteren Lagerraum und erreichten schließlich das Mannschaftsquartier im Bug. Kreuz und quer, neben- und übereinander, waren Hängematten aufgespannt, in denen die Matrosen mit halb geöffneten Mündern schnarchten. Die Luft war zum Schneiden, es stank nach Urin, Schweiß und Erschöpfung.

Eine Ratte wieselte über den Boden, genau auf Julia zu. Die zuckte zusammen und wollte losschreien, doch Ben hielt ihr die Hand vor den Mund. »Pssst.« Mercutio trat nach der Ratte, erwischte sie aber nicht richtig. Statt an Julia vorbei wurde das Tier gegen ihr Kleid geschleudert, rutschte ab und verschwand quiekend zwischen zwei Seekisten. Julia wich zurück und stieß gegen eine der Hängematten, worauf der Matrose darin im Schlaf nach dem Mädchen griff und sie zu sich zog. Julia schrie leise auf. Der Seemann öffnete seine verklebten Augen. In der Dunkelheit war nicht auszumachen, ob er aufgewacht war oder im Halbdämmer einfach nur vor sich hin glotzte. Quiqueg reagierte sofort. Er trat an die Hängematte, löste die Hand des

Matrosen von Julias Kleid und schob das Mädchen aus seinem Sichtfeld.

»Bist du das, Quiqueg?«, murmelte der Matrose verschlafen.

»Schlaf«, zischte Quiqueg und tatsächlich: Der Matrose drehte den Kopf knurrend auf die andere Seite und schnarchte Sekunden später wieder gleichmäßig.

Quiqueg deutete auf den Niedergang vor sich. Die drei sollten an Deck steigen und sich zum Klüver hin orientieren. Ben nickte und arbeitete sich mit seinen Freunden vorsichtig Stufe um Stufe nach oben.

Die Nacht war kühl, der Wind hatte wieder aufgefrischt. Die Segel blähten sich an den Rahen. Ben spähte nach achtern. Hinter dem Besanmast erkannte er die Silhouette des Rudergängers am Steuer, der sich mit der Deckwache unterhielt. Gott sei Dank, er war abgelenkt.

Ben winkte Mercutio und Julia an Deck und deutete auf die gewaltige Taurolle des Ankerseils. Mercutio duckte sich und zog Julia mit sich. Sekunden später war von den beiden nichts mehr zu sehen.

Jetzt kam auch Quiqueg den Niedergang rauf.

»Ihr euch abseilen«, raunte er Ben zu. »Unten ist Boot.« Er wies auf das Bugspill, an dem er ein Tau befestigt hatte, das mit Knoten versehen war. Das Ende des Taus verschwand hinter einer der Speigatten an der Bordwand. Da unten musste das Boot liegen. Wie sollte Ben dort hinunterklettern? Ihm wurde mulmig. Die Wellen peitschten gegen die Bordwand. Sturm schien aufzuziehen.

»Alles besser als Tod«, meinte Quiqueg, als er in die entsetzten Gesichter sah. »Sonst Ahab euch holen kiel. Ist schlimmes Tod.«

»Aber das hier ist das offene Meer. Wohin sollen wir segeln? Wir werden elend verdursten«, sagte Julia.

»Ganz ruhig. Ihr erst treiben lassen, bis *Pequod* weit genug. Dann setzen Segel. Im Süden ist Insel. Zwei Tage von hier. Ihr könnt schaffen.«

»Ahab wird dich umbringen, wenn er das erfährt«, sagte Ben.

»Quiqueg gutes Harpunier«, erwiderte der Indianer grinsend. Seine großen weißen Zähne strahlten zwischen den wulstigen Lippen auf. »Ahab brauchen Quiqueg für Fangen von Weißes Wal.«

Ben fragte sich, wer dem Indianer geholfen hatte. Er konnte das unmöglich alles allein geschafft haben.

»Soll sagen Gruß von Mr Starbuck«, lieferte Quiqueg ihm die Antwort. »Und von Mr Stubbs und Ismael. Sagen, dass Gott soll begleiten euch.«

»Das wird er, Quiqueg«, flüsterte Ben. »Ganz sicher.«

»Kann einmal noch sehen?« In Quiquegs Stimme lagen Ehrfurcht und Begehren.

Ben zog das Amulett heraus.

Quiquegs Hand schob sich vor, seine Finger berührten das Oktagon. Dabei schloss der Indianer die Augen und wandte seinen Kopf dem Mond zu, dessen bleiche Sichel in diesem Moment von einer Wolke verdunkelt wurde. Quiqueg zuckte zurück, blickte Ben erschrocken an.

»Deine Reise sehr schwer«, flüsterte er. »Nicht sicher, ob gut geht.«

»Aber ich muss es versuchen. Ich kann meine Tante nicht ihrem Schicksal überlassen. Irgendwer hat sie entführt.«

Mit einem Auge sah er Julia erschrocken aufhorchen. Offenbar hatte sie mitgehört.

»Du tun, was tun musst!«, sagte Quiqueg und reichte ihm ein Messer.

Sie sahen sich ein letztes Mal an.

»Danke«, sagte Ben, wandte sich zu Mercutio und Julia um und wies auf das vorbereitete Seil. Dann sah er über die Reling. Unter ihm, in der Buggischt der *Pequod*, lag eines der Fangboote am Rumpf vertäut, um ihn und seine Gefährten aufzunehmen.

Ben packte das Seil. Der Wind pfiff ihm entgegen. Das Boot schlug unter ihm an der Bordwand hin und her. Er hatte Angst, aber es gab keine andere Möglichkeit! Vorsichtig hangelte er sich in der auffliegenden Gischt nach unten, bis seine Füße das Dollbord des Fangboots erreichten. Jetzt nur nicht das Gleichgewicht verlieren. Er nickte Quiqueg zu. Der reichte Julia das Seil.

»Du schaffst es«, flüsterte Ben, auch wenn sie ihn nicht hören konnte. Ihr Kleid flatterte im Wind. Zuerst schien alles gut zu gehen, doch dann versteifte sich ihr Körper. Reglos hing sie an der Bordwand. »Weiter!«, rief Ben leise. »Nur noch einen halben Meter, dann hast du's geschafft.« Er versuchte sich an der Bordwand abzustützen und Julia zu packen. Aber die Wellen schaukelten das Boot unberechenbar hin und her.

»Was los?«, hörte er Quiqueg. »Müssen beeilen, schnell!«

»Ich kann nicht«, stammelte Julia.

»Doch, du kannst!« Ben erwischte einen Zipfel ihres Kleids und zog sie zu sich herüber. »Ich hab dich.«

Die Gischt spritzte ihm ins Gesicht. Wenn er jetzt das Gleichgewicht verlor, würden sie beide ins Meer stürzen.

»Lass dich fallen«, forderte er sie auf.

»Nein.«

»Du musst, bitte!« Ben wartete, bis eine Welle das Fangboot nach oben trug. »Jetzt!«

Er zog, sie ließ das Seil los, stürzte in seine Arme. Er drückte sich mit dem Körper von der Bordwand ab und ließ sich fallen. Sie landeten im Boot.

»Alles klar?«

Julia nickte. In ihren Augen stand blankes Entsetzen. Ben wandte sich wieder nach oben.

»Du kannst«, rief er Mercutio leise zu. Der griff nach dem Seil und erreichte einen Augenblick später das schwankende Boot. An der Reling der *Pequod* tauchte Quiqueg auf. Ben nickte ihm zu. Der Indianer nahm sein Messer und schnitt die Vertäuung durch. Das kleine Fangboot wurde nach hinten gerissen, weg von dem schwarzen Rumpf.

Mit jedem Meter, den das Boot von dem großen Walfänger forttrieb, wuchs in Ben die Angst. Hoffnungslosigkeit machte sich breit. Sie waren einer tödlichen Gefahr entronnen, nur um zum Spielball von Wind und Wellen zu werden …

10

Der Wind hatte sich gelegt. Eine leichte Dünung schaukelte das Boot in einem gleichmäßig einschläfernden Rhythmus. Um sie herum nur graublaues Meer, ohne Anfang und Ende. Von der *Pequod* war nichts mehr zu sehen. Zähneklappernd hockten Ben, Julia und Mercutio zwischen den dünnen Spanten und sahen zu, wie die Nacht dem Tag wich. Alles an Bord war mit Feuchtigkeit überzogen. Selbst auf ihrer Haut schien ein dünner Film zu liegen, der sie auskühlte und bis auf die Knochen erzittern ließ.

»Wir sollten das Segel setzen«, sagte Mercutio.

»Was soll das bringen?«, fragte Ben resigniert.

»Quiqueg hat doch gesagt, wir sollen nach Süden fahren.«

»Ohne Wind?«

»Aber wir müssen an Land.«

»Ich weiß nicht, was wir machen sollen. In dieser Öde zu rudern ist jedenfalls Wahnsinn. Das halten wir nicht lange durch.« Ben versuchte sich zu konzentrieren. Er schaute hinüber zu Julia. Sie wusste so wenig wie Mercutio, dass sie nur ausgedachte Wesen waren wie Ahab oder Quiqueg, Bill oder Starbuck. Ben wusste es, aber was nützte ihm das? Nichts. Er war wie sie auf dem Meer gefangen.

Seine Zunge klebte am Gaumen vor Durst. Lange würden sie in dieser Nussschale nicht überleben. Kein Trinkwasser, nur das endlose Meer. Unwillkürlich sah er sich an Billy Montanas Eisstand in der 52. Straße stehen, in der Hand ein Blackcurrant-Vanilla-Eis.

Er schaute hinauf in den Himmel. Die Sonne brannte gnadenlos auf sie herab. Bald würde ihnen die Haut in Streifen vom Leib hängen und auch der letzte Tropfen Flüssigkeit aus ihren Adern verdampft sein. Er hatte keine Idee. Seine Tante wüsste sicher einen Ausweg, aber wo war sie?

»Wir könnten das Segel als Sonnenschutz benutzen«, unterbrach Julia seine Gedanken. Sie schaute ihn und Mercutio auffordernd an: »Allein kann ich das aber nicht. Ihr müsst mir schon helfen.«

Die beiden packten mit an, richteten gemeinsam mit ihr das Rundholz auf, schoben es in die Aussparungen auf einer der Ruderbänke und am Kiel. Im Bug lag eine Taurolle für die Waljagd. Mit dem Messer, das Quiqueg ihm gegeben hatte, schnitt Ben drei kurze Seilstücke ab, knotete sie an das Segel und spannte es wie eine Plane zwischen Mast und Heck auf – ein liegendes Dreieck. Dann kauerte er sich mit Mercutio und Julia unter dem provisorischen Dach zusammen. Erschöpft warteten sie auf die Kühle des Abends. Ben fühlte sich unendlich müde.

Zumindest könnte er versuchen, Trinkwasser zu gewinnen. Heute Nacht würde er ein kleines Loch in das Segel schneiden und einen seiner Schuhe darunterstellen, um den Morgentau aufzufangen. Außerdem … Sein erschöpfter Blick strich über das Boot und blieb an einem der Ruder hängen. Vielleicht ließ sich daraus so etwas wie eine Harpune machen. Um Fische zu fangen. Vielleicht … Weiter kam er nicht. Die Erschöpfung der durchwachten Nacht ließ ihn in einen tiefen, traumlosen Schlaf sinken.

Ein Schrei weckte ihn auf. Der Morgen brach gerade an. Julia saß kerzengerade neben ihm und sah ihn mit weit aufgerissenen Augen an.

»Was ist mit dir?«

»Romeo!« Ihre Stimme klang monoton wie die einer Aufziehpuppe. Sie musste geträumt haben. »Er hat ihn getötet«, flüsterte sie.

»Wer?«

Statt zu antworten, schaute sie an Ben vorbei auf den schlafenden Mercutio. »Warum hat er das getan? Er ist doch sein bester Freund. Man bringt doch nicht seinen besten Freund um.«

Ben sah hinüber zu Mercutio. Der lag halb unter der Bank und schlief noch fest. Julia ergriff Bens Hand. »Er hat Romeo mit einem Messer die Kehle durchgeschnitten. Und hinter ihm standen diese furchtbaren Gestalten und haben gelacht. Romeo hat mich angeschaut und aus seinem Hals lief das Blut. Mercutio hat geweint, aber seine Hand mit dem Messer hat keine Sekunde gezögert …« Julia hatte geflüstert und Mercutio dabei keinen Moment aus den Augen gelassen.

Wie kam sie auf diesen Gedanken? Wieso ahnte sie, dass Romeo tot war?

»Es war nur ein Traum«, flüsterte Ben.

»Nein«, widersprach sie laut, »du irrst dich. Es war genauso wenig ein Traum, wie das hier alles ein Traum ist. Oder willst du mir erzählen, das Meer ist gar kein Meer und du bist nicht Ben?«

»Nein, aber Mercutio hat Romeo nicht …«

»Was ist los?«, fragte Mercutio plötzlich. Für jemanden, der noch gerade geschlafen hatte, sah er sehr wach aus.

Julia starrte ihn an, als wäre er der Teufel persönlich.

»Nichts ist los«, sagte Ben. »Sie hat nur geträumt.«

»Und jetzt glaubst du, der Traum sei wahr?«, sagte Mercutio und strich Julia tröstend übers Haar. Sie wies ihn zurück.

»Wir sind alle erschöpft«, sagte Ben. Er musste nach vorn denken. Sie durften sich jetzt nicht kampflos ihrem Schicksal überlassen. »Du musst etwas essen, Julia. Wir könnten versuchen, aus dem Ruder eine Harpune zu machen.« Mercutio nickte ihm zu. Mit einem Mal war er ganz freundlich. Als wollte er ihnen seine gute Seite zeigen. »Seil ist ja genug da.«

Eine Stunde später hatte Ben das Ende des Ruders mit dem Messer zugespitzt und kleine Widerhaken eingekerbt.

»Und wie sollen wir damit Fische anlocken?«, fragte Mercutio.

Ben überlegte. Kurz entschlossen schnitt er sich in den Finger, riss einen Stoffstreifen aus seinem Hemd und ließ das Blut drauftropfen.

»Wen willst du damit aufmerksam machen?«

»Haie!«

Sie saßen da und warteten. Ben tauchte das blutgetränkte Tuch neben dem Dollbord ins Wasser. Die Zeit verging quälend.

»Ben?«

»Hm?«

Julia sah ihn besorgt an. »Wer waren diese furchtbaren Gestalten? Warum haben sie uns gejagt?«

»Ich weiß es nicht.«

Er warf Mercutio einen Blick zu. Julia sah es.

»Du hast versprochen, mir alles zu sagen.«

Er nickte. Und schwieg. Am Horizont ballten sich Wolken. Das Meer begann sich zu kräuseln. Es würde Sturm geben.

»Könnte es nicht mit dem Amulett zu tun haben?«, fragte Julia in die Stille. »Das diesen Quiqueg so erschreckt hat?« Ben schaute sie erstaunt an.

»Du hast ihm doch erzählt, dass es deiner Tante gehört.«

»Ja.«

»Ist sie deswegen entführt worden?«

»Wenn ich das wüsste.« Er blickte hinüber zu Mercutio, der dem Gespräch teilnahmslos zuhörte.

»Erzähl mir von ihr«, sagte Julia.

»Von Tante Lynn? Was soll ich dir sagen? Sie schreibt Romane.«

»Romane? Was ist das?«

Schon war er in die Falle getappt. Romane hatte es zu Romeos und Julias Zeiten noch nicht gegeben.

»Erfundene Geschichten«, erklärte er. »Sie ist ziemlich berühmt.«

»So berühmt wie Dante Alighieri?«

Ben musste einen Moment schmunzeln. »Vielleicht nicht ganz.«

Julia musterte ihn. »Du vermisst sie sehr, nicht?«

Ben nickte. »Sie ist der einzige Mensch, den ich noch habe.« Sofort bereute er, dass ihm der Satz entschlüpft war. Jetzt würde es weitere Fragen geben. Unangenehme Fragen, auf die er nicht antworten konnte.

»Was ist mit deinen Eltern?«

Sollte er ihr und Mercutio von dem Flugzeugabsturz und dem schrecklichen Feuer erzählen? Dann würde er ihnen erklären müssen, dass es geflügelte Maschinen gab, mit denen man sich scheinbar schwerelos in die Luft erheben konnte, angetrieben von Düsentriebwerken, die mit Kerosin funktionierten und einen Höllenlärm machten. Sie würden es nicht verstehen.

»Sie sind tot«, sagte er ausweichend.

»Wieso das? Woran sind sie gestorben?«, bohrte Julia weiter.

»Verbrannt.«

»Das ist ja schrecklich. Wann ist das passiert?«

»Vor ein paar Jahren.«

»Und wie …? Ist euer Haus abgebrannt?«

»Nein. Wir waren unterwegs.«

»Du meinst, auf Reisen?«

»Ja!«

Schluss. Schluss. Schluss. Mit jeder weiteren Antwort würde er sich nur in Lügen verstricken. Und er wollte Julia nicht belügen.

»Du sprichst nicht gern drüber, oder?«, fragte Julia.

»Nicht wirklich«, sagte Ben. Er hasste es, sie abzuwürgen. Aber wenn sie sich weiter über Sehnsucht und Verlust unterhielten, würde das Gespräch irgendwann auch auf Verona und Romeo kommen. Was sollte er dann sagen?

Als hätte Julia seine Gedanken gelesen, blickte sie auf. »Vielleicht hat Romeo herausbekommen, was mit uns geschehen ist«, sagte sie. »Vielleicht sucht er uns schon.«

Ben zuckte unmerklich zusammen.

»Ehrlich gesagt, glaub ich das nicht«, sagte Mercutio knapp.

Das ist noch nicht mal gelogen, dachte Ben.

»Warum nicht?«, beharrte Julia.

»Niemand hat gesehen, wohin wir gegangen sind«, antwortete Mercutio. »Nicht mal die Schattenkrieger.«

»Die Schattenkrieger«, wiederholte Julia mit einem Schaudern. Ihre Stimme wurde unsicher. »Haltet ihr es für denkbar, dass … Was ist, wenn Romeo ihnen in die Arme gelaufen ist?«

»Du hast noch dein ganzes Leben vor dir«, sagte Mercutio. Es war eine merkwürdige Antwort.

»Du redest, als ob er schon tot wäre«, sagte Julia erschrocken.

»Tut mir leid, ich … das … wollte ich nicht.«

Ben fühlte sich unwohl. Selbst wenn Mercutio recht hatte und es tatsächlich nicht der Zeitpunkt war, Julia reinen Wein einzuschenken, was war das für eine Freundschaft, in der Wahrheiten – und seien sie noch so furchtbar – einfach verschwiegen wurden?

Kurz vor Einbruch der Dunkelheit tauchte endlich eine der charakteristischen Rückenflossen auf. Ben war sofort hellwach.

»Das Tuch!«, flüsterte er.

Mercutio hielt es ihm hin. Ben ritzte sich noch mal mit dem Messer, ließ frisches Blut auf den Stoffköder tropfen.

»Und jetzt ins Wasser damit. Halt es fest, solange du kannst. Er muss nah genug rankommen.«

Ben griff nach dem angespitzten Ruder und stand auf. Es war genau wie auf dem Boot mit Quiqueg. Der Hai war nervös. Die Kreise, die er um sie zog, wurden enger und enger. Immer näher schwamm er an den blutigen Köder heran. Mercutios Hand zitterte.

»Noch nicht rausziehen«, forderte Ben, das angespitzte, mit der

Taurolle verbundene Ruder in der Rechten. Der Hai war vielleicht drei Meter lang.

Unmittelbar unter der Wasseroberfläche schnellte er heran, Schatten und sichtbarer Körper zugleich.

»Jetzt!«

Mercutio ließ los. Der Hai schnappte das Tuch, wild mit der Schwanzflosse um sich schlagend. Er traf das Boot. Julia packte das zweite Ruder und schlug nach ihm. In dem Moment warf Ben die Harpune. Die hölzerne Spitze trat unterhalb der Rückenflosse in den Haikörper ein. Das Tier zuckte, erwischte mit der Schwanzspitze Julias Ruder, schlug es ihr aus der Hand. Dann schnellte der Hai davon, um zu entkommen – und zog dabei sirrend Lage um Lage das Seil von der Taurolle.

»Jaaaa!«, schrie Ben, »zieh nur, du grauer Scheißkerl, zieh dir die Seele aus dem Leib!« Es war jetzt anders als mit Quiqueg. Beim Angriff auf den Wal hatte er Angst gehabt, jetzt spürte er Jagdfieber. Doch auf einmal verwandelte sich die Euphorie in schieres Entsetzen. Er sah, dass das Ende der Taurolle nicht am Bootskörper festgebunden war, sondern lose zwischen den Spanten lag. Von diesem Ende der Taurolle hatte er die Seile abgeschnitten, mit denen sie das aufgespannte Segel an Mast und Heck des Bootes befestigt hatten.

»Das Seil«, rief er Mercutio zu. Doch es war schon zu spät: Ehe Mercutio zufassen konnte, war es bereits über die Bordwand geschnellt. Als dünner, heller Strich durchpflügte es noch Sekunden die glatte Meeresoberfläche, ehe es, in die Tiefe gerissen, verschwand.

Totale Niederlage. Beide Ruder verloren und sämtliches Seil. Keine Aussicht auf etwas zu essen. Keine Vorwürfe, kein Weinen, nichts. Nur fassungsloses Schweigen.

Dann kam der Sturm. Dunkle Wolken türmten sich wie Berge in einem eben noch strahlend blauen Himmel. Der Wind trieb das Meer vor sich her, peitschte die Wellen auf, dann kam der Regen. Das Boot kippte zur Seite. Verzweifelt versuchten sie sich festzuhalten. Wie Felskletterer hingen sie an den Planken der Nussschale. Hagel setzte ein, zerfetzte das Segel. Dann wurde das Boot plötzlich auf die andere Seite geworfen. Ben versuchte sich unter einer der Sitzbänke zu verkeilen. Er zog Julia an sich.

»Ben!«, hörte er Mercutio schreien. Der Veroneser deutete auf den Bug. Ben hatte das Gefühl, als ob sein Herz stehen bliebe. Eine Welle, größer als ein Haus, raste auf sie zu. Aus, vorbei, das war's! Seine Eltern waren verbrannt, er würde ertrinken. Er schloss die Augen. Er spürte Julias nasses Haar auf seiner Hand, hörte, wie sie um Hilfe schrie, dann schlug die Welle über dem Boot zusammen …

11

Der Schmerz war so grell wie ein Blitz. Ben fasste sich an den Hals. Er versuchte seine Augen zu öffnen. Sie brannten, waren vom Salzwasser verklebt. Es dauerte eine Weile, ehe er begriff, dass das Rote an seiner Hand Blut war. Direkt vor sich sah er einen hölzernen Schaft, dessen steinerne Spitze neben seinem Kopf im Sand steckte. Ein Speer! Und diese kehligen Rufe, laut und schrill? Kriegsgeschrei! Adrenalin schoss durch seine Adern, aber er war zu schwach, aufzustehen. Er sah einen kleinwüchsigen Dunkelhäutigen im Lendenschurz auf sich zulaufen. Ehe er reagieren konnte, stand der Eingeborene schon vor ihm und hob sein Messer. Starr vor Schreck lag Ben da, Beine und Arme wie gelähmt. Doch gerade als der Eingeborene zustechen wollte, schrie er auf und brach in sich zusammen. Sein Kopf klatschte auf Bens Brust, schwer wie ein Stein. Hinter ihm tauchte Mercutio auf, ein mächtiges Aststück in Händen.

»Beweg dich, Ben. Wir müssen weg hier!«

»Was ist passiert?« Bruchstücke von Bildern setzten sich in seinem Kopf zusammen: ein Orkan, wie er ihn noch nie erlebt hatte; die Schwärze der Sturmnacht, das Weiß der Gischt; Julias Haar an seiner Hand; das Krachen einer riesigen Welle, die über dem kleinen Boot zusammenschlug; dann nichts mehr – Blackout!

Mercutio zerrte ihn hoch.

Ben versuchte sich zu orientieren. Unter seinen Füßen Sand, rechts die Brandung des Meers, links Dschungel. Aus der Ferne rannte eine Gruppe Eingeborener schreiend auf die beiden zu. Sie hielten Speere in den Händen, die sie über ihren Köpfen schwangen.

War das schon wieder ein neues Buch, in das sie geraten waren? Oder noch immer *Moby Dick*? Feindliche Eingeborene? Eine Insel? Unmöglich.

Mercutio zog den Speer aus dem Boden. »Die wollen uns töten!« Er packte Ben am Arm und riss ihn mit sich in den Dschungel. Zweige peitschten Ben ins Gesicht. Er stolperte über eine Wurzel, rappelte sich wieder hoch.

»Wo ist Julia?«

Keine Antwort von Mercutio, nur das lauter werdende Geschrei der Eingeborenen.

»Mach schon, sie kommen!«, rief ihm Mercutio zu, der den Speer des Eingeborenen in der Rechten hielt. Ben rannte hinter ihm her, so schnell er konnte, mitten hinein in die grüne Hölle, schlug sich durchs Unterholz, bis das Geschrei endlich nachließ und irgendwann nicht mehr zu hören war.

Ben schnappte nach Luft. Seine Lungen barsten. Völlig erschöpft und am ganzen Körper zerkratzt, sank er neben Mercutio nieder. Er griff sich an den Hals. Noch immer dieser Schmerz, aber wenigstens kein frisches Blut mehr. Der Speer konnte ihn nur gestreift haben. Vogelgekreisch drang durch die Baumkronen. War das die Insel, von der Quiqueg gesprochen hatte?

»Was geht hier vor, Mercutio?«

»Ich weiß nicht, das Boot ist gegen einen Felsen geprallt, dann wurde mir schwarz vor Augen. Das Geschrei der Eingeborenen hat mich geweckt. Ich lag halb im Wasser.«

»Wo ist Julia? Wir müssen sie finden, ehe sie sie …« Er beendete den Satz nicht, schaute Mercutio an. Der holte tief Luft und erhob sich. »Ihr darf nichts passiert sein«, sagte er und schlug sich weiter durchs Unterholz.

»Wo willst du hin?«

»Zum Strand!«

Die beiden versuchten sich so leise wie möglich zu bewegen, um sich nicht zu verraten. Die Eingeborenen konnten überall lauern und jederzeit über sie herfallen. Endlich hörten sie das Meer. Sie folgten dem Geräusch der Brandung, bis sich das Grün lichtete. Vorsichtig spähten sie durch das Unterholz. Die Stelle war eine andere als vorhin. Vor ihnen lag eine kleine Bucht. Am Strand glommen die Reste eines großen Feuers.

Die Eingeborenen, die dort gelagert hatten – es mochten um die dreißig sein –, schoben Einbäume ins Wasser. Sie sprangen hinein und paddelten durch die Brandung davon.

»Kannst du Julia sehen?«, fragte Ben.

»Nein.«

»Was ist mit den Booten? Schau genau hin!«

»Ich sag doch, sie ist nicht da.«

»Dann haben sie sie also nicht erwischt.«

Ben versuchte erleichtert zu klingen, aber er war es nicht. Vielleicht war Julia ertrunken. Oder Haien zum Opfer gefallen. Seine Hoffnung sank.

Sie warteten, bis die Boote der Eingeborenen nur noch kleine Punkte unterhalb der Horizontlinie waren, dann rannten sie hinunter zum Strand. In der Asche des Feuers lagen Knochen und Schädel. Die Skelette waren abgenagt, bis auf ein paar Reste, an denen sich schwarze Krebse weideten. Ben tippte gegen einen der Köpfe. Die Krebse schreckten auf und stoben auseinander.

»Entweder die Knochen hier stammen von Affen oder …«

»Oder was?«

»Von Menschen.« Ben spürte, wie ihm schlecht wurde.

Mercutio starrte ihn erschrocken an. »Du willst sagen, die Kerle haben …?«

»Menschen gegessen.« Ben deutete auf zwei handtellergroße Hautlappen, die neben dem Feuer im Sand lagen. Auf ihrer Oberseite kräuselten sich dunkle Locken.

»Oh, mein Gott«, flüsterte Mercutio.

Ben versuchte ruhig zu bleiben. Panik nützte jetzt nichts. Mit den Augen suchte er Feuer und Lagerstelle nach Stoffresten von Julias Kleid ab, nach ihrem goldenen Armband, ihren Schuhen. Aber er fand nichts, das an sie erinnerte. Gott sei Dank! Ben ging in die Hocke, atmete tief ein und blickte hinaus aufs Meer. Die Kanus waren verschwunden.

»Wir müssen sie suchen.«

»In welcher Richtung?«

Ben versuchte seine Befürchtungen beiseitezuschieben. Er musste logisch denken. Wenn er und Mercutio in Sichtweite voneinander gestrandet waren, würde auch Julia irgendwo in der Nähe an Land geschwemmt worden sein. Er blickte hinauf zur Sonne, vollzog noch einmal den Weg nach – vom Strand zur Lichtung und weiter hierher in die Bucht. Verglich den jetzigen Sonnenstand mit dem vor Stunden, versuchte Rückschlüsse zu ziehen.

»Wir gehen nach links«, sagte er schließlich. Nur noch ein paar Stunden, dann würde die Sonne untergehen. Wenn sie Julia bis dahin nicht gefunden hatten, sah es schlecht aus. Halb verdurstet, wie sie war, würde sie es niemals aus eigener Kraft schaffen. Und er? Sein Durst wurde unerträglich. Er sah sich um. Neben dem Feuer lagen mehrere grüne Kokosnüsse.

»Gib mir den Speer!«, forderte er Mercutio auf.

»Wozu …?«

»Jetzt mach schon, gib mir den Speer!«

Mercutio reichte ihm die Waffe. Ben hockte sich hin, nahm eine Kokosnuss, klemmte sie sich zwischen die Knie und brachte die Speerspitze in Position. An der steinernen Klinge hing getrocknetes Blut. Er stieß zu, so fest er konnte. Ohne Erfolg. Die Spitze rutschte ab.

»Was soll das?«, fragte Mercutio irritiert.

»Ich dachte, etwas zu trinken könnte nicht schaden.« Ben holte ein zweites Mal aus, stieß die Speerspitze wieder mit voller Wucht auf die Kokosnuss. Diesmal hatte er Glück. Die Klinge durchdrang die Schale. Gierig setzte er die Frucht an die Lippen, die milchige Flüssigkeit rann seine Kehle hinab.

Danach reichte er die Nuss Mercutio, sah zu, wie der Veroneser hastig trank und sich dann neben ihm niederließ.

»Wie lange kanntest du ihn?«

»Wen?«, fragte Mercutio und wischte sich den Mund mit dem Handrücken ab.

»Romeo, wen denn sonst?«

Mercutio schaute hinaus aufs Meer. »Seit meiner Kindheit. Wir waren jeden Tag zusammen, haben dem Schuster Falcetti das Leder geklaut und dem Schneider Baldini das Tuch. Wir waren wie Brüder, bis …«

»Bis was?«, fragte Ben.

»Bitte?«

»Du sagtest ›bis …‹«

»Da musst du dich verhört haben.«

Ben zog es vor, nicht weiter nachzubohren. »Und?«, fragte er stattdessen. »Gibt es in deinem Leben auch eine Julia?«

Mercutio fuhr herum: »Was?«

»Jemand, den du liebst. Der auf dich wartet. Den du heiraten und mit dem du eine Familie gründen willst?«

Mercutios Augen verengten sich zu Schlitzen. Misstrauisch sah er Ben an. »Noch nicht«, sagte er leise. »Aber bald.«

Damit erhob er sich. Auch Ben stand auf. Sie gingen weiter den Strand entlang. Ben hatte eine Kokosnuss mitgenommen. Julia würde sie dringend brauchen. Vorausgesetzt, sie fanden sie. Ben versank in Schweigen. Mit jedem Schritt wuchsen die Zweifel. Was, wenn sie die falsche Richtung eingeschlagen hatten? Wenn Julia irgendwo verdurstend im Sand lag, ein Bein gebrochen oder einen Arm oder schlimmer noch …

»Da!«, rief Mercutio. »Dort im Wasser!«

Er rannte auf etwas zu, das auf den Schaumkronen der Brandung tanzte. Es war klein und weiß und aus Seide. Einer von Julias Schuhen! Mercutio reckte ihn wie eine Trophäe empor. Irgendwo hier musste sie sein. Da vorn war eine kleine Gruppe von Felsen, eine Ausbuchtung der Küstenlinie. Das ergab Sinn. Dort wäre sie den Blicken der Eingeborenen auf jeden Fall entgangen. Ben ließ die Kokosnuss fallen und rannte los. So schnell er konnte, kletterte er über die Felsen.

Dann sah er sie: Sie lag halb im Wasser, rührte sich nicht. Ihr lebloser rechter Arm umklammerte einen Felsbrocken, als habe sie mit letzter Kraft versucht, sich dran hochzuziehen.

»Julia!«

Er lief zu ihr, zog sie an sich, fühlte ihren Puls. Gott sei Dank, sie lebte. Vorsichtig hob er sie an und trug sie durchs Wasser hinüber zu Mercutio.

Ihr Atem war flach und kaum spürbar, das Gesicht von Salz verklebt und von der Sonne gerötet, die Lippen rissig. Mit der Milch der Kokosnuss benetzte er ihre Lippen. Dann träufelte er ihr die weißliche Flüssigkeit in den Mund und rieb ihr damit das getrocknete Salzwasser aus den Augen. Er streichelte ihr über die Wange. »Wach auf, Julia, bitte!«

Sie reagierte nicht.

»Wenn sie stirbt«, flüsterte Mercutio hinter ihm, »dann hast *du* sie auf dem Gewissen!« Er packte Ben, riss ihn zu sich herum. In seinen Augen stand blanker Hass. »Warum musstest du in Verona durch diese verdammte Tür laufen, warum?«

Er holte aus. Ben reagierte instinktiv, wich aus. Der Schlag ging ins Leere, Mercutio verlor das Gleichgewicht, ging zu Boden. Sofort rappelte er sich wieder hoch, bereit, sich erneut auf Ben zu stürzen. Doch in diesem Moment öffnete Julia die Augen. Mercutios Aggression schlug sofort um, er ließ von Ben ab und sah sie liebevoll an. »Du kannst dir gar nicht vorstellen, wie glücklich ich bin, dass du wieder bei mir …, dass du da bist.«

»Wo sind wir?«, fragte Julia. Ihre Lippen waren so trocken, dass sie kaum sprechen konnte.

»Ich weiß es nicht«, sagte Mercutio. »Wahrscheinlich auf der Insel, von der Quiqueg sprach.«

»Wir sollten so schnell wie möglich vom Ufer weg«, sagte Ben. »Wer weiß, ob es noch mehr von diesen Kannibalen auf der Insel gibt.«

Julia sah Ben erschrocken an. »Es gibt Menschenfresser hier?«

Mercutio warf Ben einen vorwurfsvollen Blick zu. »Keine Angst, Julia, die sind längst fort. Mit ihren Booten rausgefahren.«

Julia war anzumerken, dass sie seinen Beruhigungsversuch durchschaute. »Es ist aussichtslos, oder?«, fragte sie und richtete sich mühsam auf. »Wir kommen hier nicht mehr weg!« Sie atmete heftig und begann zu husten. Ben träufelte ihr die letzten Tropfen Kokosmilch in den Mund. Hauptsache, sie drehte jetzt nicht durch.

»Ich hab genug von dem allen«, flüsterte sie. »Ich will zurück zu Romeo. Ich will zurück nach Verona.«

»Das wollen wir auch«, versuchte Ben sie zu beruhigen.

»Ach?«, brauste Mercutio auf. »Du willst doch nur deine Tante wiederfinden. Jeden Schritt, den wir bisher getan haben, haben wir nur deiner Unbedachtheit und Sturheit zu verdanken. Und jeder dieser verfluchten Schritte hat uns weiter von zu Hause weggeführt!«

Mercutios Behauptung war einfach dreist. Er verdrehte die Tatsachen, wie es ihm passte. Dabei war doch er es gewesen, der Ben in die Arena geführt und ihnen die Schattenkrieger auf den Hals gehetzt hatte. Auch wenn er Mercutios Verzweiflung verstand – Ben hatte nicht übel Lust, ihm seine Unverschämtheiten aus dem Leib zu prügeln.

Aber sie mussten hier weg. Eine aufgeplatzte Lippe war da nur hinderlich. Besser war es, herauszufinden, was es mit diesem Ort auf sich hatte. Denn selbst wenn sie tatsächlich auf der Insel waren, von der Quiqueg gesprochen hatte, in *Moby Dick* gab es sie nicht. Aber in welchem Buch waren sie dann? Oder waren sie durch den Sturm aus der Welt der Bücher zurück in die wirkliche Welt geschleudert worden? Bens Herz fing an zu rasen. Der Gedanke war völlig verrückt. Und wenn er stimmte? Eines jedenfalls war klar: Wenn der Weg in ein Buch keine Einbahnstraße war, musste man auch wieder herausfinden können. Was aber machten dann Mercutio und Julia hier? Konnten die beiden überhaupt in die wirkliche Welt wechseln? Wenn ja, dann …

Ben starrte Julia an. Innerhalb einer Millisekunde war alles zwischen ihnen anders. Zum ersten Mal sah er in ihr mehr als nur eine Figur aus einem Theaterstück. Plötzlich war sie für ihn ein Mensch aus Fleisch und Blut. Mit Herz und Gefühl.

»Was ist denn?«, fragte sie irritiert. »Du schaust so komisch. Hast du Angst?«

Ja, er hatte Angst. Ein einziger verrückter Gedanke und alles war wie um hundertachtzig Grad gedreht. Er verlor die Kontrolle. Alles war möglich. Er schaute in ihre Augen. Wasserblau. Er hatte das Gefühl, in ihnen zu ertrinken.

Noch nie war er einem Mädchen so nahe gekommen. Der feine weiße Sand glitzerte in ihren Haaren.

»Ich verspreche euch, alles zu tun, damit wir zurückkommen«, sagte er. »Ihr nach Verona und ich mit meiner Tante nach Hause.«

12

Ben sah das Kreuz als Erster. Übermannshoch und aus zwei Brettern zusammengenagelt, die den dunklen abgewetzten Bohlen eines Schiffsdecks glichen, stand es am Strand – ein paar Hundert Meter von jener Stelle entfernt, an der er Julia gefunden hatte. Er erstarrte. Hieß das etwa …?

Seine Euphorie brach zusammen. Er hatte sich geirrt! Kein Zurückgespültwerden in die Wirklichkeit, sondern doch nur ein neues Buch. Und Julia, die aus einem echten Menschen wieder zu einer erfundenen Figur wurde.

Die Insel, die Kannibalen – er hätte es ahnen können. Das Kreuz konnte nur einer aufgestellt haben: Robinson Crusoe.

Er las die lückenhafte Inschrift auf dem Querbalken: …ier kam … ich … 30. Septem… an Lan… Darunter waren mit einem Messer Hunderte Kerben ins Holz geritzt. Jede siebte war doppelt so lang wie die übrigen sechs.

»Das sind Wochen«, sagte er. »Für jeden Wochentag eine kurze Kerbe, für jeden Sonntag eine lange. Jemand muss wie wir hier gestrandet sein. Die letzten Kerben sind noch ganz frisch. Er lebt also. Wahrscheinlich ganz in der Nähe.«

»Wie kommst du darauf?«, fragte Mercutio.

»Weil der Einsiedler das Kreuz garantiert möglichst nah an seiner Behausung aufgestellt hat. Sein Unterschlupf müsste in dieser Richtung liegen.« Ben zeigte den Berg hinauf in den Dschungel.

»Und was willst du jetzt tun?«, fragte Julia.

»Ihn suchen.«

»Wenn er hier jeden Tag eine neue Kerbe ins Holz ritzt«, wandte Mercutio ein, »dann brauchen wir doch nur abzuwarten, bis er zurückkommt. Kann ja nicht lange dauern.«

Ben schüttelte den Kopf. »Und wenn er bloß jede Woche vorbeischaut und sieben Striche auf einmal macht?«

»Ich halte es für besser, zu warten.«

»Und ich, zu gehen«, beharrte Ben. »Von mir aus auch gern allein.«

»Und wenn die Eingeborenen zurückkommen?« Mercutio schaute zu Julia. »Nimm sie besser mit.«

»Sie ist viel zu erschöpft.«

»Moment mal«, brach es aus Julia heraus. »Kann ich vielleicht selbst entscheiden, was ich tue?«

»Das sind Menschenfresser!«, sagte Mercutio und legte beschwichtigend seine Hand auf ihre Schulter.

»Du bist nicht mein Vormund!«

»Aber du die Frau meines besten Freundes!«

»Dem du von der Liebe zu mir abgeraten hast«, entfuhr es Julia. Ben horchte auf.

»Jeder Freund hätte so gehandelt«, sagte Mercutio heiser. »Jeder!«

Julia wandte sich von ihm ab.

»Ich geh mit dir!«, sagte sie zu Ben.

Sie ließen Mercutio beim Kreuz zurück und kämpften sich Schritt für Schritt durch dichtes Gestrüpp den Berg hoch. Nach einiger Zeit stießen sie auf einen Fluss. Süßwasser. Endlich! Sie sanken auf die Knie, tranken sich satt. Julia wusch sich das Salz aus dem Haar. Die Tropfen glitzerten in der Sonne wie Perlen. Plötzlich hielt sie inne.

»Sieh nur!« Sie deutete hinab zum Meer. Dunkler Rauch stieg

über den Palmen unten am Strand in den Himmel. Mercutio musste ein Feuer gemacht haben.

»Verdammt!«, fluchte Ben. »Warum tut er das?«

»Vielleicht hofft er, ein Schiff sieht den Rauch und rettet uns alle.«

»So ein Idiot! Die Einzigen, die es sehen werden, sind die Kannibalen.«

Julia sah ihn nachdenklich an. »Du und Mercutio – ihr mögt euch nicht, oder?«

»Wie kommst du darauf?«

»Ständig hackt ihr aufeinander herum.«

»Stimmt das, was du ihm vorgeworfen hast? Wollte er wirklich die Liebe zwischen dir und Romeo verhindern?«

»Er wollte ihn nur schützen.« Julia wurde ernst. »Romeos und meine Familie sind seit Jahren zerstritten.«

Natürlich, dachte Ben, der Streit zwischen den Montagues und den Capulets, der die Liebesgeschichte zwischen Romeo und Julia zur Tragödie machte.

»Weißt du«, sagte Julia, »Mercutio mag manchmal etwas aufbrausend und unbeherrscht sein. Aber er ist der beste Freund, den man sich denken kann.«

»Du meinst, einer, auf den man sich verlassen kann?«

»Mehr als auf jeden andern.«

Sie ließ sich zurücksinken, schloss die Augen. Er betrachtete sie: ihre ebenmäßige Haut, den Schwung ihrer Nase, die Rundungen ihrer Brauen. Vor ein paar Wochen war Sally Carter aus seinem Spanischkurs bei ihm gewesen. Die Sanchez hatte sie beide zu einem Referat über die Eroberung Mexikos verdonnert. Sally hatte sich auf seinem Bett ausgestreckt und nicht mit Andeutungen gegeizt. Ein Sechser im Lotto. Und was hatte er aus dieser einmaligen Chance gemacht? Statt sich ein Herz zu fassen, hatte er Sallys eindeutiges Angebot ignoriert und Belanglosigkeiten über Hernán Cortés und seine gnadenlose Vernichtung der Azteken in seinen Computer gehackt.

Jetzt lag er hier in einem tropischen Paradies mit dem schönsten Mädchen, das er je gesehen hatte, und wieder klopfte ihm das Herz bis zum Hals.

Sie ist nur eine Figur aus einem Theaterstück, sagte er sich, eine erfundene Gestalt. Und wenn schon, Ben!

Er beugte sich über sie, sein Schatten wanderte über ihr Kleid, näherte sich ihrem Gesicht. Doch dann sah er plötzlich Romeo vor sich, sah, wie ihn die finsteren Gestalten im Regen von Verona niederstachen. Er zuckte zurück.

»Julia.«

»Ja?« Sie hielt die Augen weiter geschlossen. Ihre Brust hob und senkte sich gleichmäßig.

»Ich …«

»Was denn?«

»Ach nichts.« Mit einem Mal spürte er die Last des Amuletts auf seiner Brust. Er ließ sich ebenfalls auf den Rücken fallen, schloss die Augen, drehte den Kopf zur Sonne. Seine Lider waren wie eine rote Wand, gegen die er von innen schaute. Das gleiche Rot, wie es die finsteren Gestalten in sich trugen. Woher kamen sie? Wer hatte sie gesandt? Ben nahm das Amulett in beide Hände … Sein erster Tag auf der Highschool. Er hatte sich in seiner Schuluniform unbehaglich gefühlt. Etwas Neues kam auf ihn zu. Das gefiel ihm nicht. Weil er es nicht einschätzen konnte. Tante Lynn hatte ihn hingefahren. Mit ihrem alten Buick. Ein mintgrünes Coupé mit Vinyldach. Späte Siebziger. An der Ecke 79. Ost und First Avenue hatte sie angehalten. Er hatte zum Schulgebäude hinübergeschaut. Schüler, die sich von ihren Eltern verabschiedeten. Kein einziges bekanntes Gesicht. »Es gibt jetzt zwei Möglichkeiten«, hatte Lynn in ihrer unnachahmlich trockenen Art gesagt. »Entweder wir steigen zusammen aus, ich geh mit dir in deine Klasse, gebe dir vor allen gute Ratschläge und anschließend einen dicken Kuss.« – »Oder?« – »Oder du gehst allein da rein und zeigst ihnen, dass du keine Angst vor ihnen hast …«

Die Sonne stand schon tief am Horizont, als Ben die Augen wieder aufschlug. Das war kein kurzes Einnicken gewesen. Er schaute neben sich. Wo war Julia? Dort drüben saß sie, mit dem Rücken zu ihm, auf einem großen Stein. Sie hatte sich ihr Mieder aufgeschnürt, ihr Oberkörper war frei. Er konnte den Ansatz ihrer Brüste erkennen. Sie schöpfte mit den Händen Wasser aus dem Fluss und begann sich zu waschen. Als sie seinen Blick spürte, zuckte sie zusammen. Schützend schob sie sich das Mieder über ihre Brüste.

»Ich … muss eingeschlafen sein«, stammelte Ben und spürte, wie er rot wurde. »Ich wusste nicht, dass du …« Er hätte sich vor Scham am liebsten in Luft aufgelöst. »Tut mir leid.«

Julia sah ihn über die Schulter an. Sie lächelte, drehte sich wieder um und schnürte sich in aller Ruhe das Mieder zu. Dann stand sie auf, warf ihr Haar zurück. »Wollen wir weiter?«

»Weiter«, sagte Ben und erhob sich.

Wie erhofft, stießen sie bald auf einen Palisadenzaun mit Schießscharten. Alles war genau wie in Daniel Defoes Roman. Robinson Crusoe hatte sein Fort im Schatten eines großen Felsens errichtet. Aus der Umzäunung drang das Meckern von Ziegen. Ben versuchte sich an den Roman zu erinnern. Das mussten die Tiere sein, die Robinson kurz nach seinem Schiffbruch auf der Insel entdeckt hatte. Aber wo war er selbst? Die Antwort lieferte ein Schuss. Eine Kugel schlug haarscharf neben ihnen in die splitternde Baumrinde. Sofort drückte Ben Julias Kopf nach unten. Keine Sekunde zu früh. Ein zweiter Schuss krachte ins Geäst, ging aber ebenso fehl wie der erste. Mit einem solchen Empfang hatte Ben nicht gerechnet.

»Das muss der Einsiedler sein«, sagte er zu Julia. »Der Bursche scheint uns für Eingeborene zu halten.« Er deutete auf ihr Kleid. »Reiß mir ein Stück davon ab.«

Kurz darauf hielt er das Stück weiße Seide an einem Stock aus dem Gebüsch und rief in Richtung der Palisaden: »Mr …« Fast hätte er Robinson beim Namen genannt und sich damit verraten.

In letzter Sekunde schwenkte er um. »Sir! Wir sind gute Christen. Friedlich und unbewaffnet!«

Keine Antwort. Also gut, Plan B!

»Bleib in Deckung«, flüsterte er Julia zu und schälte sich aus dem Unterholz. Es war ihm mulmig zumute, aber so wie er Robinson einschätzte, würde der sicher nicht schießen – nicht, wenn ihm ein Weißer in der Schuluniform der Eleanor-Roosevelt-Highschool entgegenlief. Trotzdem blieb Ben vorsichtig. Langsam hob er den Blick. Der Einsiedler wartete mit angelegter Büchse oben auf den Palisaden. Er trug einen handlangen Bart und eine Mütze aus Fell.

»Halt! Keinen Schritt weiter!«

Wieso sprang er beim Anblick eines Menschen seiner Hautfarbe nicht vor Freude in die Luft? So argwöhnisch hatte Ben sich den guten Robinson nicht vorgestellt.

»Ich komme als Freund«, versicherte er.

»Vor allem kommst du nicht allein«, entgegnete Robinson düster.

Das war es also! Deswegen sein Misstrauen. Robinson konnte ja nicht ahnen, dass hinter Ben keine Horde angriffslustiger Eingeborener im Dickicht hockte, sondern eine junge Frau aus Verona.

»Kannst rauskommen«, rief Ben in Julias Richtung. »Er wird uns nichts tun.«

Als Julia aus dem Gebüsch trat, staunte der Einsiedler. Und er war nicht der Einzige: Denn ein dunkelhäutiger Kerl tauchte neben ihm auf der Palisade auf. Das konnte nur Freitag sein.

»Ben, sieh nur!« Julia starrte Robinsons Gefährten an, als sei er der leibhaftige Teufel.

»Keine Angst«, sagte Ben. »Das ist kein Kannibale.«

»Bist du sicher?«

»Ganz sicher!«

»Woher weißt du das?«

»Würde der Einsiedler sonst so seelenruhig neben ihm stehen?«

»Ich Freitag«, strahlte der Eingeborene zu ihnen herunter und schlug sich mit der Hand gegen die Brust.

»Was meint er damit?«, flüsterte Julia ängstlich.

»Ich glaube, er heißt so.«

»Freitag? Aber ich bitte dich. Das ist doch kein Name!«

Sie nahm allen Mut zusammen und wandte sich an den Eingeborenen. »Du! Wie nennst du dich?«

»Ich Freitag.«

»Ich habe ihn so genannt«, mischte sich Robinson ein. »Weil wir uns an einem Freitag begegnet sind. Mein Name ist Crusoe, Robinson Crusoe.«

Wenig später betrat Ben mit Julia über eine aus Tau geknüpfte Leiter das Fort. Robinson hatte sich eine Wohnnische in den Fels gehauen, in der neben einem mächtigen Sofa auch ein massiver Tisch und ein paar Stühle standen. Reste der Schiffsausrüstung, die Robinson hatte bergen können. Freitag hatte den Fels mit den Händen bemalt. Szenen einer Kannibalenjagd: ein schreiender Eingeborener; Männer, die ihm folgten; ein Feuer, auf dem sich an einem Spieß ein menschlicher Körper drehte. Darüber das ungelenk ausgeführte Porträt eines Mannes mit Bart und Fellmütze, das offenbar Crusoe darstellen sollte.

»Woher kommt ihr? Setzt euch doch erst mal. Sagt, wo liegt euer Schiff?«, fragte er Ben. Robinson war ganz aufgeregt. Er strahlte die beiden an. Ehe Ben etwas antworten konnte, packte er Freitag vor Freude an den Schultern und sang übermütig: »Es geht zurück nach England, nach England, nach England …« Der Eingeborene lachte und tanzte mit Robinson, der sich mit ihm im Kreis drehte. Dann blieb er stehen. »Du kommst natürlich mit, Freitag, hörst du? Du wirst mein Land sehen und in eine richtige Kirche gehen …«

»O ja, jawohl«, sagte Freitag und sah Julia und Ben an. »Schönes Heimat von Master Robinson. Essen Lämmerbraten und wohnen in Haus von Stein mit warmes Feuer.«

»Ich muss euch leider enttäuschen«, platzte Ben in die Freude. »Wir sind selbst Schiffbrüchige. Und wir brauchen eure Hilfe.«

»Was?« Robinson sah ihn entsetzt an. »Das darf nicht wahr sein!«

»Ich weiß, dass das nicht einfach für euch ist«, sagte Ben vorsichtig.

»Nicht einfach?« Robinson glotzte ihn an. »Nicht einfach?« Er schnappte nach Luft, riss sich die Mütze vom Kopf.

»Nein!«, schrie er und schoss mit ohrenbetäubendem Krachen in die Decke. Der Schwefelgeruch des Schießpulvers breitete sich in der Höhle aus. Robinson hatte sich nicht mehr unter Kontrolle, trat gegen den Sessel, in dem Ben saß, warf den Tisch um, nahm die Bibel, die dabei auf den Boden gefallen war, und pfefferte sie gegen die Wand. »Warum muss ich so bestraft werden?«, schrie er außer sich. »Was habe ich getan?«

Als Freitag ihm die Hand auf die Schulter legen wollte, um ihn zu beruhigen, stieß er ihn von sich: »Lass mich in Ruhe! Lasst mich alle in Ruhe!«

Ben nickte Julia und Freitag zu. Sie verließen zusammen die Höhle.

»Armes Master Robinson«, sagte Freitag traurig.

Es dauerte lange, bis Robinson sich von seiner ersten Enttäuschung erholt hatte. Schließlich kam er, die Bibel in der Hand, aus der Höhle. »Gott hat es wohl so gewollt«, sagte er gefasst. »Wir werden die Aufgabe, die er uns auferlegt hat, gemeinsam bestehen.«

Ben nickte ihm zu. Nicht, weil er so dachte wie Robinson, sondern weil er vor allem eines brauchte: Ruhe zum Nachdenken. Wie konnten sie von dieser Insel herunterkommen? In Daniel Defoes Roman hatte Robinson sein halbes Leben auf dem Eiland ausgeharrt, ehe ihn ein Segelschiff aufnahm und zurück nach England brachte. Die Frage war nur: Wann würde das Schiff kommen? Ben hatte keine Zeit, zu warten. Nach allem, was er bisher in der Welt der Bücher erlebt hatte, war er sicher, dass seine

Tante in großer Gefahr schwebte. Er musste sie finden und einen Ausweg suchen – irgendeinen Ausgang aus diesem Wahnsinn. Ein Buch, durch das er zurück nach New York käme, hinaus aus dem Horror, zurück in das Haus in der Morton Street.

»Ben!«, rief Julia plötzlich. »Das Feuer!«

»Was ist damit?«

»Der Rauch ist verschwunden!« Aufgeregt deutete sie in Richtung Strand. Er folgte mit den Augen ihrer Hand. Sie hatte recht. Keine Spur mehr von Rauch oder Feuer. Er wandte sich an Robinson. »Sir, wir sind eigentlich zu dritt. Unten bei eurem Kreuz am Strand wartet unser Freund Mercutio auf uns. Es muss ihm etwas zugestoßen sein. Wollt ihr mir eure Muskete leihen? Ich fürchte, die Kannibalen sind zurückgekommen!«

»Die Kannibalen? Dann ist er verloren!«

»Aber ich muss ihm helfen.«

»Seid ihr verrückt?« Robinson schüttelte den Kopf. »Ich kenne die Burschen. Allein habt ihr keine Chance gegen sie. Es sind viel zu viele und sie sind grausam.«

In diesem Moment hörten sie eine völlig erschöpfte Stimme, die über die Palisaden zu ihnen ins Fort drang: »Julia! Ben …!«

13

Mercutio war völlig außer Atem, wirkte eingeschüchtert. Wenigstens lebte er noch. »Sie sind aufgetaucht wie aus dem Nichts«, stammelte er. »Ich bin vom Strand weggerannt, in den Dschungel hinein, aber sie sind unglaublich schnell. Ich seh noch immer die glühenden Lavaaugen, wie sie mich verfolgen.«

»Moment mal.« Ben sah seinen Freund entsetzt an. »Du meinst, es waren die gleichen Gestalten wie in …?«

Mercutio nickte.

Wie waren die Schattenkrieger hier auf die Insel gelangt? Einen Augenblick glaubte Ben wieder ihren fauligen Atem zu riechen. Er schien an Mercutio zu kleben. Wie waren die Gestalten ihnen auf die Spur gekommen? Sie konnten ihnen doch nicht den ganzen Weg von Verona gefolgt sein.

»Wen sie erwischen, den fressen sie«, sagte Robinson. Er ging noch immer davon aus, Mercutio sei den zurückgekehrten Kannibalen begegnet.

»Hast du sie abgeschüttelt?«, fragte Ben.

»Ich weiß nicht.«

»Falls nicht, sind sie wohl auf dem Weg hierher«, sagte Ben.

»Dann sollten wir sie gebührend empfangen«, erklärte Robinson. »Immerhin ist es nicht das erste Mal, dass sie uns beehren, stimmt's, Freitag?« Der Eingeborene nickte. Robinson sah in die hereinbrechende Dämmerung. Die Lebensgeister kehrten schlagartig in ihn zurück. »Sobald es dunkel ist, greifen sie an. Bis dahin werde ich die übrigen Musketen laden und das Pulver kontrollieren.«

Die erste Nachtwache übernahm der Einsiedler selbst. Gleichmäßig wie das Pendel einer Uhr lief er oben am knirschenden Palisadenzaun auf und ab, hinter dem Ben und seine Freunde auf Decken ruhten.

»Dein Freund sagen, Augen wie Feuer.« Ben zuckte zusammen. Lautlos war Freitag aus der Höhle, wo er noch eben Zündschnüre geflochten hatte, zu ihm getreten. »Ich wissen, dass keine Kannibalen, sondern Feinde von Benamuki, die euren Freund verfolgt haben.«

»Was meinst du damit?«

»Dunkle Kräfte kommen und kämpfen gegen dich. Amulett gut, du gut.« Fast dasselbe hatte Quiqueg gesagt.

Ben hielt das Amulett fest. »Was sind das für Kräfte?«

»Sind unter Erde. Ganz tief, wo Böses leben in roter Hitze.«

In der Dunkelheit konnte Ben Freitags Gesicht kaum sehen. Nur das fahle Licht einer Kerze flackerte von der Höhle herüber.

»Licht ist weiß und taucht in Finsternis«, sagte Freitag. »Gestalten der Dunkelheit werden kommen. Du Amulett gut festhalten.«

Schließlich bekreuzigte sich der Eingeborene dreimal und flüsterte ein Gebet in seiner Sprache. Die Worte selbst konnte Ben nicht verstehen, doch am Rhythmus der Verse erkannte er das Vaterunser. Am Ende schlug Freitag erneut das Kreuz.

»Was hat das alles mit dem Amulett zu tun?«, fragte Ben.

»Alles braucht Zeichen. Mein Gott Benamuki weiß, woher wir kommen, wohin wir gehen. Dein Gott ist Gott der Ordnung, der sagen, was richtig und was falsch. Robinson braucht Ordnung, sonst nicht kann leben. Mein Gott Benamuki braucht Leben, sonst nicht kann sein.«

Warum konnte Freitag nicht konkreter werden? »Was weißt du über das Amulett?«

»Alles, was ich fühlen, ich gesagt.«

Unerwartet zischte Robinsons Stimme von der Palisade herab: »Lass ihn schlafen, Freitag. Er braucht seine Kräfte für die nächste Wache.«

»Ist gut, Master Robinson.« Freitag nickte ergeben. Aber bevor er in der Höhle verschwand, wandte er sich noch einmal an Ben und wiederholte seine Warnung: »Du passen auf Amulett auf, sonst alles aus!«

Ben blickte hinauf in die Nacht.

Dann übermannte ihn der Schlaf. Er sah sich vor den dunklen Gestalten davonrennen, die Drachen auf ihren Schultern fauchten, spien urgewaltige Feuer und blickten ihn mit ihren Lavaaugen an. Lauf, Ben, lauf! Sie jagten ihm hinterher. Er musste Richtung Meer, egal wie, immer nur Richtung Meer. Endlich Wasser. Der Weiße Wal, da bläst er! Ben schleuderte die Harpune in seine Haut, sprang auf den Rücken des Wals, hielt sich an der Harpune fest und ließ sich von ihm mit in die Tiefe reißen. Er hatte sich im Seil der Harpune verfangen, immer tiefer ging es hinab. Dort unten konnte er nicht leben, die Nacht war endgültig in dieser Tiefe, schwarz wie in einem Keller. Der Eingang zum Keller von Lynns Haus in der Morton Street. Ich will da nicht runter, Tante Lynn, das Licht ist kaputt …

Schweißgebadet schreckte er auf. Er hatte das Gefühl, eine der finsteren Gestalten habe ihn berührt. Seine Stirn, sein Hemd, alles war nass. Lange geträumt hatte er nicht. Die Kerze in der Höhle war kaum weiter heruntergebrannt. Er schaute hinüber zu seinen Gefährten. Was machte Mercutio da? Seine Hand bewegte sich auf Julias Kopf zu. Erst zögernd, als überschreite sie eine geheime Grenze, dann zärtlich und hingebungsvoll. Warum strich er ihr übers Haar?

Julia musste die Hand ihres Freundes gespürt haben. Erschrocken zuckte sie zusammen. »Was ist los?«

»Ich … da war eine Spinne auf deinem Kopf«, stammelte Mercutio.

»Warum schläfst du nicht?«, flüsterte Julia.

»Ich kann nicht. Ich liege wach und denke an …«

»Romeo?«

»Ja.«

»Ich auch.«

»Vermisst du ihn sehr?«

»Und wie. Erinnerst du dich noch an das Fest des heiligen Antonius im letzten Jahr?«

»Natürlich«, erwiderte Mercutio und lächelte. »Vor allem die Schönste des Fests will mir nicht aus dem Sinn.« Seine Stimme war voller Zärtlichkeit.

Julia knuffte ihn freundschaftlich in die Seite. »Hör auf, mir zu schmeicheln.«

»Du kannst mich schlagen, so oft du willst. Ich sage nur die Wahrheit.«

Julia seufzte. »Weißt du noch – die Prozession? Romeo sah aus wie ein Prinz.«

»Wir werden ihn bald wiedersehen«, sagte Mercutio. »Ganz sicher.«

Dann war es still.

Ben fielen die Augen zu. Schlafen, nur eine Weile ausruhen, einen Moment ohne Gedanken sein. Aber es kam nicht dazu. Robinson tauchte neben ihm auf, drückte ihm die Muskete in die Hand und zeigte hinauf zum Palisadengang. »Es ist Zeit!«

Auch wenn Ben seine Augen vor Müdigkeit kaum aufhalten konnte, seine Ohren waren hellwach. Wie laut der Urwald war. Die Schreie namenloser Tiere, die dort in der Dunkelheit lebten. Die Nacht ist die beste Zeit zum Töten. Der Dschungel war eine Front aus Lauten, eine geheimnisvolle Armee. Ben umklammerte seine Muskete fester. Das kalte Eisen beruhigte ihn. Hauptsache, sie überstanden die Nacht. Dann würde man weitersehen.

Ein Knirschen ließ ihn aufhorchen. Das Herz blieb ihm stehen.

Ein erneutes Knirschen. Dann sah er ihre Augen, feuerrot – so, wie Mercutio sie beschrieben hatte. Glühende Kohlen, die ihn aus der Finsternis anstarrten. Erst zwei, dann vier, dann ... Ben wollte schreien, aber er kam nicht dazu. Wie auf ein geheimes Kommando stürmten die Gestalten los, brachen auf mächtigen schwarzen Pferden aus dem Dickicht.

Ben spürte einen Knall, sein Arm zuckte zurück, seine Schulter brannte. Er musste vor Schreck den Abzug der Muskete gedrückt haben und vom Rückschlag getroffen worden sein.

Gleich darauf stand auch schon Robinson neben ihm und feuerte, was das Zeug hielt. Einer der Reiter sprang mit seinem Pferd über die Palisade. Robinson wurde von einem Huf am Kopf getroffen und fiel rücklings ins Fort. Ben sprang hinterher, wollte ihm zu Hilfe kommen, doch das Pferd trampelte bereits auf dem Körper herum. Robinsons Rippen knackten wie Streichhölzer unter den Hufen. Sein Kopf war nur noch blutige Masse. Aus, vorbei, tot! Pferde treten doch nie mit Absicht auf einen Menschen, nie! Ben war schockiert. Das hier konnten keine normalen Pferde sein! Sie hatten die gleiche Glut in den Augen wie ihre Reiter. Ben stand mit dem Rücken zum Palisadenzaun. Zitternd legte er die Muskete an und schoss auf den Reiter.

Die Kugel drang in ihn ein, Lava spritzte, aber der dunkle Krieger stürzte nicht aus dem Sattel, sondern grinste ihn nur böse an. Ben sah Mercutio, der wenige Meter von ihm reglos an der Palisade stand. Die Schattenkrieger schienen ihn überhaupt nicht wahrzunehmen. Ben suchte seinen Blick, schrie ihn flehend an: »Hilf mir!« Doch sein Freund bewegte sich nicht, seine Augen waren ohne jedes Gefühl, als betrachte er ein Schauspiel, mit dem er nichts zu tun habe. Statt seiner sprang Freitag Ben zur Seite, schlug mit einem Säbel auf den Reiter ein und hieb ihm den Arm ab. Das aufspritzende Blut traf ihn, versengte ihm mit einem Zischen die Brust. Der Eingeborene schrie, wie Ben noch nie einen Menschen hatte schreien hören.

»Freitag!« Er sprang, um dem Eingeborenen zu helfen, aber es war zu spät. Zwar konnte der Schwarze mit letzter Kraft noch seinen Säbel in den Leib des Reiters rammen, doch im gleichen Augenblick wurde er schon vom Schwert eines anderen Reiters durchbohrt. Mit einem Gurgeln sank er zu Boden: »Rette Amulett ...!«, flüsterte er und starb.

Ben rannte zu Julia und Mercutio hinüber, riss die beiden mit sich zur anderen Seite des Forts, wo die Ziegen in ihrem Gatter aufgeregt meckerten. Ein Reiter mit einem Langschwert in der Hand galoppierte hinter den dreien her und schwang seine tödliche Waffe, als hätte sie kein Gewicht. Die Ziegen stoben auseinander. Irgendwie gelang es Ben und seinen Freunden, auf die Palisade zu klettern und auf der anderen Seite hinunterzuspringen, ehe das tödliche Schwert sie treffen konnte. Der Reiter trieb sein Pferd auf die Palisade zu. Es sprang, blieb jedoch mit den Hufen an den Spitzen des hölzernen Bollwerks hängen, stürzte und begrub seinen Reiter unter sich.

»Lauft!«, rief Ben.

Sie rannten, so schnell sie konnten. Blätter und Äste peitschten ihre Körper und flogen ihnen ins Gesicht. Weg, nur weg! Ben hörte Geschrei, dann Hufgetrappel, das Schlagen von Gestrüpp. Die finsteren Gestalten hatten die Verfolgung aufgenommen.

»Schneller!«, rief Ben, obwohl er wusste, wie sinnlos das war. Die Reiter mit ihren Pferden waren ihnen hoffnungslos überlegen. Das Getrappel kam näher. Dann tauchten die ersten glühenden Augen zwischen den Bäumen auf. Julia stolperte und fiel. Ben hörte das Sirren eines Speers.

»Mercutio!«

Der Veroneser warf sich auf Julia. Er schrie auf, als sich der Speer durch seinen Oberarm bohrte. Neben ihm tauchten zwei berittene Schattenkrieger auf, packten ihn und rissen ihn hoch. Wie ein Stück Fleisch schleppten sie ihn zwischen sich fort in die Nacht.

Ben erreichte Julia, zog sie mit sich ins Unterholz, hielt ihr den Mund zu, deckte ihr hell schimmerndes Kleid, so gut es ging, mit seiner eigenen dunklen Kleidung ab. Sich bloß nicht mehr rühren, verschmelzen mit dem Untergrund – eine andere Chance hatten sie nicht.

Das Getrappel der Hufe entfernte sich. Reichte Mercutio ihnen als Beute? Ben lauschte. Schließlich nahm er die Hand von Julias Mund.

»Sie scheinen weg zu sein.«

»Was werden sie mit Mercutio machen?«

Er antwortete nicht. Sie fasste ihn am Arm. »Ben!«

»Ich weiß es doch auch nicht.«

Plötzlich ein Knacken. Erst war er sich nicht sicher, doch dann hörte er es erneut. Er nickte Julia zu, deutete mit dem Kopf in die Richtung, aus der es gekommen war. Er legte einen Finger an die Lippen. Sich jetzt nur nicht verraten! Er sah sich um, fand einen abgebrochenen Ast, stark genug zum Zuschlagen. Ein letzter Blick zu Julia, dann schlich er los. Ein paar Schritte, das musste reichen. Er verbarg sich hinter einem Baum und versuchte sich zu beruhigen. Sein Herz tobte wie wild, er schwitzte. Da war es wieder: das Knacken von Zweigen, dann das schlagende Geräusch einer Schwertklinge, die Zweige durchtrennte.

Schließlich sah er den Schattenkrieger. Der Scheißkerl war ihnen zu Fuß gefolgt. Er blieb direkt neben Ben stehen, ohne ihn zu sehen. Als ob er sein Unheil ahne. Er stank wie die Pest. Seine Kapuze hatte er heruntergezogen. Der Mond beleuchtete seinen Hinterkopf, eine schwarze haarlose Kugel, mit feinen Adern überzogen, durch die das Blut sichtbar pulsierte. Er besaß weder Ohren noch Nase, nur entsprechende Öffnungen an den Schädelseiten und in der Mitte des Gesichts, so, als seien seine Ohren verkohlt und die Nase verbrannt. Ben schauderte. Das war kein menschliches Wesen, eher eine aus dem Höllenfeuer auferstandene Kreatur.

Ben wollte zuschlagen, aber er konnte nicht. Seine Arme gehorchten ihm nicht. Die Kreatur schien seine Angst zu riechen, sie drehte sich um, sah ihn an. Das nahm Ben die Lähmung.

Mit dem Knüppel versetzte er ihr einen Schlag ins Gesicht. Der Krieger ging zu Boden. Blitzschnell griff Ben sein Schwert und drückte ihm die Klinge gegen die Kehle. Doch der Schattenkrieger kam wieder zu sich, starrte auf das Amulett. Es war, als würde er das Oktagon unter Bens Hemd fühlen, als strahle es eine unausweichliche Macht aus. Mit beiden Händen griff er nach der Schwertklinge, drückte sie nach oben. Blut trat zwischen seinen Fingern hervor.

»Warum verfolgt ihr uns? Was wollt ihr?«, schrie Ben. Er überwand seinen Ekel und seine Angst, drückte fester zu.

»Rede! Wo ist meine Tante?«

Der Schattenkrieger packte die Klinge noch fester. Ben legte sein ganzes Körpergewicht auf das Schwert, um den Widerstand zu brechen. Das Amulett brannte auf seiner Haut. Die Kreatur stank aus dem weit aufgerissenen Mund, fauchte, hob den Kopf, als wolle sie Ben beißen. Sie rangen miteinander, zäh und unerbittlich, ehe der Schattenkrieger unvermittelt losließ. Schmatzend drang die Klinge in seine Kehle ein. Er röchelte. Kochendes Blut lief ihm aus dem Hals, verteilte sich auf seiner Brust. Dann schien er unter Ben zu zerfließen. Der wälzte sich von der toten Kreatur.

Julia trat zitternd zu ihm.

»Mein Gott, was war das?«, fragte sie. Die Gestalt hatte sich vollständig aufgelöst.

Ben schüttelte nur stumm den Kopf. Tränen liefen ihm übers Gesicht. Völlig erschöpft rappelte er sich auf, das Schwert noch in der Hand. Er warf es fort. Was hatte er getan? Das Schwert lag jetzt dort, wo eben der Schattenkrieger gelegen hatte. Die Klinge schien Feuer zu fangen, leuchtete rot auf und verglühte.

»Wir werden es nicht schaffen«, sagte Ben. »Nie!«

»Doch, Ben. Wir können nicht aufgeben. Ich muss zu Romeo und wir müssen Mercutio retten.«

Ben nickte. Er lief mit ihr den Weg zurück durch das Dickicht. Seine Tante. Er musste sie finden und das Einzige, was ihm dabei helfen konnte, war das Amulett. Warum wollten diese Kreaturen es haben?

Kurz darauf sahen sie das Licht eines riesigen Feuers durch die Blätter schimmern. Die finsteren Reiter hatten Robinsons Fort angezündet – überall lagen verkohlte Tierkörper. Der Geruch von verbranntem Ziegenfleisch stieg ihnen in die Nase. Ben griff nach einem brennenden Holzscheit, das er als Fackel benutzte, nahm Julia in den Arm und führte sie mit sich fort. Keine fünfzig Schritt von der ehemaligen Behausung des Einsiedlers entfernt fanden sie ein Stück von Mercutios Wams, daneben die Spuren der Pferde. Sie folgten ihnen hinunter zum Fluss. Mit der Fackel in der Hand, untersuchte Ben die Hufabdrücke im Schlamm.

»Sie sind flussaufwärts geritten«, sagte er und deutete mitten hinein in die schwarze Unergründlichkeit des Dschungels …

14

Der Dschungel schien den Fluss auffressen zu wollen. Äste, Zweige und Blätter machten es unmöglich, direkt am Ufer entlangzugehen. Es blieb ihnen nichts anderes übrig, als durch das träge dahinfließende Wasser zu waten, das schwarz und bedrohlich im fahlen Mondlicht schimmerte. Der Boden unter ihren Füßen war weich. Ben fühlte Schlamm an seinen Beinen, spürte, wie er ihm in die Schuhe drang. Nicht nachdenken, bloß nicht stehen bleiben! Er zog Julia mit sich – schneller. Jeder Schritt musste ihr schwerfallen, denn das Kleid sog sich mit Wasser voll. Aber wenn sie den finsteren Gestalten auf den Fersen bleiben wollten, durften sie keine Zeit verlieren. Plötzlich sah er im Schein der Fackel auf dem Fluss etwas aufleuchten. Es waren runde Punkte, die aussahen wie reflektierende Augen.

»Da sind sie wieder!«, schrie Julia. »Die Augen der Mörder!« Sie riss sich panisch von Bens Hand los und lief ihm voraus zu einer lichten Stelle am Ufer.

»Warte!«, rief Ben, als sie kopflos in den Dschungel hineinrennen wollte. »Das sind keine Schattenkrieger. Das sind Krokodile.«

Jetzt sah auch sie, dass die Augen nicht glutrot waren, sondern gelblich leuchteten.

»Durch den Fluss können wir nicht mehr weiter«, erklärte Ben. »Es wimmelt da nur so von diesen Viechern.«

Er erblickte zwei Riesenkrokodile, die gerade hinter Julia aus dem Unterholz krochen.

»Dreh dich nicht um.«

Sie schaute ihn verzweifelt an. »Was ist los, Ben?«

»Bleib ruhig. Keine Bewegung.«

Er hob die Fackel und machte einen beherzten Schritt an Julia vorbei auf die Tiere zu, schlug mit der brennenden Fackel nach ihren weit aufgerissenen Mäulern. Die Krokodile fauchten, hoben die Köpfe, so leicht ließen sie sich nicht vertreiben. Endlich traf Ben eines am Maul. Funken sprühten. Die Reptilien hatten genug, verschwanden wieder rückwärts im Grün, als seien sie nie da gewesen.

»Was jetzt?« Julia stand die Angst ins Gesicht geschrieben. Die Augen der Tiere, die im Wasser schwammen, näherten sich ihnen gleichmäßig und scheinbar unaufhaltsam. Wenn sie ans Ufer kämen, würde er sie mit dem Feuer einschüchtern. Aber lange konnte das nicht gut gehen. Die Fackel war schon weit heruntergebrannt. Plötzlich, als habe es ein geheimes Zeichen zwischen den Echsen gegeben, tauchten sie alle ab. Die Augen waren verschwunden.

»Was haben sie vor?«

Er zuckte mit den Schultern und griff Julias Hand.

»Hörst du das?«, fragte sie.

Es war ein gleichmäßiges Tuckern, dazu ein Schnaufen. Deshalb also waren die Krokodile abgetaucht. Das war doch Motorengeräusch. Die Maschine arbeitete schwer gegen die Strömung an. Es klang wie … wie ein Dampfschiff. Unmöglich! Das konnte nicht sein. Wie zum Beweis tauchten die Umrisse eines mächtigen Bootes auf. Robinson Crusoe hatte doch auf einer Insel gelebt. Da gab es kein solches Schiff. Damals hatten noch überhaupt keine Dampfschiffe existiert. Waren sie denn schon wieder, ohne es zu merken, in ein neues Buch geraten?

»Ein Ungeheuer!«, schrie Julia.

»Das ist nur ein Schiff«, erklärte Ben ruhig. Dabei brodelte es in ihm. In welchem Buch waren sie? *Tom Sawyer, Onkel Toms Hütte*? Er hielt Julias zitternde Hand. »Es ist nichts Schlimmes, vertrau mir.« Ben musste ruhig bleiben. Er musste funktionieren. Jetzt nur nicht panisch werden. Das war nur ein Dampfschiff, nicht mehr. Aber Julia kannte keine Maschinen. Für sie musste die ganze Technik Satanszeug sein, ein schnaufendes Monster, das dort an ihnen vorbeischwamm wie ein gigantischer schwarzer Wal, der sich den Fluss hinaufkämpfte und Kohlengestank ausatmete.

»Bleib ruhig, Julia«, wiederholte er.

»Ich hab Angst, Ben«, flüsterte sie.

»Das ist nur ein Schiff, das Geräusche macht. Nichts anderes. Es fährt nicht von selbst, da müssen Menschen drauf sein und die können uns helfen.«

Sie schaute Ben an, als habe sie ihr Leben in seine Hand gegeben.

»Kann uns an Bord jemand hören?«, rief er.

Die Antwort kam prompt. Der Dampfer stieß einen gellenden Pfiff aus. Aus dem Dschungel waren die Schreie von Affen zu hören. Vögel flatterten auf. Julia versuchte sich loszureißen und schrie.

Er hielt sie fest. »Bleib hier! Das ist unsere einzige Chance, Julia. Zu Fuß werden wir die Reiter nie einholen!« Dann sagte er leise: »Noch mal, Julia: Das ist ein Schiff! Nichts weiter! Allein kommen wir nicht durch den Dschungel! Wie sollen wir ohne Hilfe den Schattenkriegern folgen? Du willst doch, dass wir Mercutio befreien?«

Ein weiterer Pfiff ertönte. Julia schrie auf.

Dann rief eine menschliche Stimme: »Wer da?«

»Hörst du?«, sagte Ben. »Da sind Menschen! Das ist kein Ungeheuer!«

»Ist da wer?«, rief die dunkle Stimme erneut, und langsam näherte sich das Schiff dem Ufer. Das Glimmen einer Zigarre war zu sehen. Zwei Gestalten standen an Bord.

»Hier sind wir!«, antwortete Ben. »Halten Sie an!«

Mit einem Mal wurde die Maschine leiser. Nur noch ein leichtes Schlagen der Kolben war zu hören. Dann sah Ben die beiden Gestalten an Deck genauer: einen breitschultrigen Kerl mit Bart und Kapitänsmütze, neben ihm lehnte ein hagerer Matrose an der Reling.

»Wer seid ihr?«, rief der Kapitän.

»Wir brauchen Ihre Hilfe, Sir!«

»Das seh ich.«

Er nickte dem Matrosen zu, der die Bordleiter herunterließ.

Die beiden wateten zum Schiff. Julia konnte das wahrscheinlich alles nicht fassen. Sie hielt Bens Hand, als wolle sie sie zerdrücken.

»Marlow«, stellte sich der raubeinige Kapitän vor, als sie beide tropfnass neben ihm an Bord standen. »Und das ist Joe – Steuermann, Heizer, Mädchen für alles.«

»Ich heiße Ben.«

»Und das junge Fräulein?«

»Julia Capulet«, sagte sie.

»Capulet, so, so.« Marlow musterte sie misstrauisch. »Woran erinnert mich der Name? Aber natürlich: Shakespeare.« Kopfschüttelnd wandte er sich an seinen Steuermann. »Na los, Joe, gib diesen nassen Katzen was Trockenes zum Anziehen.«

Ein paar Minuten später – das Schiff hatte längst wieder Fahrt aufgenommen – traten Ben und Julia in frischer Kleidung aufs Vorderdeck. Joe hatte Ben eine Leinenhose und ein Hemd überlassen. Für Julia hatte er aus einer Kiste ein schlichtes Kattunkleid aufgetrieben, das eigentlich für missionierte weibliche Eingeborene bestimmt gewesen war.

Der Kapitän saß rauchend unter einer hin und her pendelnden Öllampe an einem metallenen Tischchen. Wortlos schob er ihnen zwei Stühle hin.

»Der Dschungel frisst einen auf«, sagte er mit tonloser Stimme. »Jeden Tag und jede Nacht ein Stückchen mehr.«

»Wie lange sind Sie schon unterwegs?«, erkundigte sich Ben.

»Hab aufgehört, die Tage zu zählen. Ein paar Wochen, einen Monat, was spielt das schon für eine Rolle?«

»Und was hat Sie in diese Gegend verschlagen?«

»Die Gesellschaft.«

Ben verstand kein Wort.

»Die Company«, entgegnete Marlow Bens fragendem Blick. Er sprach das Wort »Company« mit einer Mischung aus Respekt und Verachtung aus. »Bin auf der Suche für sie.«

»Und darf ich fragen, was Sie suchen?«

»Einen ihrer Leute, einen gewissen Kurtz. Handelsagent. Ist hier am oberen Kongo, um den Eingeborenen im Auftrag der Company Elfenbein abzuschwatzen.«

Oberer Kongo? Ben kannte kein Buch, das in Afrika spielte. *Moby Dick*, *Romeo und Julia*, *Robinson Crusoe*, das waren alles Bücher, die ihm vertraut gewesen waren, deren Verfilmung er zumindest mal … »Afrika«, murmelte er vor sich hin.

»Wir sind in Afrika?«, unterbrach Julia seinen Gedanken, als habe sie jetzt erst begriffen, was Marlow gerade erzählt hatte.

Ihr Erstaunen zauberte dem Kapitän ein Lächeln ins Gesicht. »Warum sehen Sie mich mit so großen Augen an, Fräulein? Was haben Sie denn gedacht? Glauben Sie, das hier ist London?«

»Nein«, sagte Julia, »natürlich nicht, aber …« Und dann verstummte sie, als habe sie sich mit einem Schlag in sich zurückgezogen. Auch Ben hätte es fast die Sprache verschlagen. Schließlich sagte er, um die Stille zu überwinden: »Und jetzt sollen Sie das von ihm beschaffte Elfenbein an die Company liefern?«

»Wenn es so einfach wäre. Der Mistkerl kocht sein eigenes Süppchen.« Marlow fuhr sich mit den Fingern durch den Bart, schnippte seine Zigarre über Bord. »Früher hat er christliche Texte zur Unterdrückung primitiver Bräuche verfasst; jetzt ist aus dem braven Christenmenschen selbst ein Heide geworden. Wer zu lange in einen Abgrund blickt, der wird in den Abgrund stürzen. Es geht das Gerücht, er lasse sich von den Eingeborenen als König feiern. Jedenfalls schickt er der Company keinen einzigen der erbeuteten Elfenbeinzähne. Angeblich hortet er sie in seiner Station.«

»Und was wollen Sie tun?«

Ben warf Julia einen Blick zu.

»Gute Frage.« Der Kapitän nahm einen Schluck aus einer Flasche Rum, die neben seinem Stuhl stand, und reichte sie dann an Ben weiter. Der winkte ab. Genau wie Julia. Marlow lachte, nahm einen weiteren Schluck. »Sauber bleiben, was? Wollte ich auch am Anfang. Aber wie soll man sauber bleiben, wenn man mitten im Herz der Finsternis gelandet ist?«

Ben horchte auf. Ja klar, *Das Herz der Finsternis* – Joseph Conrads berühmte Erzählung. Lynn hatte Ben doch erzählt, dass das Buch in ihrem Regal die Vorlage für einen seiner Lieblingsfilme gewesen war: *Apocalypse Now*. Gelesen hatte er die Erzählung von Conrad nicht, doch bei dem Namen Kurtz hätte er ahnen können, dass es sich um das Buch handeln musste. Nur spielte der Film nicht in Afrika, sondern in Vietnam. Deshalb hatte sich wohl für ihn keine Verbindung eingestellt.

Immer tiefer schob sich der Dampfer in die Schwärze des afrikanischen Kontinents hinein.

»Und ihr?«, fragte Marlow in das Schweigen. »Was hat euch hierher verschlagen?«

»Wir suchen einen Freund«, erwiderte Ben und erzählte so vage wie möglich von Mercutios Entführung.

»Hier jemanden aufzuspüren ist ungefähr so leicht, wie eine Nadel in einem Heuhaufen zu finden.«

»Wir müssen es trotzdem versuchen«, sagte Julia. Sie schien verstanden zu haben, dass Ben es für besser hielt, seine Karten nicht aufzudecken.

Ehe Marlow weiter nachbohren konnte, hörten sie einen erstickten Schrei. Ben sprang auf. Im Schein einer in den Boden gerammten Fackel kniete ein Mann im seichten Uferwasser.

»Nicht hinschauen, Julia!«

Ben erkannte, dass der Mann bei lebendigem Leib skalpiert worden war. Der Skalpierte rief etwas, aber der Wind trug seine Worte nicht bis zum Schiff.

»Das muss er sein!«, sagte Marlow.

»Wer?«

»Kurtz!«

Ben kletterte über die Reling.

»Was hast du vor?«, fragte Julia.

»Ihn retten, was sonst?«

»Bleib hier!«

»Ich kann ihn doch nicht einfach sterben lassen.«

»Das ist bestimmt eine Falle.« Julia hielt ihn am Hemd fest. »Bleib.«

»Ich muss«, sagte er gefasst, strich ihr übers Haar und blickte zu Marlow. Weder Käpt'n noch Matrose trauten sich ins Wasser zu springen. Ben holte tief Luft und tauchte hinein in die Schwärze des Flusses. Er würde versuchen, unter Wasser bis ans Ufer zu gelangen, um so lange wie möglich unsichtbar zu bleiben. Dabei durfte er nur nicht die Richtung verlieren, was schwierig war, denn die Morgendämmerung drang bloß schwach durch die Wasseroberfläche. Über ihm lag ein Teppich aus Pflanzen, die sich gleich dicken grünen Spinnweben auf der Oberfläche verteilten. Er schwamm, so schnell und so weit er konnte. Erst als der Drang nach Luft übermächtig wurde, streckte er vorsichtig seinen Kopf aus dem Wasser.

Kurtz befand sich wenige Schritte von ihm entfernt. Krokodile waren nicht in Sicht. Auch keine rot glühenden Augen, kein Schnauben von Pferden. Nur das Tuckern des Dampfschiffs und das Wimmern des Agenten durchdrangen die Stille.

»Mister Kurtz, hören Sie mich?«

Der Agent lag bäuchlings im Uferschlamm. Sein Kopf glich einer Kugel aus Blut.

»Ben«, wisperte er. »Ben!«

Ben erschrak. Woher kannte Kurtz seinen Namen?

Kurtz schnappte röchelnd nach Luft. »Sie wussten, dass du kommen würdest. Ich soll dir etwas ausrichten: Sie wollen das Amulett.«

Sie? Damit konnte er nur die Schattenkrieger meinen!

»Wo ist Mercutio?«

»Du musst es ihnen geben, hörst du!« Kurtz streckte seine Hand aus, packte Ben am Arm, zog ihn zu sich, ganz nah an sein blutiges Gesicht. Seine Augen schimmerten bläulich. »Der Horror«, flüsterte er, »der Horror!« Dann verlor er die Kraft, ließ Ben los und starb.

Ben sah sich um. Die Kerle waren noch in der Nähe, das spürte er. Irgendwo hier im Dschungel warteten sie auf ihn. Er umklammerte das Amulett: »Ich schwör euch, ihr kriegt es nicht! Niemals!«, schrie er. Er würde aus diesem Wahnsinn entkommen. Und er würde seine Tante retten.

Er schaute hinüber zum Schiff. Frühnebel zog auf. In hellen Schwaden lag er auf dem Fluss.

»Schattenkrieger?«, spottete Marlow, nachdem Ben wieder an Bord geklettert war und alles erzählte. »Von wegen. Eingeborene haben ihm das angetan, gierige, hirnlose Wilde, nichts weiter.« Der Kapitän war genauso verstockt wie Robinson. Er bestand darauf, weiterzufahren, um sich das Elfenbein zu holen.

»Volle Kraft voraus, Joe!«, wandte er sich an seinen Steuermann. »Die Hunde sollen das weiße Gold nicht für sich behalten. So können sie mit keinem von uns ungestraft umgehen.«

Sie fuhren weiter den Fluss hinauf. Obwohl der Tag kaum begonnen hatte, war es schon drückend heiß. Dabei war der Sonnenaufgang nicht mal zu sehen gewesen. Fluss und Urwald lagen unter einer Glocke aus bleigrauen Wolken. Es begann zu regnen und hörte nicht wieder auf. Milliarden prasselnder Tropfen verwandelten die undurchdringliche Oberfläche des Flusses in ein Sieb.

Irgendwann machten sie hinter einer der unzähligen Flussbiegungen eine gerodete Lichtung aus – darauf ein paar mit Stroh gedeckte Rundhütten. Ein kleiner Holzsteg, der in den Fluss hinausragte. Das musste Kurtz' Siedlung sein. Überall ragten Pfähle aus der Erde. Zuerst konnte Ben nicht erkennen, was auf ihnen steckte. Dann begriff er: Die kleinen Kugeln waren die präparierten Schrumpfköpfe getöteter Eingeborener.

Marlow ließ in der Flussmitte Anker werfen.

»Schätze, ich werd mir die Sache genauer anschauen.«

»Das würde ich nicht tun!«, sagte Ben.

»Auftrag ist Auftrag.«

»Darauf warten Sie doch nur.«

»Wollt ihr mir wieder euer Märchen von den Schattenkriegern aufbinden?«

»Das ist kein Märchen, Käpt'n! Diese gesichtslosen Kerle kennen keine Gnade.«

»Dann haben sie und ich ja etwas gemeinsam.« Marlow wandte sich an den Steuermann. »Was ist mit dir, Joe? Holen wir uns das Elfenbein oder nicht?«

»Bin dabei, Käpt'n.«

Die beiden ließen ein Beiboot zu Wasser und ruderten hinüber ans Ufer.

»Hoffen wir, dass es gut geht«, sagte Ben.

»Glaubst du, es ist eine Falle?«, fragte Julia.

»Was sonst?«

Er sah zum Ufer. Marlow und Joe sprangen eben an Land. Der Kapitän zog einen Revolver aus seinem Hosenbund, schlich zu einer der Hütten, schaute vorsichtig hinein. Dann hob er den Arm.

»Wie ich mir gedacht habe«, rief er Joe siegessicher zu. »Hier ist niemand. Nimm dir die zweite Hütte vor!«

Eine Sekunde später waren sie beide tot! Schattenkrieger waren aus dem Dunkel der Hütte gesprungen, so überraschend und schnell, dass Marlow nicht einmal Zeit blieb, seine Waffe auf einen der Angreifer zu richten. Ein Schwerthieb trennte ihm den

Rumpf von den Beinen, während neben ihm sein Steuermann geköpft wurde. Die Augen weit offen, flog Joes Haupt durch die Luft, prallte auf den Boden und rollte wie ein blutiger Ball zum Wasser hinunter.

Julia presste sich an Ben, der dem schrecklichen Schauspiel schweigend zusah.

»Dîne amulet«, wisperten die Schattenkrieger wie aus einem Mund. »Gêbet untz!« Aus einer der Hütten zerrten sie den gefesselten Mercutio und stießen ihn vor sich auf den vom Regen aufgeweichten Boden. Einer von ihnen hielt ihm ein Messer an den Hals.

Ben zögerte.

»Willst du Mercutio sterben lassen?«, drängte Julia ihn.

»Helft mir!«, rief Mercutio verzweifelt.

Bens Körper stand unter Strom. Es war, als könne er jede Nervenbahn einzeln spüren. Der Kessel, schoss es ihm durch den Kopf, vielleicht … ja, das müsste gehen, vorausgesetzt, es gelang ihm, die Schattenkrieger noch eine Weile hinzuhalten.

»Also gut«, rief er durch den Regen. Er sah Erleichterung in Julias Augen. »Ihr sollt es haben. Lasst unseren Freund frei, dann bekommt ihr das Amulett.«

»Gêbet untzriges!«, forderten sie wispernd.

Ben lief zum Bug und lichtete den Anker. Dann rannte er zur Maschine. Hastig schaufelte er Kohlen ins Feuer, bis die Flammen aus dem Heizloch leckten. Danach schloss er das Ventil des Druckreglers. Der Dampf im Innern des Kessels konnte jetzt nicht mehr entweichen. Hoffentlich reichte die Zeit für das, was er vorhatte. Sonst war alles aus.

Er lief zum Ruder, ließ das Boot so langsam wie möglich in Richtung Steg treiben – jede Sekunde war kostbar.

»Mach es fest«, rief er Julia zu, als der Bootsrumpf gegen den Steg schlug. Die Schattenkrieger starrten misstrauisch zu ihnen herüber. Mercutio lag noch immer im Schlamm.

»Beeilt euch«, wimmerte er.

»Genau das werden wir nicht tun. Wir brauchen Zeit«, flüsterte Ben Julia zu, nachdem sie das Boot vertäut hatte und wieder an Bord war.

»Aber …«

»Kein Aber. Wenn du tust, was ich dir sage, kommen wir vielleicht heil davon. Doch nur dann!«

Er warf einen Blick auf die Anzeige des Reglerventils. Der Druck im Innern des Kessels erreichte den kritischen Bereich.

»Was sînt itzt?«, rief einer der Schattenkrieger.

»Warum kommt ihr nicht an Bord und holt euch das Amulett?«, antwortete Ben.

Die Gestalten zögerten, dann traten sie tatsächlich mit erhobenen Schwertern langsam näher.

Wieder schaute Ben auf die Druckanzeige. Der Schweiß rann ihm in Strömen den Rücken hinab. Der Zeiger stand jetzt am Anschlag.

»Komm langsam mit mir«, flüsterte er Julia zu. Die beiden schoben sich rückwärts auf die dem Ufer abgewandte Seite des Bootes. »Wenn ich ›jetzt‹ rufe, springst du, aber erst dann.«

»Ja«, stammelte Julia. »Ist gut.«

Sie hatten die Reling erreicht. Die Schattenkrieger betraten den Steg. Ben schaute hinüber zum Kessel. Lange konnte das nicht mehr gut gehen. Macht schon, ihr Scheißkerle, na los!

Die dunklen Gestalten kletterten an Bord. Er musste warten, bis alle an Deck waren. Die Schattenkrieger zögerten. Sie schienen zu spüren, dass etwas nicht stimmte. Ben musste sie zwingen, irgendwie. Er öffnete die oberen Knöpfe seines Hemdes. Langsam zog er sich das Band mit dem Amulett über den Kopf.

»Hier«, lockte er die Gestalten. Er konnte schon ihren Atem riechen. Nur noch ein paar Meter, dann hatten sie ihn und Julia erreicht. Aber er hörte auch das Knirschen der Schrauben, mit denen der Kessel am Rumpf befestigt war. Ein Zittern lief durch den Bootskörper. Jeden Moment musste es so weit sein. Er streckte die Hand mit dem Amulett von sich. Die Schattenkrieger kamen noch näher. Einundzwanzig, zweiundzwanzig …

»Jetzt!«, schrie Ben, packte Julia und riss sie mit sich über die Reling. Der Kessel explodierte mit einem gewaltigen Knall. Genau in dem Moment, als sie ins Wasser eintauchten. Es dröhnte in Bens Ohren, als würde die Druckwelle sein Trommelfell durchschlagen. Seine Ohren schmerzten, sein Kopf wollte platzen. Julia und er wurden nach unten gedrückt, wirbelten über den Flussgrund. Ben schürfte sich den Rücken auf, wurde an die Wasseroberfläche geschleudert, sah das brennende Schiff, das wie bengalisches Feuer unter dem steingrauen Himmel aufleuchtete, sah die brennenden Schattenkrieger, die in dem Inferno zerflossen. Für eine Sekunde blickte er in Julias schreckgeweitete Augen.

Er zog sie mit sich ans Ufer. Sie war wie von Sinnen. Im Schock erstarrt.

»Julia!« Er schlug ihr ins Gesicht. »Alles ist gut. Sie sind tot!«

Julia sah ihn mit leeren Augen an. »Und Mercutio?«

»Ich bin hier«, stöhnte der Veroneser hinter ihnen.

Sie liefen zu ihm, lösten seine Fesseln, halfen ihm auf und brachten den völlig Verworrenen ans Ufer, damit er trinken konnte.

»Was habt ihr getan?«, fragte er. »Was …?« Er war erschüttert, seine Augen funkelten, der Anblick der zerfließenden Kreaturen musste ihn schockiert haben. »Wo ist das Amulett?«

Ben deutete darauf. »Unter meinem Hemd – in Sicherheit. Sie werden es nie bekommen.«

»Ich danke euch«, sagte Mercutio.

Ben schaute ihm in die Augen. Sie waren braun und undurchdringlich. »Wir müssen hier weg«, sagte er. »Wer weiß, vielleicht haben doch welche überlebt.«

»Aber mein Fuß«, sagte Mercutio.

»Was ist damit?«

»Einer hat mir mit einem Knüppel draufgeschlagen.«

»Zeig mal.«

»Schon gut«, sagte Mercutio und erhob sich mit schmerzverzerrtem Gesicht. »Ich weiß nur nicht, ob ich laufen kann.«

»Du musst!«

Ben und Julia stützten ihn. Einen Augenblick später hatte sie der Dschungel verschluckt.

15

Der Urwald lichtete sich. Anders als sie vermutet hatten, wurden sie nicht von den Schattenkriegern verfolgt – scheinbar hatte keiner die Explosion überlebt. Gott sei Dank, denn mit dem verletzten Mercutio kamen sie kaum von der Stelle. Er klagte über höllische Schmerzen und humpelte.

Das Grün des Dschungels ging schließlich in eine Steppe über und bald verschwand nahezu jede Vegetation. Der Wind fegte wie ein tanzender Derwisch über die ausgetrocknete Landschaft. Er drang in jeden Winkel, griff sich noch die kleinste Erhebung. Kein Widerstand, der sich ihm entgegenstellte. Als hätte die Natur resigniert. So wie Julia, die vor Erschöpfung in die Hocke ging und sagte: »Ich kann nicht mehr.«

»Da vorn!«, sagte Ben und deutete zum Horizont, wo sich Windmühlen abzeichneten. Mächtig wie Riesen standen sie dort. Mit letzter Kraft gelangten die drei zu den kalkweißen Ungetümen, deren hölzerne, mit Tuch bespannte Flügel sich knarrend im Wind drehten.

»Da ist Wasser«, sagte Julia und lief zu einem Brunnen.

Doch als sie den ausgetrockneten Eimer hinunterließ, brachte er nichts als Staub mit herauf. Ein zweiter Brunnen neben einer anderen Mühle war ebenfalls trocken. Auch in den Mühlen selbst gab es weder zu trinken noch zu essen. Alles wirkte verlassen, verrottet.

Die drei setzten sich an die Wand einer Mühle. Ben fühlte sich verloren. Er war Teil einer Geschichte, die er nicht verstand, sosehr er sich auch bemühte. Die Welt der Bücher. Lynn kannte sich in ihr aus, kannte jeden Winkel, jede einzelne Zeile, aber er hatte viele Geschichten höchstens im Film gesehen. Bei *Moby Dick* hätte es womöglich noch einen Weg zurück nach Verona gegeben, aber hier am Ende der Welt? Wo sollten sie hin?

»Was denkst du?«, fragte Mercutio.

»Nichts.«

»Man kann nicht nichts denken.«

»Wie geht es deinem Fuß?«, versuchte Ben abzulenken und griff nach Mercutios Bein.

»Nicht berühren. Vielleicht ist was gebrochen.«

»Ich will ihn mir nur anschauen«, beharrte Ben. »Wo tut es weh?«

»Innen drin. Vielleicht ist was am Knochen.«

Aber da war keine Schwellung, nicht die geringste. Er griff sich Mercutios Fuß und drehte ihn zur Seite. Mercutio schrie auf. Ben wunderte sich. Das Gelenk war frei beweglich.

»Gebrochen ist er jedenfalls nicht. Ganz sicher.«

»Was ist das?«, unterbrach sie Julia erschrocken und deutete auf eine Staubwolke, die sich in ihre Richtung bewegte.

»Schnell!«, rief Ben. Mit Julia und Mercutio zusammen schlüpfte er in das Innere der Windmühle. Durch einen Spalt im grob zusammengefügten Türholz spähte er hinaus.

In der Staubwolke waren zwei Reiter zu erkennen, ein großer Dürrer auf einem klapprigen Gaul und daneben ein kleiner Gedrungener auf einem Esel. Die scharfe Nase in den Wind gestreckt, im Arm eine Lanze, gab der Dürre seinem Pferd die Sporen und galoppierte auf die Mühle zu. Seine zerbeulte Rüstung glänzte in der Sonne.

Das gab es nicht! Don Quijote, der Ritter von der traurigen Gestalt, und sein Knappe Sancho Pansa. Ben wusste, was jetzt passieren würde. Don Quijote winkelte seine Lanze ab und attackierte damit einen der Windmühlenflügel. Natürlich hob ihn die Wucht des Aufpralls aus dem Sattel und schleuderte ihn zu Boden. Er versuchte sich zu erheben, sank jedoch gleich wieder hin und griff sich ächzend an die Brust.

Sancho Pansa sprang von seinem Esel. »Herr, seid Ihr verletzt?«

»Warum hat dieser Ritter das getan?«, fragte Julia leise. »Ist er verrückt?«

»Vielleicht einfach nur ein bisschen anders«, erwiderte Ben. Er wollte die Tür öffnen, um Don Quijote zu begrüßen, als er plötzlich ein gurgelndes Geräusch hörte. Durch die Türritzen sah er auf einmal eine breite, zweischneidige Klinge, die in der Sonne aufblitzte. Aus dem Harnisch des Ritters schoss Blut.

Die Schattenkrieger! Sie waren plötzlich aufgetaucht und hatten ihn niedergestochen. Ben hielt den Atem an und machte Julia und Mercutio Zeichen, sich nicht zu rühren.

Don Quijote blickte auf seine blutbesudelte Rüstung. »Die Klinge Gondars. Der Herr der Finsternis schickt seine Schergen.« Er riss seine Arme hoch. »Fluch über Gondar!«, keuchte er mit letzter Kraft. Dann sank er nach hinten, seinen Knappen unter sich begrabend. Sancho Pansas Augen starrten ausdruckslos himmelwärts, sein Gesicht war kalkweiß. Das Schwert musste auch ihn durchbohrt haben.

Gondar! Das also war der Name ihres Auftraggebers und Meisters, von dem die Schattenkrieger im Haus der Capulets in Verona gesprochen hatten.

Der Mörder zog die Klinge mit einem Ruck aus der Brust des Ritters und wischte das Blut an seinem Umhang ab. Mit voller Wucht trat er gegen Sancho Pansas Körper, als wolle er sich überzeugen, ob der Knappe auch wirklich tot sei. »Wîder zwey nouve plaetz fûer untzriges!«, zischelte er und seine grauen Begleiter lachten. Wieder zwei neue Plätze für die Unsrigen, übersetzte Ben im Stillen die Bemerkung des Mörders und fragte sich, was die schreckliche Gestalt damit gemeint hatte.

Die Schattenkrieger stiegen auf ihre Pferde und preschten davon. Stille breitete sich aus. Nur die Windmühlenflügel drehten sich knarrend im Wind.

Entsetzt verließen Ben und seine Gefährten ihr Versteck. Die dürren Arme wie der Gekreuzigte von sich gestreckt, lag Don Quijote auf dem Körper seines Knappen. Plötzlich bewegte sich der Leichnam. Ben zuckte zusammen, dann sah er, dass sich Sancho Pansa schnaufend unter dem Leib seines Herrn hervorquälte. Irgendwie musste er dem Schwertstich des Schattenkriegers ausgewichen sein. Entsetzt blickte er Ben und seine Begleiter an. »Wer seid ihr?«

»Keine Angst«, sagte Ben. »Wir haben nichts zu tun mit diesen feigen Mördern.«

»Wollt ihr damit sagen, mein Herr ist tot?«

»Ich fürchte, ja.«

Sancho Pansa beugte sich über den Toten. »Das habt Ihr jetzt von eurem Eigensinn, Herr«, stammelte er. In seinen Augen standen Tränen. »Ich habe Euch gesagt, bleibt zu Hause, aber nein, Ihr musstet ja unbedingt hinaus. Jetzt seid Ihr tot, ohne je das Herz der edlen Dulcinea erobert zu haben.« Er schloss die Augen des Ermordeten.

»Dein Herr …«, begann Ben vorsichtig.

»Der edle Don Quijote de la Mancha.«

»Er sprach von einem gewissen Gondar.«

»Nennt bloß nicht diesen Namen.«

»Wer ist er?«

»Das weiß ich selbst nicht genau. Nur, dass er ein furchtbarer Wüterich sein soll. Grausam und kalt. Ich hatte gedacht, es gäbe ihn nicht wirklich.«

»Nicht wirklich? Was meinst du damit?«

»Mein Herr las ohne Unterlass. In seiner Bibliothek. Die Welt der Ritter hatte es ihm angetan. Er verschlang, was ihm in die Hände kam. Die Bücher haben ihn ganz krank im Kopf gemacht.«

»Du meinst, Gondar ist eine Gestalt aus einem der Bücher, die dein Herr gelesen hat?«

Pansa zuckte mit den Schultern. »Denkbar wäre es jedenfalls.«

»Kannst du uns das Buch zeigen?«

»Das ist doch lächerlich, Ben!«, mischte sich Mercutio ein. »Die Schattenkrieger sollen die Abgesandten einer Figur aus einem Buch sein? Wie soll das gehen? Kannst du mir das erklären?«

Was sollte ihm Ben darauf antworten?

Er wandte sich wieder an den Knappen. »Kannst du uns das Buch zeigen?«, wiederholte er seine Frage.

»Das weiß ich nicht, Herr«, erwiderte Pansa und schaute irritiert zwischen ihm und Mercutio hin und her.

»Aber du kennst doch die Bibliothek deines Herrn.«

»Ja schon, aber ich weiß nicht, ob es dieses Buch wirklich gibt. Und selbst wenn … ein Großteil der kostbaren Werke ist verbrannt.«

»Verbrannt? Wie kann das sein?«

»Der Herr Pfarrer hat sie mit dem Barbier dem Feuer überantwortet.« Pansa bekreuzigte sich.

»Wir müssen zum Haus deines Herrn!«, sagte Ben. Vielleicht gelang es ihm dort, mehr über Gondar und seine grausamen Häscher zu erfahren. Und über den Verbleib von seiner Tante.

»Was soll das bringen?«, unternahm Mercutio einen neuen Anlauf, ihn abzuhalten. »Wir sollten lieber einen Weg zurück nach Verona suchen.«

»Erst muss ich meine Tante finden!«

»Du glaubst allen Ernstes, diese Buchfigur Gondar hat sie in ihrer Gewalt?«

»Ich weiß es nicht, aber den Versuch ist es wert.«

Eine halbe Stunde später hatten sie das Dorf erreicht.

Der armselige Ort mit seinen weiß gekalkten Häusern war wie ausgestorben. Auf der einzigen Straße wirbelte der Wind stachelige Zweige umher. Die Hufe von Don Quijotes Pferd und Sancho Pansas Esel klapperten auf dem staubigen Pflaster. Die Fensterläden waren verschlossen. Einige der Türen standen offen, schlugen in ihren Scharnieren hin und her, doch keine Menschenseele war zu sehen, nur ein Hund tauchte auf, der kurz mit dem Wind um die Wette heulte und wieder in einem Hauseingang verschwand.

Sancho Pansa rannte in eines der Häuser, kam ratlos wieder heraus, lief in ein zweites Haus, dann in ein drittes. Verwirrt und mit Tränen in den Augen kehrte er schließlich zurück. »Wie ausgestorben. Keiner mehr da!«

Verzweifelt sah er sich um. Ben fasste ihn am Arm. »Wo ist das Haus deines Herrn, Sancho?«

Der Knappe führte sie weiter die Straße entlang bis zu einem verwitterten Tor, das er öffnete. Ein kleiner Hof wurde sichtbar. Ben sah sich um: zur Linken ein verdreckter Stall, daneben ein flaches Gutshaus. Die Fensterrahmen waren ebenso morsch wie das verwitterte Eichenholz der Türen. Von den Mauern blätterte Kalk. In der Mitte des lehmigen Gevierts glommen die Reste eines mächtigen Feuers. Das musste die Asche der verbrannten Bücher sein. Nur ein paar halb angesengte Seiten hatten die Flammen noch übrig gelassen.

Aber was war das? In der Asche lagen zwei Körper.

»Der Barbier und der Pfarrer!«, rief Sancho Pansa.

Die Toten waren nicht verbrannt, sondern mit Schwertern hingerichtet worden – eindeutig das Werk von Gondars Schattenkriegern.

»Das Buch!«, sagte Ben. »Wir müssen uns beeilen. Wer weiß, ob sie zurückkommen.«

Mithilfe von Mercutio und Julia durchwühlte er die Asche. Doch nirgendwo fand sich ein Hinweis auf Gondar. Auch nicht auf den angekohlten Buchrücken, die das Feuer überlebt hatten und auf denen Titel prangten wie *Florismarte von Hyrkanien* oder *Don Olivante de Laura*.

»Das ist doch aussichtslos.« Mercutio war wieder in seine alten Vorbehalte verfallen.

Ben spürte Zweifel in sich aufkommen. Alles sprach dafür, dass Mercutio recht hatte. Andererseits: Sancho Pansa hatte doch erzählt, dass nur ein Teil von Don Quijotes Büchern verbrannt worden war?

»Wo ist die Bibliothek, Sancho?«

Pansa antwortete nicht. Er starrte auf einen Zettel, den der getötete Barbier in seiner Faust hielt.

»Was ist denn?«, fragte Ben.

»Sieht aus wie … das … ein Steckbrief«, stammelte Pansa, nachdem er die Finger des Toten vom Papier gelöst hatte.

Ein Steckbrief, ein leeres Dorf, der getötete Don Quijote – Ben versuchte zu verstehen, als er aus dem Augenwinkel ein Gesicht sah. Für den Bruchteil einer Sekunde war es am Hoftor aufgetaucht und dann wieder verschwunden.

Ben stürmte zum Tor und zog einen barfüßigen verdreckten Jungen in abgerissener Kleidung dahinter hervor, der denselben Zettel in der Hand hielt wie der tote Barbier.

»Lasst mich los, Herr«, jammerte er. »Ich bitte Euch.«

»Was geht hier vor?«, fragte Ben. »Und was ist das für ein Zettel?«

Er nahm dem zitternden Jungen das Papier aus der Hand – und erstarrte. Das Gesicht auf dem Steckbrief war sein eigenes. Jetzt war klar: Es ging nicht um Julia oder Mercutio. Die Schattenkrieger wollten ihn! Ihn und das Amulett. Sie hatten es schon mit der Entführung Mercutios von ihm zu erpressen versucht. So wie es der sterbende Kurtz gesagt hatte.

Die Schleier begannen sich zu lichten. Das Oktagon musste bei der Entführung seiner Tante zerbrochen sein. Wahrscheinlich hatte Lynn es irgendwie geschafft, die zweite Hälfte in Virginia Woolfs *Romeo-und-Julia*-Ausgabe zurückzulassen. Für ihn. Als Zeichen, dass sie in Gefahr war. Wozu aber brauchte der Herr der Schattenkrieger das Amulett? Was hatte dieser Gondar damit vor?

Der zerlumpte Junge nutzte Bens Verwirrung, riss sich los und rannte die Straße hinunter auf die Dorfkirche zu. »Kommt raus«, rief er. »Hierher, schnell, er ist hier!«

Aus der Kirche am Ende der Straße kamen Leute mit Knüppeln und Messern bewaffnet auf Ben zu. Wenn sie ihn erwischten, würden sie ihn umbringen, da war er sich sicher. In ihren Augen musste er schuld sein, dass der Barbier und der Pfarrer tot waren. Wahrscheinlich hatten die Schattenkrieger ihm vor den Einwohnern des Dorfes die Tat in die Schuhe geschoben. Angst schnürte Bens Brust ein. Jetzt konnte er sich nirgends mehr seines Lebens sicher sein. Und auch keiner, der mit ihm zusammen war, konnte sich sicher fühlen.

Ben lief zurück auf den Hof. »Ich muss mich von euch trennen«, sagte er zu Mercutio und Julia.

»Warum?«, fragte Julia.

»Es geht bei all diesem Wahnsinn nicht um euch. Es geht um mich. Sie wollen mich und das Amulett!«

»Aber …«

»Kein Aber.« Er schaute hinüber zum Tor, durch das bereits das Geschrei des Mobs heranbrandete. »Euch werden sie nichts tun, glaubt mir.«

Er wandte sich an Sancho. »Zeig mir die Bibliothek, schnell!«

»Hier entlang, Herr«, rief Sancho und verschwand im Haus.

Ben wollte ihm folgen, doch Julia hielt ihn zurück.

»Du gehst nicht ohne uns!«

»Julia, bitte …«

»Ich sage Nein! Ich weiß nicht, was hier genau vorgeht. Ich verstehe es nicht. Aber ich habe nachgedacht. Wenn all das Verrückte, was wir bisher erlebt haben, mit dem Amulett zu tun hat, wenn wir wegen des Oktagons hier sind, dann kann uns auch nur das Oktagon wieder zurück nach Verona bringen.«

»Es gibt bloß einen Menschen, der uns sagen kann, ob das so ist: meine Tante!«

»Dann müssen wir sie eben finden! Aber zusammen!«

Die Entschlossenheit in Julias Gesicht ließ keinen Widerspruch zu. Am Tor tauchten die ersten Dorfbewohner auf.

»Was ist mit dir?«, wandte sich Ben an Mercutio.

»Gehen wir, ehe sie dich umbringen«, sagte der Veroneser mit grimmiger Miene und humpelte ins Haus. Ben und Julia folgten ihm. Ben schlug die Haustür zu und legte den Riegel vor. Er sah sich um. »Helft mir!«, rief er und begann einen mächtigen Tisch aus Olivenholz vor die Tür zu rücken und unter der Klinke zu verkeilen. Draußen begann die Menge an der Tür zu rütteln. Die Menschen schrien und tobten vor Zorn. »Komm raus, feiger Mörder …!«

»Hier lang, Herr!«, meldete sich Sancho Pansa aus dem Halbdunkel eines schmalen Flurs, an dessen Wänden wie in einem Museum Ölgemälde und Waffen hingen. Ben und seine beiden Gefährten folgten dem Knappen zu einer frisch zugemauerten Tür.

»Ich dachte, du führst uns zur Bibliothek«, wunderte sich Ben.

»Sie befindet sich vor Eurer Nase, Herr.«

»Aber die Tür ist zugemauert.«

»Jawohl, Herr, mit Schweiß und Mörtel und dem Segen Gottes. Der Pfarrer und der Barbier haben es getan, damit das Unheil der ungezügelten Gedanken dort eingeschlossen ist!«

»Dann müssen wir sie wieder aufbrechen.«

»Damit die üblen Geister dieser Bücher über uns kommen?«

»Nein, Sancho, um genau diese Geister zu bannen!«

Der Knappe zögerte. Von der verriegelten Tür hinter ihnen war ein Splittern zu hören. Eine Minute noch, höchstens zwei und der Mob würde sich Zutritt zum Haus verschaffen.

»Jetzt mach schon«, forderte Ben. »Oder willst du wirklich, dass die Mörder deines Herrn ungestraft davonkommen?«

Sancho griff nach einer Lanze, die in einer Wandhalterung steckte, und begann damit die noch feuchte Mauer zu bearbeiten. Ein, zwei kräftige Stöße und sie stürzte in sich zusammen und gab den Blick auf Borde voller Bücher frei. Ben spürte, wie seine Hände feucht wurden. Wenn stimmte, was er vermutete, dann stand in einem der Regale ein Werk, das ihm verraten würde, was es mit diesem verfluchten Gondar auf sich hatte …

16

Kaum hatte Ben die Bibliothek betreten, war von dem Geschrei der aufgebrachten Meute nichts mehr zu hören. Er drehte sich um. Hinter ihm standen Mercutio und Julia. Keine Spur von einer zugemauerten und wieder aufgebrochenen Tür, kein Mörtel, kein Stein, kein Sancho Pansa. Wenigstens waren sie die Verfolger los.

»Seht euch das an!«, sagte Julia und schaute mit großen Augen auf die Tausende von Büchern in dem stuckverzierten Saal. Zwischen den Regalen gab es Leseplätze mit feingliedrigen Möbeln, an den Wänden hingen goldgerahmte Porträts von Fürsten in barocker Kleidung. Zwei prunkvolle Kristalllüster verbreiteten warmes Kerzenlicht. Julia konnte sich nicht sattsehen an so viel kunstsinniger Schönheit.

Auch Ben war überwältigt. Und gleichzeitig verwundert. Der Raum wollte so gar nicht passen zu dem heruntergekommenen Gutshaus des Ritters von der traurigen Gestalt. Konnte das überhaupt Don Quijotes Bibliothek sein?

Vor Ben prangten Folianten in den Regalen. Auf einem der Buchrücken las er: Jean Jacques Rousseau: *Julie oder Die neue Héloise*. Er zog den Band heraus und sah auf Erscheinungsort und -datum der Ausgabe: Genf, 1761. Zu der Zeit war Cervantes' Roman *Don Quijote* schon längst geschrieben.

Julia las die Namen auf den Marmorbüsten, die rechts und

links des Sofas auf vergoldeten Podesten thronten. »Dante Alighieri kenne ich«, sagte sie. »Aber wer ist William Shakespeare?«

Ben wich ihrem Blick aus, schaute hinauf zur Galerie, wo er ein Geräusch gehört hatte. Saß da nicht jemand hinter einem Stapel Bücher? Jedenfalls konnte er dort oben den Haarschopf eines Mannes erkennen.

»Wo sollen wir denn das Buch über diesen Gondar suchen?«, fragte Julia.

Er zeigte hinauf zur Galerie. »Komm mit«, sagte er. »Vielleicht kann uns der Herr dort oben weiterhelfen.«

Mercutio blieb unten. Er hatte wie Ben begriffen, dass das hier nicht Don Quijotes Bibliothek sein konnte, und wollte zur Eingangstür, um zu erkunden, wo sie sich befanden.

Ben stieg mit Julia vorsichtig die schmale Wendeltreppe hinauf und trat auf den blassen jungen Mann zu, der sie über die Bücher hinweg anschaute, als habe er sich dort verschanzt. Er war damit beschäftigt, einen Brief zu schreiben. Sein blauer Frack mit dem weit auslaufenden Kragen hing über der geschwungenen Stuhllehne. Sein grüner Hut lag neben ihm.

»Entschuldigen Sie«, sagte Ben. »Wir suchen ein bestimmtes Buch.«

»Ach ja?«, fragte der Mann mit trauriger Stimme und schaute dabei Julia an. »Und welches?«

»Eines, in dem es eine Figur mit Namen Gondar gibt.«

»Sagt mir nichts. Wer soll das sein?« Der Mann redete mit Ben, aber seine Augen schwenkten immer wieder zu Julia hinüber, die ihren Kopf zurückwarf und ihr Haar zur Seite legte.

»Möglicherweise jemand aus der Unterwelt«, sagte Ben.

»Das Böse ist genauso schwer fassbar wie das Schöne …«

»Bitte?«

»… und das Schöne bisweilen nichts weiter als eine Spielart des Bösen.«

»Ach ja?«

»Und am Ende siegt die Langeweile über das Gefühl.«

O Mann, was für ein Spinner! Ben war die geschwollene Redeweise dieses Heinis höchst unsympathisch. Julia hingegen schien seine Art zu gefallen. Jedenfalls lächelte sie ihn verträumt an.

»Julia Capulet«, sagte sie und hielt ihm die Hand hin.

»Werther«, erwiderte er sanft und deutete einen Handkuss an.

Um Himmels willen, *Werther*! Goethes berühmter Briefroman. Das garantiert langweiligste Buch in der Bibliothek seiner Tante.

»Der Herr hat sicher noch zu tun«, sagte Ben zu Julia. »Er schreibt einen Brief. Da braucht er bestimmt Ruhe. Wir sollten uns lieber …«

»Nein, nein«, unterbrach ihn Werther. »Ich unterhalte mich sehr gern mit dem jungen Fräulein Capulet.« Er wandte sich an Julia. »Jedoch möchte ich Sie keinesfalls aufhalten. Und schon gar nicht mit meinen Sorgen langweilen.«

»Sorgen?«, fragte Julia.

»Die Liebe«, erwiderte Werther bekümmert.

»Oh«, sagte Julia und schaute entsetzt auf den Tisch. Jetzt sah auch Ben die Pistole, deren Lauf unter einem Buch mit dem Titel *The Ossian* hervorlugte. Erschoss sich Werther bei Goethe nicht? Wahrscheinlich schrieb er gerade an seinem Abschiedsbrief.

»Was ist denn mit Ihnen?«, wollte Julia wissen. »Sind Sie unglücklich verliebt?«

»Ich möchte Sie wirklich nicht mit meinem Leid langweilen.«

»Aber das tun Sie nicht.«

Ben nahm sie am Arm. »Wir sollten jetzt lieber das Buch suchen.«

Sie machte sich los und wandte sich demonstrativ an Werther. »Ich höre Ihnen gern zu, wenn Sie mögen.«

»Sie heißt Lotte«, sagte Werther. »Ich habe sie auf einem Ball kennengelernt.«

»Ach«, sagte Julia. »Genau wie ich meinen Liebsten.«

»Aber unsere Liebe ist unmöglich«, sagte Werther.

»Genau wie meine.«

»Es sind die Umstände. Sie war so gut wie verlobt, als wir uns kennenlernten. Mit Albert, den sie dann heiratete. Obwohl unser beider Seelen wie eine einzige waren.«

»Bei mir sind es unsere Familien, die alles tun würden, um uns auseinanderzubringen.«

Ben gab es auf. Er blickte hinunter zum Eingang der Bibliothek. Mercutio war noch nicht zurück. Die zweiflüglige Eichentür stand einen Spalt weit offen.

Ben schritt die Regale ab. Wo sollte er mit seiner Suche beginnen? Am besten bei Shakespeares *Romeo und Julia*. Schließlich hatte ihn das Theaterstück nach Verona verschlagen. Und in *Romeo und Julia* hatte obendrein das halbe Amulett gelegen. Ben betrachtete die Titel, die in seiner Nähe standen: alle spanisch, darunter Cervantes' *Don Quijote*. Er zog die Ausgabe heraus und blätterte. Der Dichter erzählte, wie der Ritter von der traurigen Gestalt mit der Windmühle kämpfte, wie seine Lanze sich im Segel verfing, aber dann … Ben konnte nicht glauben, was weiter in Cervantes' Werk berichtet wurde. Von den Schattenkriegern war die Rede, die Don Quijote brutal niederstachen – alles war genau so, wie Ben es eben erlebt hatte. Das hatte nichts mehr mit dem Original von Cervantes zu tun. Das Buch war umgeschrieben worden und die letzten Seiten waren ganz einfach leer – wie ausradiert.

Er musste *Romeo und Julia* finden, sofort! Aufgeregt lief er durch die Gänge. Wo stand die englische Literatur? Buchrücken, Namen über Namen: Tirso de Molina, Calderón de la Barca, Lope de Vega, Euripides, Aischylos, Gotthold Ephraim Lessing. Er stieg die Wendeltreppe hinunter. Und endlich: Shakespeare! Der *Hamlet*, *Macbeth*, *Troilus und Cressida*, dann die historischen Dramen von *Julius Cäsar* bis *Heinrich IV.* – verschiedene Ausgaben, unterschiedliche Übersetzungen, meterweise Shakespeare und dann endlich *Romeo und Julia*. Er blätterte sich durch zum dritten Akt, erste Szene – zu jener Stelle, an der Mercutio von seinem Widersacher Tybalt niedergestreckt wird. Aber wo war die Stelle? Weg, einfach getilgt! Statt Mercutio starb jetzt Romeo, genau wie Ben es in Verona erlebt hatte. Er griff sich eine andere Ausgabe. Derselbe Akt, dieselbe Szene. Auch hier war Shakespeares Stück nicht mehr dasselbe.

»Das darf doch nicht wahr sein«, murmelte er. »Romeo ist tot – wirklich tot!«

Ben lief zurück zu Julia und Werther.

»Und was ist das für ein Brief, den Sie da schreiben?«, hörte er Julia fragen.

»Mein Abschiedsbrief an Lotte. Ich kann und will nicht mehr leben ohne sie.«

»Sie müssen all Ihren Mut zusammennehmen und für Ihre Liebe kämpfen, glauben Sie mir, bitte.«

»Das sagen Sie so leichtfertig.«

»Wenn Sie Lotte lieben, wie ich Romeo liebe, dann …«

Werther sah sie verdutzt an. »Was sagten Sie da gerade? Wie ist der Name Ihres Geliebten?«

»Romeo.«

»Und Sie sind?«

»Julia, Julia Capulet. Das wissen Sie doch.«

»Wollen Sie mich veralbern?«, fragte Werther.

»Natürlich nicht. Wieso sollte ich?«

Zum ersten Mal blickte Werther Ben direkt an – sah ihm fragend in die Augen. So, als hoffe er, Ben würde ihm sagen, ob dort vor ihm auf dem Hocker in dem Kattunkleid wirklich jene Figur aus *Romeo und Julia* sitze.

Ben nickte.

»Nein, nein, Sie wollen mich veralbern«, sagte Werther, griff die Pistole und setzte sie sich an den Kopf. »Wenn Sie beide mich verspotten möchten, dann tun Sie es ruhig, aber ich werde für meine Lotte sterben.«

Das hier war die falsche Szene, dachte Ben. Werther hatte sich in Goethes Briefroman erst in der Nacht in seinem Arbeitszimmer erschossen, nicht in irgendeiner Bibliothek. Doch ehe er reagieren konnte, stürzte sich Julia auf Werther, als der gerade den Abzug drückte. Ein Schuss löste sich, ein lauter Knall, die Kugel flog an Werthers Kopf vorbei und schlug in ein Bild ein, das an der Wand hing. Mit einem lauten Krachen fiel es zu Boden. Dort, wo es gehangen hatte, wurde ein schwarzes Loch in der Wand sichtbar, gerade groß genug, um hineinzukriechen.

Julia nahm den verhinderten Selbstmörder in den Arm. »Haben Sie sich verletzt? Kommen Sie, setzen Sie sich!« Der leichenblasse Werther ließ sich von ihr zum Hinsetzen bewegen. Wenn er nicht von der heruntergeschossenen Zeichnung abgelenkt gewesen wäre, hätte Ben gelacht. Der Kerl war sogar zu blöd, sich anständig zu erschießen.

Ben betrachtete das Bild. Ein unkolorierter Kupferstich. Der gleiche hing auch in Lynns Bibliothek. Dargestellt waren Goethe, Christoph Martin Wieland, Johann Gottfried Herder und die Brüder Humboldt, wie sie Friedrich Schiller zuhören. Ben hob die Zeichnung auf: Unter Schillers Gehrock zeichnete sich in Brusthöhe etwas ab – genau dort, wo vor ein paar Sekunden die Kugel eingeschlagen war. Könnte das nicht das Amulett sein? Es hatte zumindest genau dieselbe achteckige Form. Hatte seine Tante nicht gesagt, dass das Oktagon von Schriftsteller zu Schriftsteller weitergegeben wurde? Ben erinnerte sich nicht, ob Schiller mit auf der Liste stand, die Lynn ihm gezeigt hatte.

Und was war dort in der Wand, wo eben noch das Bild gehangen hatte? Ein schwarzes Loch, ein dunkler Schacht, der irgendwohin führte. War das ein Zeichen? Sollten sie dort hineinkriechen?

»Ben, schau!« Julia deutete besorgt nach unten ins Erdgeschoss. Die Flügeltür flog krachend auf. Mercutio kam hereingerannt. Kurz darauf tauchten auch schon die Schattenkrieger auf.

»Hierher!«, rief Ben. »Schnell, komm hoch zu uns!«

Mercutio stürmte die Wendeltreppe herauf. Bevor die Schattenkrieger dort anlangten, griff sich Ben aus einem der Regale ein paar der mächtigen Folianten und warf sie nach den Schergen

Gondars. »Helft mir!«, befahl er Werther und Julia. Die Kerle fauchten, als ihnen die Bücher entgegenflogen. Ihre Augen glühten und blickten hinauf. Ben packte den Stuhl, auf dem eben noch Werther gesessen hatte, und feuerte ihn in die Meute.

»Was sind das für Kreaturen?«, schrie Werther.

»Sie wollen uns töten!«, sagte Julia. »Die Schergen Gondars!«

»Bist du wirklich Julia Capulet, die Geliebte von Romeo Montague?«

»Seine Frau, wer sonst?«, schrie sie ihn verzweifelt an. »So glaub mir doch! Sie wollen uns töten. Sie haben schon so viele getötet.«

In diesem Moment rannte Mercutio auf sie zu.

»Gott sei Dank, du lebst!«, rief Ben ihm entgegen und wunderte sich im selben Moment, dass der Veroneser überhaupt nicht mehr humpelte.

»Was ist mit deinem Fuß?«

»Was soll damit sein?«

»Noch vor einer halben Stunde konntest du ihn kaum bewegen.«

»Keine Zeit für Schmerzen«, sagte Mercutio knapp.

Er hatte recht. Einige der Schattenkrieger hatten die Wendeltreppe erreicht. Ben zog Werthers Tisch heran und warf ihn mit Mercutio über die Brüstung, den Schattenkriegern entgegen. Doch auch wenn sich der Tisch im Aufgang verkeilte – lange würden sie sich hier oben nicht mehr verteidigen können. Es war nur eine Frage der Zeit, bis die Schattenkrieger den Tisch überwanden. Gegen ihre Schwerter hatten Ben und seine Gefährten keine Chance. Doch Ben hatte nicht mit Werther gerechnet. Der nämlich rannte todesmutig zur Treppe hinüber und rief Julia zu: »Flieh!«

Ben fasste sie am Arm und deutete auf den Schacht. »Los, da rein!«

Julia blickte sich noch einmal zu Werther um, dann kletterte sie in das schwarze Loch. Mercutio war hinter ihr, aber er zögerte.

»Worauf wartest du?«, fragte Ben. »Oder möchtest du ihnen lieber in die Arme laufen, so wie eben da unten?«

»Sei still!«

»Als hättest du sie geradezu angelockt.«

Mercutio gab seinen Widerstand auf und kroch in den engen Schacht. Höchste Zeit, denn den Schattenkriegern war es inzwischen gelungen, den Tisch mit ihren Schwertern so weit zu bearbeiten, dass er kaum mehr ein Hindernis darstellte. Dann war der Weg plötzlich frei. Ben griff nach dem Bild und zwängte sich rückwärts in das schwarze Loch. Von der Treppe aus konnten die Schattenkrieger den Schacht nicht sehen. Alles hing jetzt davon ab, ob er es schaffte, den Nagel in der Wand zu treffen. Mit den Händen ertastete er den metallenen Stift, dann versuchte er die Öse des Bildes darüberzuschieben. Zwei erfolglose Versuche, beim dritten hing das Bild wieder an seiner alten Stelle, als sei es nie heruntergefallen. Nur das Einschussloch unterhalb von Schillers Brust zeugte noch von dem Vorfall. Ben schaute hindurch. Die Schattenkrieger hatten den Tisch beiseitegeschafft und stürmten nach oben. Und Werther? Der schrie laut: »Für Romeo und Julia! Für die größte Liebe der Welt!« – und warf sich seinen Mördern entgegen.

17

Der Gang war kaum hüfthoch und nur schulterbreit. Sie mussten hintereinander herkriechen und konnten nur hoffen, vor sich in der Schwärze auf einen Ausgang zu stoßen. Wenn nicht, waren sie gefangen wie die Ratten. Eine Flucht in die Ausweglosigkeit, dachte Ben und versuchte seine düsteren Gedanken zu verdrängen.

»Wir finden einen Weg!«, sprach er sich selbst Mut zu und tastete sich die lehmigen Wände entlang durch die Dunkelheit. Der Boden war mit kleinen Steinchen übersät, die ihm in die Knie und Handflächen drückten. Es gab kaum genug Luft zum Atmen und es war heiß und stickig. Und dann war auf einmal Schluss!

»Was ist?«, rief Mercutio von hinten.

»Schrei nicht so«, entgegnete Ben, »oder willst du, dass uns die Mistkerle hören?« Er versuchte die aufsteigende Panik zurückzudrängen. »Hier geht's nicht mehr weiter.«

»Also zurück?«, flüsterte Julia.

»Sieht so aus«, erwiderte Ben. Doch dann … Das Geräusch war genau über ihm. Was war das? Er lauschte, tastete mit den Händen. Das war Holz, feste Bohlen, nebeneinandergelegt. Sie mussten sich genau unter einem Raum befinden, aber wie konnte das sein?

Sie waren aus dem oberen Stockwerk der Bibliothek in den waagrecht verlaufenden Schacht gekrochen. Doch die Bibliothek war ein frei stehendes Gebäude gewesen, mit Fenstern an jeder ihrer vier Seiten und der Schacht war ungemauert mitten ins Erdreich hineingegraben. Das konnte nicht sein, es sei denn … Er dachte an Verona; die Tür im Keller, durch die sie in ein Segelschiff getreten waren, das irgendwo im Pazifik Jagd auf Wale machte.

»Wieder ein neues Buch«, murmelte er und wusste nicht, ob er sich freuen oder verzweifelt sein sollte.

»Was hast du gesagt?«, fragte Julia.

»Nichts«, erwiderte er. »Gar nichts.«

»Was ist denn jetzt?«, meldete sich Mercutio erneut. Warum war er nur so laut? Oder war das einfach die Angst? Eines war jedenfalls klar: Wenn die Schattenkrieger den Gang entdeckten, war alles vorbei.

»Da ist ein Geräusch«, flüsterte Ben. »Über mir.« Er drückte ein Ohr an die hölzernen Bohlen. Es hörte sich an wie … Ja, das waren Schritte, ohne jeden Zweifel. Keine hastigen Schritte, aber auch keine gleichmäßigen. Eher Schritte eines Menschen, der über irgendetwas nachdachte. »Da geht jemand über uns.«

»Und?«, fragte Mercutio.

»Wir haben zwei Möglichkeiten«, erwiderte Ben. »Entweder wir kriechen zurück oder wir geben dem, der da geht, ein Zeichen und hoffen, dass er uns rausholt.«

»Und wenn es einer der Schattenkrieger ist?«, fragte Mercutio.

»Wie schon gesagt: zwei Möglichkeiten.«

»Klopfen«, flüsterte Julia.

»Und du, Mercutio?«, flüsterte Ben.

»Warum fragst du mich? Ihr seid euch doch sowieso längst einig.«

»Also gut«, sagte Ben und klopfte von unten gegen das Holz.

Pamm, pamm, pamm. Dreimal. Er lauschte atemlos. Die Schritte über ihm hielten inne. Er atmete tief durch, dann fasste er sich ein Herz: »Hallo!«

Wieder Lauschen, noch einmal Klopfen, dann fragte Ben wieder: »Kann mich jemand dort oben hören?« Es gab ein scharrendes Geräusch, etwas schlug auf den Boden auf, als habe sich die Person auf die Knie niedergelassen.

»Hören Sie uns?«, fragte Julia.

»Wer ist denn da?«, drang eine männliche Stimme dumpf zu ihnen herab.

»Helfen Sie uns, bitte«, flehte Julia. »Wir sind eingesperrt und kommen nicht raus.«

Ben hörte ein Kratzen, dann das Schlagen eines Hammers, die Bodendielen zitterten, als versuche der Mann über ihnen, sie zu lösen. Tatsächlich knarrte jetzt laut das Holz, dann wurde eine der Bohlen hochgerissen und zur Seite geworfen. Licht fiel von oben in den Schacht. Ben kniff die Augen zusammen. Als er sie wieder öffnete, sah er das Gesicht eines Mannes vor sich, das von einem grauen Bart eingerahmt war. Seine Züge wirkten abgezehrt, als habe er große Entbehrungen durchgemacht oder großes Leid. Er trug schwarze Kleidung und auf dem Kopf ein Samtbarett. Er hatte nur Augen für Julia, blickte auf sie wie auf eine Erscheinung.

»Gretchen?«, rief er, griff nach ihr und zog sie aus dem Schacht zu sich herauf. Ben kannte nur ein Buch, in dem eine junge Frau vorkam, die diesen Namen trug.

»Ich weiß nicht, wen Ihr meint, Herr, aber ich heiße nicht Gretchen«, sagte Julia. »Mein Name ist Julia Capulet, Ihr müsst mich verwechseln.«

Der Mann schaute sie enttäuscht an, so als habe sie ihn aus einem Traum geweckt. »Julia«, stammelte er, »natürlich.« Er wirkte plötzlich erschöpft. »Es tut mir leid, aber … deine Haare, die Form deines Gesichts … ich war mir sicher.«

Er wirkte auf einmal wie in eine andere Wirklichkeit abgedriftet. »Werd ich zum Augenblicke sagen, verweile doch, du bist so schön«, murmelte er entrückt und hielt Julia weiter fest, »dann magst du mich in Fesseln schlagen, dann will ich gern zugrunde gehn …«

Diese Verse … Ben zuckte innerlich zusammen. Er wusste jetzt, in welchem Werk sie gelandet waren. Er schob seinen Kopf nach oben, schaute sich um. Hinter dem alten Mann stand ein schwerer Tisch, der mit Büchern und allerhand anderen Dingen vollgestellt war: Glaskolben, Flaschen und Gläser mit Pulvern drin, eine Apparatur zum Destillieren, Papiere voller handschriftlicher Notizen in einer altertümlichen Schrift, auf einem Teller Reste von Speisen. In einem kleinen Kamin prasselte ein Feuer.

»Nie hätte ich mich darauf einlassen dürfen«, murmelte der Alte in sich hinein, »einen Pakt mit dem Teufel kann man nicht gewinnen …«

Der Pakt mit dem Teufel, na klar: Der grauhaarige Mann, der da zu sich selbst sprach, musste Goethes Doktor Faust sein. Sie waren in seiner Studierstube gelandet, jenem Ort, an dem er seine Experimente mit schwarzer Magie machte und nach dem Urgrund des Lebens forschte.

»Sie tun mir weh«, schrie Julia schmerzhaft auf.

Faust ließ sie los. »Was ist das für ein Gang dort unten, wie kommst du hierher?«

»Mit uns, Herr«, sagte Ben und kletterte, von Mercutio gefolgt, aus dem Schacht.

Faust, der die beiden erst jetzt bemerkte, wich erschrocken zurück. »Wer seid ihr und was wollt ihr hier?«

»Wir wurden verfolgt«, sagte Ben, griff nach der von Faust gelösten Bohle und schob sie zurück an ihren Platz. Hauptsache, sie waren vor den Schattenkriegern in Sicherheit!

»Verfolgt?«, fragte Faust. »Von wem?«

»Von finsteren Gestalten. Sie tragen graue Umhänge, ihre Augen glühen wie flüssige Lava.«

Fausts Miene versteinerte. »Gondars Krieger«, flüsterte er.

»Ihr kennt Gondar?«, fragte Ben überrascht.

»Jeder, der das Böse kennt, kennt Gondar!«

»Dann gibt es ihn also wirklich!« Ben warf Mercutio und Julia einen verblüfften Blick zu.

»Natürlich gibt es ihn«, sagte Faust.

»Dann könnt Ihr uns helfen.«

»Helfen?«

»Ja, Herr!« Ben ging auf ihn zu, öffnete sein Hemd und zog das Amulett heraus.

Faust erbleichte. »Was die Welt im Innersten zusammenhält«, murmelte er und betastete das Oktagon ehrfürchtig. »Wo habt Ihr das her?«

»Von meiner Tante. Sie ist entführt worden.«

»Und Ihr glaubt, sie ist in Gondars Hände gefallen?«

»Alles spricht dafür.«

»Dann ist sie verloren!«

»Solange Hoffnung besteht, dass sie lebt, werde ich alles tun, um sie zu retten. Deshalb muss ich diesen Gondar finden.«

»Niemand kennt den Weg zu ihm. Nur seine Schergen.«

»Ihr meint die Schattenkrieger?«

»Jene, die er gedungen hat, ob Krieger oder nicht.«

»Ich finde, Ihr redet ziemlich geschwollen daher«, sagte Mercutio. »Woher nehmt Ihr Euer scheinbares Wissen?«

»Es irrt der Mensch, solang er strebt«, erwiderte Faust. »Und muss doch weiter streben, bis er stirbt. Mein ganzes Leben habe ich gelesen und geforscht. Da sieht man vieles, was dem arglosen Auge verborgen bleibt.«

»Das ist doch alles erfundenes Zeug«, sagte Mercutio. »Hirngespinste eines Alten, nichts weiter.«

»Hör auf«, sagte Julia. »Vielleicht kann er uns ja wirklich helfen.«

Mercutio winkte ab. »Indem er dich für sein Gretchen hält und mit sich selber spricht? Lasst uns lieber von hier verschwinden.«

»Nicht so hastig«, sagte Faust. »Ich könnte vielleicht versuchen …« Er unterbrach sich, schüttelte den Kopf. »Nein, nein, selbst wenn es gelänge, was würde das bringen?«

»Was könntet Ihr versuchen? Wovon redet Ihr?«, fragte Ben.

»Das Amulett«, sagte Faust. »Trug Eure Tante es um ihren Hals?«

»Tag und Nacht. Seit Jahren schon.«

»Gebt es mir.«

»Was?«

»Ihr sollt es mir geben.«

»Tu das nicht, Ben!«, sagte Mercutio. »Er wird es dir nicht zurückgeben.«

Ben sah Faust an. Der streckte seine Hand nach dem Amulett aus. »Ich werde versuchen, Eure Tante zu rufen, aber ich weiß nicht, ob es mir gelingt. Und schon gar nicht kann ich dir versprechen, ob es hilft.«

»Das ist doch lächerlich«, sagte Mercutio. »Wie will er das schaffen?«

»Lass es ihn wenigstens versuchen«, sagte Julia.

Alles oder nichts, dachte Ben und reichte Faust das Amulett. Der trat zu seinem Tisch, öffnete einige Flaschen und Tiegel und mischte aus den unterschiedlichsten Substanzen ein Pulver zusammen, mit dem er das halbe Amulett bestrich. Dann trat er an den Kamin.

Mercutio wurde nervös. »Dieser Verrückte will das Oktagon ins Feuer werfen, Ben. Halt ihn zurück!«

»Lass ihn! Er weiß, was er tut.« Ben wunderte sich selbst über sein Vertrauen.

Faust nickte ihm zu, murmelte einen Spruch und hielt das Amulett über die Flammen.

»Sieh in das Feuer!«, befahl er.

Die Flammen wuchsen und veränderten ihre Farbe. Rot, gelb, grün und blau leckten sie die Kaminwände empor und formten sich langsam zu einem lebendigen Bild …

Ben traute seinen Augen nicht. »Tante Lynn!«

Ihr Gesicht war schmerzverzerrt. Sie befand sich in ihrem Arbeitszimmer, sortierte die Bücher im Regal ihrer Lieblingsautoren. Dann zog sie eines der Bücher heraus und schlug es auf. Es war dünn, nicht mehr als ein schmaler Band. Ben konnte die erste Zeile erkennen: »In der Rue St. Honoré …« Doch als sie den Mund öffnete, um Ben anzusprechen, wurde das Bild unscharf.

»Tante Lynn«, rief Ben. »Was ist das für ein Buch?«

Doch zu spät, denn in diesem Moment schlugen die Flammen über dem Bild zusammen, als habe es nie existiert.

»Habt Ihr das schon mal gehört?«, wandte sich Ben an Faust. »›In der Rue St. Honoré‹ – was bedeutet das? Was wollte sie mir damit sagen?«

»Ich weiß es nicht«, antwortete der alte Mann und reichte ihm das Amulett zurück. Ben umklammerte es. Jetzt nur nicht in Panik geraten. Ruhig bleiben und sich konzentrieren. Was war das für ein Buch, das Lynn in der Hand gehalten hatte? »In der Rue St. Honoré« … die Geschichte schien in Frankreich zu spielen, aber in welcher Stadt? Und wer wohnte in der Rue St. Honoré? Ben merkte, dass er an den Händen schwitzte. *Romeo und Julia*, *Moby Dick*, *Robinson Crusoe*. Alle Bücher, in die er bislang geraten war, waren Lieblingsbücher seiner Tante. Und alle standen sie in einem besonderen Regal neben ihrem Schreibtisch. Hatte Lynn in dem Flammenbild nicht Bücher aus ebendiesem Regal sortiert? Natürlich! Ben versuchte sich das Regal und die darin aufgereihten Buchrücken vorzustellen. Stand nicht *Moby Dick* links von *Robinson Crusoe* und *Das Herz der Finsternis* rechts daneben? Und Goethes *Werther* und der *Faust* standen doch auch zusammen. Er war sich nicht sicher, aber viel sprach dafür, dass er durch die nebeneinanderstehenden Lieblingsbücher seiner Tante gereist war. Wie aber passte das Büchlein, das Lynn eben aus ihrem Regal gezogen hatte, in diese Überlegungen? Direkt daneben hatte ein Buch mit einem grünen Einband gestanden. War es ein Werk von Victor Hugo? Nein. Von Maupassant vielleicht? Auch nicht. Vielleicht Flaubert? Aber ja, ganz sicher, der grüne Einband gehörte zu Gustave Flauberts *Madame Bovary*. Ben fühlte seine Schläfen vor Aufregung pochen. Nur jetzt nicht nachlassen. Du bist nah dran! Wenn er es irgendwie schaffte, in Flauberts

Madame Bovary zu gelangen, könnte er dann von dort weiter in jenes schmale Büchlein gelangen, in dem die Rue St. Honoré eine Rolle spielte?

»Bemüht Euch nicht, junger Freund. Zu viele bedeutsame Fragen für einen allein, wenn ich diese ganz und gar unwesentliche Meinung äußern darf.«

Ben zuckte zusammen und fuhr herum. Die Stimme gehörte einem alterslosen Mann in einem eleganten Anzug, der mit einem Spazierstock in der Tür stand. Er musste sich unbemerkt Zutritt verschafft haben. Faust, Julia und Mercutio starrten ihn an. Sein Kopf war glatt rasiert, seine Augenbrauen scharf nach oben gezogen, was seinem Gesicht etwas amüsiert Spöttisches gab. Seine fahle Haut schimmerte, als sei sie geschminkt.

»Mein lieber Doktor«, wandte er sich an Faust und schnalzte mit der Zunge. »Ts, ts, ts – haben Sie wieder herumgepfuscht? Dabei verstehen Sie von derlei Dingen so furchtbar wenig. Nichts ist schlimmer als der Dilettantismus der Leidenschaft!«

»Mephisto!«, flüsterte Faust.

»Tja, mein lieber Faust, ich fürchte fast, es ist so weit. Eine weitere Fristverlängerung kann ich leider nicht dulden.«

Faust erbleichte. Dann nickte er gefasst.

»Das ist die richtige Einstellung«, lobte Mephisto lächelnd. »Auch den finsteren Seiten des Lebens aufrecht ins Auge zu sehen. Oder sollte ich lieber sagen: den finsteren Seiten des Todes?« Er lachte auf, als sei ihm ein besonders guter Scherz gelungen.

»Wer seid Ihr?«, fragte Julia.

»Eine gute Frage«, sagte Mephisto. »Manche nennen mich ihren Freund und sehnen mich regelrecht herbei, andere glauben, sie könnten mir ein Schnippchen schlagen. Seien Sie versichert, junges Fräulein, auch Letztere werden von mir stets eines Besseren belehrt.«

»Was meinen Sie damit?«

»Sie wollen sagen, wen«, korrigierte Mephisto sie. »Nun ja, den guten Romeo Montague etwa, Ihren lieben Mann.«

»Halten Sie den Mund!«, forderte Ben.

»Ah, ah, ah, junger Freund – keine Belehrungen bitte und schon gar keine Befehle, nicht wahr?« Mephistos Gesicht verzog sich zu einer bösartigen Grimasse. Dann hatte er sich wieder unter Kontrolle und lächelte, als wäre nie etwas gewesen. »Wo war ich stehen geblieben? Ach ja, bei unserem lieben Romeo. Hat sich furchtbar gesträubt, der Gute, dachte, seine Liebe würde ihn unsterblich machen. Nun ja, dem war nicht so.« Er wandte sich an Ben und Mercutio. »Aber das wissen Sie ja genauso gut wie ich, Sie waren ja hautnah dabei, nicht wahr?«

Julia starrte Mephisto an. Ihre Lippen zitterten.

»Heißt das …?«

»Ja, aber natürlich heißt es das. Allerdings kann ich Ihnen versichern, dass er nicht sonderlich gelitten hat. Die Schwerter der Schattenkrieger sind von einer bewundernswerten Schärfe und Präzision. Wie ein Messer in warme Butter – sssst – und ab ist der Kopf.« Er lachte wieder.

Julia schaute Ben und Mercutio an. Alle Farbe war aus ihrem Gesicht gewichen. Ihre ungeheure Verletztheit ließ sie fast durchsichtig erscheinen.

»Warum habt ihr mir nichts gesagt?«

Was sollte Ben auf diese Frage antworten? Auch Mercutio war wie gelähmt.

»Hat es den jungen Herren die Sprache verschlagen?«, fragte Mephisto leichthin. »Nun ja, verständlich, immerhin ist der hier zur Rede stehende Casus nicht der allerleichteste. Schauen wir uns die Sache doch einmal genauer an. Zunächst der junge Herr zu meiner Rechten, Ben, wenn ich nicht irre. Fühlt sich hingezogen zu dem jungen Fräulein Capulet. Unerfahren in der Liebe, aber voller Empfindsamkeit. Ein Same, der noch nicht aufgegangen ist. Und dann hier, zu meiner Linken, der junge Mercutio. Voller Leidenschaft und – Pardon, Signore – voller Hass für seinen besten Freund Romeo, der ihm die einzige Liebe nahm, die er je fühlte: für Sie, Julia Capulet. Wie heißt es so schön? Eifersucht ist die Leidenschaft, die mit Eifer sucht, was Leiden schafft …«

Julia stürmte auf Mephisto zu. Der trat mit einem eleganten Ausfallschritt zur Seite und ließ sie hinausrennen. »Sturm und Drang«, kommentierte er. »Einfach überwältigend.«

Ben trat auf ihn zu. Mephisto zog einen Zettel aus seiner Anzugjacke und entfaltete ihn. »Ich muss sagen, die Ähnlichkeit ist in der Tat frappant«, sagte er und hielt Ben den Steckbrief entgegen. »Laufen Sie der schönen Signorina Capulet nur hinterher, junger Freund, ich bin gespannt, wie weit Sie unter diesen Umständen kommen werden.«

Ben drängte, von Mercutio gefolgt, an Mephisto vorbei, rannte hinaus, durch einen langen Flur und weiter ins Freie. Er hörte Faust aufschreien und Mephisto lachen. Der Teufel hatte sich seine Seele geholt …

18

Ben und Mercutio schauten sich um. Das Haus lag einsam am Rand eines Waldes, oberhalb eines kleinen Dorfes. Ein schmaler Weg führte hinunter in den Ort. Es war längst dunkel geworden.

»Julia?«

Keine Antwort. Der Mond stand voll am Himmel. Wenn sie zum Dorf hinuntergelaufen wäre, müssten sie sie sehen können. Aber auf der gewundenen Straße war niemand. Und das bedeutete …

»Sie muss in den Wald gerannt sein!«

Das war Wahnsinn! Ihr musste doch klar sein, dass sie sich trotz des Mondscheins zwischen den hohen Bäumen verlaufen würde. Andererseits musste ihr das, was sie eben von Mephisto zu hören bekommen hatte, den Boden unter den Füßen weggezogen haben.

»Da führt so etwas wie ein Weg in den Wald.« Mercutio deutete auf einen kleinen Pfad, der zwischen einer Gruppe Fichten verschwand.

Ben zögerte keine Sekunde: »Schnell!«

Sie ließen sich von der Schwärze der hoch aufragenden Stämme verschlucken, riefen erneut nach Julia, aber auch jetzt antwortete niemand. Es blieb ihnen nur, weiterzulaufen und zu hoffen, dass Julia den schmalen Pfad nicht verlassen hatte. Ben hatte das

Gefühl, als würden ihn die Bäume verhöhnen. Wie stumme Zeugen seiner eigenen Aussichtslosigkeit standen sie da. Wut packte ihn, rasender Zorn. Auf sich und seine Situation. Aber auch auf Mercutio, der ihn immer wieder daran gehindert hatte, Julia die Wahrheit zu sagen.

»Danke!«, sagte er vor sich hin, und dann noch einmal – jetzt schrie er es geradezu hinaus: »Vielen Dank!«

»Was ist los?«, fragte Mercutio und steigerte Bens Wut damit nur noch weiter.

»Meinst du die Frage wirklich ernst?«

»Sonst hätte ich sie nicht gestellt!« Auch Mercutio war geladen. Die Anspannung lag zwischen ihnen wie ein zum Zerreißen gespanntes Seil.

»Ich hab dir gesagt, dass sie es erfahren muss, mehrfach, immer wieder.«

»Und ich hab dir gesagt, was ich davon halte.«

»Jetzt hast du gesehen, was sie davon hält.«

»Nachher ist man immer schlauer!«

»Aber du hast mich mit reingeritten. Aus Feigheit. Weil du dich nicht getraut hast, es ihr zu sagen.«

»Reingeritten? Du warst doch der, der immer wieder behauptet hat, wir säßen alle im selben Boot. Der sich mit seinen vorschnellen Entscheidungen lieb Kind machen wollte bei Julia.«

»Julia, Julia, immer nur Julia, ich kann's nicht mehr hören.«

»Weil du eifersüchtig bist.«

»Ich? Du bist es doch, der nervös wird, wenn ich nur in ihre Nähe komme.«

»Weil du sie ständig beeindrucken willst. Weil du vor ihr herumstolzierst wie ein Gockel!«

Ben drohte zu explodieren. Noch ein Wort und er würde Mercutio ein paar aufs Maul geben! So wie er es damals bei Bob Steiner hätte tun sollen, als der ihm auf dem Schulhof sein Handy klauen wollte.

»Na los!«, forderte Mercutio, der genau zu spüren schien, was in Ben vorging. »Schlag doch zu. Wenn du dich dann besser fühlst.«

Ben spürte, wie sich seine geballte Faust entspannte. Zuschlagen war nicht sein Ding und würde es auch nie sein.

»Wer bist du?«, fragte er stattdessen leise.

»Was?«

Im Dunkel des Waldes war Mercutios Gesicht nicht zu erkennen, aber Ben wusste trotzdem, wie verblüfft der Veroneser jetzt schaute.

»Ich hab dich gefragt, wer du bist.«

»Was soll das, Ben?«

»Warum antwortest du nicht?«

»Soll das ein Verhör sein?«, brauste Mercutio auf. »Willst du jetzt aus lauter Ärger, dass wir Julia verloren haben, den Richter spielen? Wir haben Besseres zu tun, als uns gegenseitig zu zerfleischen.«

Was Mercutio sagte, war richtig, kein Zweifel, trotzdem beharrte Ben auf seiner Frage. »Seit ich dich kenne, werde ich das Gefühl nicht los, dass du uns etwas vormachst. Als gäbe es noch eine andere, dunkle Seite in dir, die du uns verheimlichst.«

Ihm fiel ein, was Mephisto über Mercutio gesagt hatte: ›voller Hass für seinen besten Freund Romeo, der ihm die einzige Liebe nahm, die er je fühlte‹.

»Du bist ja verrückt!«, entgegnete Mercutio.

»Vielleicht. Aber trotzdem. Immer hast du dich quergestellt, wenn ich etwas tun wollte.«

»Du meinst, wenn du mal wieder den großen Meister gespielt hast, der alles bestimmt.«

»Du hast nur jeden vernünftigen Vorschlag niedergemacht.«

»Weil für dich immer bloß das vernünftig ist, was du selbst vorschlägst!«

»Zum allerletzten Mal, ich muss meine Tante finden!«

»Und ich muss Julia beschützen!«

Sackgasse, dachte Ben. Das hier konnte ewig so weitergehen.

Auf alles, was er sagte, würde Mercutio eine Erwiderung parat haben. Und umgekehrt. Vielleicht lag es einfach nur daran, dass sie aneinandergekettet waren. Und wenn sie sich trennten? Vielleicht war es wirklich Zeit, die Suche nach Lynn allein fortzusetzen. Wie hatte Mephisto gesagt: ›Unerfahren in der Liebe, aber voller Empfindsamkeit. Ein Same, der noch nicht aufgegangen ist.‹ Ben hatte sich entlarvt gefühlt. Jetzt schämte er sich. Er spürte, dass seine Gefühle für Julia die Sorgen um seine Tante zu überlagern begannen. Mercutio hatte recht. Er wollte sie beeindrucken. Hatte er sich, ohne es zu merken, in sie ver…?

»Da ist sie!« Mercutio fasste ihn am Arm und hielt ihn fest. Er deutete auf eine kleine, vom Mondlicht beschienene Lichtung. Julia saß auf der Wurzel eines umgestürzten Baums. Die Arme hingen kraftlos an ihr herab. Sie weinte, aber sie tat das auf eine merkwürdig in sich gekehrte Art. Ohne jede äußere Aufgeregtheit. Bescheiden und voller Würde.

Ben spürte den Drang, zu ihr zu laufen, sie in den Arm zu nehmen und zu küssen. Aber er wusste, dass es wahrscheinlich nie dazu kommen würde. Auch wenn Romeo schon seit Tagen tot war, für Julia war er erst jetzt gestorben. Der Mensch in ihrem Leben, den sie am meisten geliebt hatte. Ben wusste, was das bedeutete.

Langsam ging er mit Mercutio auf sie zu, blieb ein paar Meter vor ihr stehen. Sie sah nicht auf. Es war nicht mal klar, ob sie die beiden überhaupt bemerkt hatte.

Irgendwie war es grotesk: Die Nacht war mild, der Mond ließ das Gras auf der Lichtung schimmern, die Blätter der Bäume rauschten – es wäre romantisch gewesen, wenn nur der Anlass dazu gepasst hätte.

»Ihr hättet es mir sagen müssen«, brach Julia die Stille. »Ich hätte das Recht gehabt, es zu erfahren.«

»Ich konnte es nicht«, sagte Mercutio. »Ich habe es einfach nicht fertiggebracht.«

»Und du?«, wandte sich Julia an Ben.

»Er kann nichts dafür«, nahm Mercutio Ben die Antwort ab. »Er wollte es dir sagen, aber ich hab ihn gebeten, es nicht zu tun.«

Ben wusste nicht, ob er dankbar sein sollte für das, was Mercutio da sagte. Sein Misstrauen dem Veroneser gegenüber war inzwischen so groß, dass er sich fragte, ob hinter dem freundlichen Akt nicht einfach Berechnung steckte. Als wolle Mercutio sich nur lieb Kind bei ihm machen, um Vertrauen zurückzugewinnen.

»Ihr wisst nicht, wie weh das tut«, sagte Julia leise. »Sonst hättet ihr es mir nicht verheimlicht.«

Es schmerzte, die Worte aus ihrem Mund zu hören. Aber was sollte Ben darauf erwidern? Alles Reden war sinnlos. Zu sterben war eine sprachlose Angelegenheit. Für Romeo wie für jeden andern.

Julia sah auf, schaute die beiden lange an. »Stimmt das, was dieser Mephisto über euch gesagt hat?«

Ben und Mercutio warfen sich einen Blick zu.

»Nein«, sagte Mercutio fest. »Ich habe Romeo niemals gehasst. Wie soll ein Mensch dein bester Freund sein, wenn du ihn hasst?«

»Und das, was er noch gesagt hat?«, hakte Julia nach.

»Dass ich dich liebe?«, fragte Mercutio. »Das stimmt. Natürlich stimmt das. So wie ich meine Mutter liebe oder meine Schwester. Oder den einzigen wirklichen Freund, den ich je hatte.«

Seine Worte berührten Ben. Wenn Mercutio log, tat er es jedenfalls perfekt. Auch Julia schien bewegt.

»Was ist mit dir?«, wandte sie sich an Ben.

Alles, nur nicht lügen!, dachte er. »Ich ...« Herrgott, warum konnte er nicht einfach die Wahrheit sagen? »Es ist wie mit einem Buch, das man liest«, sagte er schließlich. »Da sind Figuren. Man mag sie oder man mag sie nicht. Man hasst sie oder man verliebt sich in sie, aber sie lassen einen nicht gleichgültig.«

Scheu sah er Julia an. Sie war eine Figur aus einem Theaterstück. Was die Worte betraf, hatte er nicht gelogen. Und was den Sinn anging? Das Mondlicht tanzte silbern auf ihrem Haar.

»Warum geht ihr nicht ohne mich weiter?«, fragte sie und in ihrer Frage lag völlige Ratlosigkeit. Alles in ihr war zerbrochen.

»Ich werde dich nicht allein lassen«, sagte Mercutio. »Schon um Romeos willen nicht.«

»Romeo hat keinen Willen mehr!«, erwiderte Julia.

Ben überlegte. Er sah die umgeschriebenen Bücher vor sich, auf die er in der Bibliothek gestoßen war. Ließ sich die Weltliteratur wirklich einfach so verändern? Und welche Rolle spielte das Amulett dabei? Lynn hatte es von einem Nobelpreisträger bekommen, der es seinerseits von einem der großen Dichter übernommen hatte. Das Oktagon wanderte von Hand zu Hand, es schien Auszeichnung und Verpflichtung zugleich zu sein. Aber Verpflichtung wofür? Die Literatur zu schützen? War es das, worum es bei all dem ging: die Welt der Bücher zu retten vor diesem Gondar, der Figuren ermorden ließ? Und wenn das so war, würde es dann möglich sein, die Getöteten wieder zum Leben zu erwecken, so wie sie von ihren Dichtern zum Leben erweckt worden waren?

Die andere Hälfte des Amuletts … Auch wenn die Chance gegen null ging: Vielleicht konnte er Julia helfen.

»Wir müssen meine Tante finden. Sie weiß, was es mit den Schattenkriegern und all diesen schrecklichen Dingen auf sich hat. Sie kennt den Sinn dahinter. Und selbst wenn sie deinen Romeo nicht wieder lebendig machen kann; vielleicht können wenigstens die Leben Unschuldiger gerettet werden und dieser Horror hat endlich ein Ende.«

Julia schüttelte den Kopf. »Wie soll das gehen?«

»Es waren Gondars Schergen, die Romeo getötet haben. Es ist Gondar, der meine Tante entführen ließ. Wir müssen zu ihm!«

»Aber wir kommen ihm doch überhaupt nicht näher«, sagte

Mercutio. »Es ist, als würden wir nur im Kreis laufen. Wir irren wie Schneeflocken durch einen Sturm, hin und her getrieben von einem Wind, dessen Richtung und Stärke wir nicht beeinflussen können.«

»Vielleicht doch«, sagte Ben.

»Wie denn?«

»Indem wir versuchen, in die Rue St. Honoré zu gelangen!«

19

Ben hatte Julia beobachtet. Die ganze Nacht. Sie waren auf der Lichtung geblieben, hatten darauf gewartet, dass der Mond unter- und die Sonne aufging. Jetzt tauchte die Morgenröte den Wald in ein magisches Licht. Mercutio war irgendwann eingeschlafen. An eine Buche gelehnt, saß er da, den Kopf auf die Brust gesunken.

»Julia?«, rief Ben leise.

Sie wandte sich nicht zu ihm um, doch er spürte, dass sie ihm zuhörte.

»Ich möchte, dass du etwas weißt. Als ich zusehen musste, wie meine Eltern verbrannten in dieser verdammten beschissenen Nacht im August …« Er unterbrach sich. Es war eine blöde Idee, ihr das zu erzählen. »Schon gut, vergiss es.«

»Nein, sag's mir.« Sie drehte sich zu ihm um.

»Ich wollte sterben damals«, sagte Ben stockend. »Genauso tot sein wie meine Mutter und mein Vater. Und weißt du, warum?«

Julia schüttelte den Kopf.

»Es war, als wäre ich plötzlich abgeschnitten von allem. Von einer Sekunde zur andern. Allein mit mir, allein …«

»… auf der Welt?«

»Ja«, bestätigte Ben. »Allein auf der Welt!« Er schaute sie jetzt direkt an. »Ich dachte, ich kann das nicht aushalten, das geht nicht, niemals.«

»Aber du hast es ausgehalten.«

»Ohne meine Tante hätte ich es nicht geschafft.«

»Willst du sie deshalb so dringend finden?«

»Kann sein, ich weiß es nicht.« Er machte eine Pause. »Weißt du, wie lange es gedauert hat, bis der Schmerz anfing nachzulassen?«

»Nein.«

»Nicht Tage oder Wochen, Monate!«

»Und er ist noch immer da?«

»Er wird immer bleiben. Er ist ein Teil von mir. Keiner, den ich besonders mag, aber eben einer, der immer da ist.«

Julia schluckte. Ben konnte spüren, wie seine Worte in ihr nachklangen.

»Warum erzählst du mir das?«, fragte sie schließlich.

»Weil du es schaffen kannst, trotz allem. Genau wie ich. Was ich dir sagen will: Ich bin da für dich, wenn du mich brauchst. Und wenn du mich nicht brauchst, auch.«

Er sah sie an. Sie erwiderte seinen Blick. Kein Lächeln, nicht mal eine Andeutung. Nur dieser Blick, der mehr wog als alles andere.

»Wir sollten aufbrechen«, sagte sie.

»Ja«, erwiderte er und machte sich daran, Mercutio zu wecken.

Sie folgten weiter dem Pfad. Schon nach kurzer Zeit lichteten sich die Bäume und sie gelangten an den Waldrand. Vor ihnen lag ein felsiger Steilhang, der oben in ein grasbewachsenes Plateau auslief. Um weiterzukommen, blieb ihnen nichts anderes übrig, als hinaufzuklettern.

Julia stieg voran, Mercutio folgte ihr. Ben blieb hinter den beiden zurück, ließ sich Zeit. Auf einem Felsvorsprung hielt er inne. Er dachte an das, was in der vergangenen Nacht passiert war: die Begegnung mit Faust und Mephisto, die Offenbarung von Romeos Tod, Julias Verzweiflung und vor allem das Bild seiner Tante im Feuer. Wo lag die Rue St. Honoré und wie konnte er dort hinkommen? Der einzige Anhaltspunkt, den er hatte, war *Madame Bovary*. Irgendwie musste er in Flauberts Roman kommen. Aber wie? Er fragte sich, ob es so etwas wie einen Mechanismus gab, irgendeinen Trick, mit dem er die Richtung ihrer Reise beeinflussen konnte. Er ließ die bisherigen Übergänge von einem Buch zum andern noch einmal Revue passieren: eine Tür in einem Keller, der sie in *Moby Dick* geführt hatte; der Schiffbruch, der sie auf Robinsons Insel gespült hatte; der Schacht, der in Fausts Studierstube endete. Er versuchte ein System zu entdecken und fand keins. Da war nichts, das einen Sinn ergab oder eine Ordnung. Alles schien beliebig. Oder war es Schicksal, was ihn und seine beiden Gefährten leitete? Eine Art Vorbestimmung?

Plötzlich begann der Fels unter ihm zu beben. Alles schien ins Schwanken zu geraten. Zuerst dachte Ben, er täusche sich, doch dann wurde das Schütteln stärker.

Julia und Mercutio hatten das Plateau bereits erreicht. Panisch sah Ben die Felswand hinab. Steine und Erdbrocken lösten sich und stürzten in die Tiefe. Wenn er jetzt den Halt verlor, war es aus.

Nur noch ein knapper Meter trennte ihn vom Rand. Ein Meter, der länger und länger wurde. Er blieb an einer bewachsenen Steinkante hängen, konnte sich nur mit Mühe wieder befreien. Hatte er sich in dem vorstehenden Wurzelgestrüpp verhakt? Als er sich mit letzter Kraft hochriss, warf er einen Blick nach dem Amulett. Hatte es sich losgerissen? Zum Glück spürte er es noch auf der Brust. Es war da. Er schwitzte.

»Was ist los, Ben?«, rief Mercutio von oben.

»Ich kann nicht mehr. Hilf mir, ich rutsch ab.«

Mercutio legte sich flach auf den Boden und hielt ihm die Rechte entgegen. Ben löste eine Hand vom Fels und streckte seinen Arm, so weit er konnte. Ihre Fingerspitzen berührten sich.

»Gib mir das Amulett!«, sagte Mercutio.

»Was?«

»Na los, mach schon!«

Ben starrte den Veroneser an. Das alte Misstrauen überfiel ihn wieder.

»Worauf wartest du?«, fragte Mercutio und griff nach Bens Hand. »Wenn das Oktagon verloren geht, ist alles aus!«

Da hatte er recht. Ohne das Amulett würden sie Lynn niemals finden. Aber was würde passieren, wenn Ben es ihm überließ? Würde Mercutio ihn dann nicht einfach fallen lassen?

Seine Sehnen brannten, seine Muskeln begannen unkontrolliert zu zittern. Er hatte keine Wahl!

»Also gut«, stieß er hervor und löste die Finger der Rechten vom Fels. Er legte sein Leben in Mercutios Hand. Wenn der Veroneser jetzt losließ … Ben zog sich das Band über den Kopf. Mit der freien Hand fasste Mercutio zu und umklammerte es.

»Zieh mich hoch«, verlangte Ben.

Mercutio blickte auf das Oktagon, dann sah er Ben an. Er schien zu zögern. Als würde er mit sich ringen.

»Bitte!«, flehte Ben. Das Zittern in seinen Fingern nahm zu.

»Halt durch!«, rief Julia, die in diesem Moment neben Mercutio auftauchte. Sie hielt einen schweren Stock in der Hand, den sie zu Ben herunterließ.

»Halt dich dran fest!«

Ben versuchte den Ast zu erwischen, was ihm tatsächlich gelang.

»Gut so!« Julia wandte sich an Mercutio. »Und jetzt hoch mit ihm!«

Die beiden begannen zu ziehen. Julia am Stock, Mercutio an seiner Hand. Einen Augenblick später fand Ben sich oben auf dem Plateau wieder. Völlig erschöpft blieb er auf der Wiese liegen.

»Hier«, sagte Mercutio und reichte ihm das Amulett zurück.

Ben sah ihn an. »Einen Moment dachte ich …«

»Was?«

»Nichts.«

»Du hast gedacht, ich würde dich loslassen«, sagte Mercutio. Und als Ben schwieg: »Würdest du je einen Freund loslassen, dessen Leben von dir abhängt?«

Ben schüttelte den Kopf. Die Gedanken fuhren Achterbahn. Misstrauen, das sich in Vertrauen verwandelte, Erleichterung, die zu Scham wurde.

Er wandte sich an Julia: »Danke!«

»Unsinn!«, erwiderte sie. »Ich muss dir danken.«

»Wofür?«

»Für das, was du mir vorhin gesagt hast.«

Ihr Gesicht war ganz dicht an seinem. Für einen kurzen Moment vergaß er die Welt um sich herum. Doch das Zittern und Schwanken des Bodens holte ihn wieder zurück. Vorsichtig schob er sich zum Rand des Plateaus und blickte hinab.

Das konnte einfach nicht sein. Die Felswand endete im Nichts. Der Wald unter ihnen entfernte sich. Die Bäume wurden kleiner und kleiner. So unglaublich es auch war – sie befanden sich auf einer fliegenden Insel, die sich mit ruckartigen Bewegungen höher und höher schraubte, dem Himmel entgegen.

»Ben!«, rief Julia und deutete auf die Mitte der Insel. Er traute seinen Augen nicht: Umgeben von schiefwinkligen Steinhäusern mit rauchenden Kaminen, stand da ein Schloss mit Türmen und Zinnen, wie von Kinderhand gebaut. Ein Bild wie aus einem Walt-Disney-Film oder einem Märchen der Brüder Grimm.

Sobald sich die Insel beruhigt hatte und gleichmäßig vor sich hin flog, wurde die Stadt lebendig: Ihre Bewohner, die allesamt altertümliche Kleidung trugen, traten aus ihren Häusern auf die Straßen. Die Tore wurden geöffnet. Händler trieben ihre Pferde an und kutschierten Rumfässer und andere Waren in die Stadt.

Wie aus dem Nichts sprach ihn eine helle und klare Stimme an: »Ihr seid nicht von hier?«

Ben drehte sich um. Vor ihm stand ein kleinwüchsiger Kerl

mit hochtoupiertem Haar, in das bunte Bänder geflochten waren.

»Nein.«

»Wollt Ihr mal meine Schuhe anprobieren?«

Jetzt erst merkte Ben, dass der Mann ein Paar Schuhe in der Hand hielt, die kleine Absätze hatten und an den Zehen spitz zuliefen.

»Ich …«, sagte Ben.

»Warum nicht«, sagte Julia. Sie war die Einzige, der die zierlichen Dinger überhaupt passen konnten. Der Mann mit den zarten, feingliedrigen Fingern half ihr hinein. Es war wie in einem Märchen. Die Burg, die Häuschen, die fliegende Insel. Kaum hatte Julia die Schuhe an, schien sie das Leid der vergangenen Nacht vergessen zu haben. Es war, als erinnere sie dieser Schuster und das Anprobieren der Schuhe an Verona, an das unbeschwerte Leben eines Mädchens aus reicher Familie. »Hübsch, oder?«, sagte sie zu Ben.

»Was geht hier vor?«, raunte Mercutio ihm zu.

»Keine Ahnung.«

»Lauf ein wenig«, befahl der Schuster. Er sah Julia nie in die Augen, sondern ließ den Blick ständig mit flackernden Pupillen über ihren Körper wandern.

Julia versuchte vorwärtszugehen, doch das funktionierte nicht.

Der Schuster rieb sich die Hände. »Man kann mit ihnen nur im Kreis laufen. Ich habe schon Schuhe geschustert, mit denen man nur linksherum gehen kann, das ist mein erstes Paar, mit dem man nur rechtsherum gehen darf. Auf einer Insel wie unserer ist das sehr sinnvoll, so fällt man nicht runter, sondern geht stets im Kreis, immerzu rum und rum.«

»Wie heißt die Insel?«, fragte Ben den Schuster.

»Laputa, mein Herr.«

Ben überlegte. Laputa? Er kannte den Namen, aber woher? Ein Film … ein Zeichentrickfilm … ein japanischer Animationsfilm! *Das Schloss im Himmel.* Ein Mädchen namens Sheeta suchte dort gemeinsam mit ihrem Freund nach dem fliegenden Eiland Laputa. Woher hatten die Japaner diese Idee? Aus welchem Buch? Lynns Regal. *Werther*, *Faust* und dann – ja klar: *Gullivers Reisen*. Laputa musste eine der unglaublichen Episoden sein, von denen es in Swifts Roman nur so wimmelte.

Der Schuster spitzte die Lippen: »Lap-uta, fliegende Insel. Und wir sind die Laputaner. Das klingt wie Lipizzaner, hat aber nichts mit Pferden zu tun, sondern mit uns, die wir auf dieser Insel leben, der mächtigsten und lustigsten Insel des Kosmos.« Der Schuster wollte gar nicht wieder aufhören zu reden. Er berichtete, dass die Insel kreisrund sei und an ihrer Unterseite aussehe wie ein riesiger Diamant. »Und das Lustige: Es ist tatsächlich ein Diamant. Habt ihr ihn gesehen?«

Ben und Mercutio verneinten, während Julia die Schuhe wieder auszog. Der Schuster sagte: »Morgen werde ich Schuhe schustern, die nur bergauf gehen. Wenn einer dann damit einen steilen Berg erklommen hat, wird er mir sicher auch Schuhe abkaufen, die nur bergab laufen. Du solltest sie auch ausprobieren, meine Schöne. Meine Schuhe sind perfekt für deine Füße, als hätte ich sie nur für dich angefertigt.«

»Aber es gibt hier doch gar keine Berge«, sagte Mercutio.

»Was brauchst du Berge, um Schuhe zu schustern, die nur den Berg hinaufgehen. Du brauchst bloß Kundschaft, die an Berge glaubt. Solche Kundschaft gibt es in Laputa zur Genüge. Die Leute glauben an alles: dass ihnen der Himmel auf den Kopf fällt, dass sie nach ihrem Tod weiterleben werden, dass …«

Ben begann sich unwohl zu fühlen. Dieser Schuster war wirklich durchgeknallt. Während er redete, sah der Kerl immer wieder nach oben, als glaube auch er daran, dass ihm der Himmel auf den Kopf fallen könne.

»Der Diamant, den ihr nicht von unten sehen könnt, weil ihr ja jetzt hier oben seid und euch, um einen Blick auf ihn zu werfen, hinab auf die Erde stürzen müsstet – dieser Diamant also lenkt unsere fliegende Insel. Wir fliegen, wohin wir wollen,

Hauptsache, wir stoßen nicht an die Wolken, denn das bringt Unglück. Und Unglück ist nicht gut.« Um sie herum waren mittlerweile Leute stehen geblieben. Interessiert glotzten sie nach den Fremden, die zwei Köpfe größer waren als sie selbst.

»Unsere Insel ist so groß, dass wir damit die Welt beherrschen können, und so klein, dass wir unter uns Laputanern bleiben dürfen. Unser Diamant wird vom König persönlich gelenkt. Er ist magnetisch.« Der Schuster lachte. »Nein, nicht der König ist magnetisch, sondern der Diamant. Ihr müsst mir genau zuhören, wenn ich euch etwas sage. Wenn unser Herrscher das abstoßende Ende des Diamanten in Richtung Erde richtet, erhebt sich Laputa. Richtet er das anziehende Ende des Diamanten gen Erde, so senkt sich die Insel. Führt er ihn in die Schräge, so bewegt sie sich zur einen wie zur anderen Seite. Der Diamant ist unser Antrieb und unser größter Schatz. Da niemand anderes einen solchen Schatz je besitzen wird, sind wir alle zufrieden und alle andern sind natürlich neidisch, was uns noch zufriedener macht.« Er kicherte. »Aber ihr kennt das ja sicher selbst. Man ist nur wirklich glücklich, etwas zu haben, wenn ein anderer es haben möchte, aber nie haben wird. Das macht dann erst richtig Spaß.« Er stockte einen Moment und wandte sich an Ben: »Seid ihr neidisch?«

»Neidisch oder nicht, wir müssen nach Frankreich. Wisst Ihr, wie …?«

»Gewiss seid ihr neidisch«, unterbrach ihn der Schuster. »Ihr müsstet krank sein, wärt ihr es nicht. Es ist nicht nur laputanisch, neidisch zu sein, es ist ein Naturgesetz! Ihr seid neidisch, wie dieser Herr neidisch ist.« Er deutete auf Mercutio. »Denn dieser Herr möchte das Herz dieser Dame …« Er richtete seinen Zeigefinger auf Julia. »… die jedoch einen anderen liebt. Solcherlei Neid nennen wir Eifersucht. Das sehe ich, dass er eifersüchtig ist. Ich kann die Herzen sehen, wenn sie bewegt werden.«

Das Gleiche hatte auch Mephisto über Mercutio gesagt. Mercutio errötete bei den Worten des Schusters, tat aber so, als habe er sie nicht gehört. Auch Julia versuchte das Gerede zu ignorieren, doch Ben sah ihr an, wie nachdenklich und irritiert sie war.

Sie schlug den Weg zum Schloss ein. Ben und Mercutio folgten ihr und mit ihnen der Schuster und die Inselbewohner, die neugierig waren wie Katzen.

Der Schuster flüsterte Ben ins Ohr: »Du musst die sinnlosesten Dinge erfinden, damit du von ihrer Sinnlosigkeit beseelt wirst. Du musst auf andere als die typischen Ideen kommen. Nur wer auf andere Ideen kommt, stößt auf ungewöhnliche Lösungen. Denk schräg und falsch und zieh die Schuhe aus, damit ich dir neue schustern kann. Das ist meine Arbeit. Was ist deine Arbeit? Arbeitest du überhaupt? Oder bist du ein Faulpelz? Ja, gewiss bist du einer. Denn du hast zwei Ohren, die nicht hören, wenn ich dir befehle, die Schuhe auszuziehen. Wenn meine Schuhe so schlecht gehorchen würden wie deine Ohren, dann wären wir alle verloren.«

Ben versuchte jetzt tatsächlich, seine Ohren abzuschalten und sich auf das zu konzentrieren, was um ihn herum geschah. Die dunklen Reiter von Gondar. Sie waren nicht hier. Dazu müssten sie fliegen können. Wahrscheinlich gab es hier deshalb auch keine Steckbriefe, jedenfalls hatte er bis jetzt keine von sich gesehen.

»Den Herrscher Gondar findet ihr hier nicht«, sagte der Schuster unvermittelt. »O nein, mein Herr! Hier wohnt nur unser König Kuffhintz mit seinem Hofstaat.«

Bens Miene versteinerte. »Was hast du gesagt?« Hatte er sich verhört? Oder hatte der Schuster gerade von Gondar gesprochen?

»Ich weiß es nicht mehr, was ich gesagt habe«, erwiderte der Schuster gleichgültig. »Ich rede so viel, da kann ich mir die Dinge nicht auch noch merken. Das ist sinnlos. Es gibt so viel Ungesagtes zu sagen. Wer zurücksieht, den trifft der Himmel ins Herz.«

»Er kennt Gondar!«, rief Ben zu Julia hinüber, die mit Mercutio bereits beim Schloss angelangt war. Er musste fast schreien, denn das Stimmengewirr der neugierigen Menge war zu einem unglaublichen Lärm angeschwollen. Dann sah er den Grund für den Tumult: Aus dem Turm, der inmitten des Schlossplatzes stand, traten merkwürdige Gestalten mit hohen spitzen Hüten. Sie hoben die Hände und die Menge teilte sich …

20

»Das sind die Gelehrten«, flüsterte der Schuster und hielt sich dabei die Hand vor den Mund, als dürfe er dies nicht sagen oder als wolle er sich wichtigtun. Er sprach zwischen seinen Fingern hindurch wie durch ein Gitter. »Es sind unsere größten Geister. Sie haben nur acht Finger, keine Daumen, deshalb haben sie ein mathematisches System erfunden, das auf der Zahl Acht basiert, und ihre rechten Winkel sind achteckig. Ist das nicht schön? Die Mathematik ist etwas Wunderbares. Sie ist die reinste aller Wissenschaften und basiert doch zugleich darauf, dass unsere Gelehrten nur acht Finger haben. Deshalb haben wir das Oktagoralsystem – ist das nicht schön? All unsere Häuser sind mit dem Oktagoreon konstruiert, darum sieht alles so wunderbar aus und hält sogar einer leichten Brise stand. Die Zahl Acht ist unsere Zahl, selbst unsere Särge sind achteckig, deshalb werden unsere Körperteile nach dem Tod vom Körper getrennt. So passen wir besser hinein. Ist das nicht praktisch? Die Acht, sie hält die Welt zusammen und mit einer Acht lässt sich die Welt erklären.«

Die Acht. Ben dachte an das Oktagon um seinen Hals. Bloß keine Aufmerksamkeit darauf lenken, sonst würde der Schuster es ihm garantiert wegnehmen wollen.

Er sah hinüber zu Julia, die von den Gelehrten umringt wurde. Sie betasteten ihr Haar, als sei es aus Gold. Einer pfiff eine wundersam zarte Melodie in ihr linkes Ohr, ein anderer malte einen imaginären Notenschlüssel in die Luft.

»Sie reden nicht wie unsereiner«, flüsterte der Schuster Ben ins Ohr, als würde er ein Geheimnis preisgeben. »Sie drücken sich durch Musik und mit Noten aus. Sie finden eure Begleitung hübsch. Sie ist aber auch zu hübsch. Ist sie nicht hübsch?« Er schob sich noch näher an Ben heran. »Die höchsten Wolken sind zweitausend Meter hoch, aber ein Komet wird uns bald treffen und dann werden wir alle sterben. Deshalb müssen wir Opfer bringen.«

Ben ging das Getue des Schusters zunehmend auf die Nerven. Genau wie das nervöse Gewusel der Leute um ihn herum. Es schien, als herrsche ständig helle Aufregung unter den Laputanern. Mittlerweile waren so viele von ihnen um Ben, Julia und Mercutio versammelt, dass sich die drei fast aus den Augen verloren. Überall drängelten und schubsten die Laputaner einander, als wären sie betrunken.

»Ruhe!«, schrie plötzlich eine Stimme, klar wie eine Glocke. »Wollt ihr wohl still sein. Ruhe!«

Das Gemurmel verstummte. Der König trat auf den Balkon des Turms. »Wir haben Gäste, hat mir soeben mein Hofstaat berichtet. Da wir Gäste haben, sollen sie den Vorzug erhalten, als Erste die Rüstungen anziehen zu dürfen.«

Ben, Mercutio und Julia sahen sich über die Köpfe der Laputaner hinweg an. Was für Rüstungen? Was redete dieser Mensch mit der Krone, die ihm schräg auf dem Kopf hing? Bedienstete, die Rüstungen in ihren Armen trugen, kamen herbeigerannt.

»Wunderschön«, sagte der Schuster. »Einfach wunderschön sind unsere Rüstungen. Ich freue mich schon so sehr auf den Kampf. Heute werden die Männer und Frauen dort unten geopfert. Jeder von uns darf aber nur einen oder eine von ihnen foltern. Mehr nicht. Der Rest wird einfach abgeschlachtet. So wie es guter Brauch ist.«

Ben versuchte jetzt endgültig, dem Verrückten nicht mehr zu-

zuhören. Er sah durch das Schlosstor hinaus in die Ferne. Unter ihnen lag grünes Land, Kühe und Schafe grasten.

»Gleich erreichen wir ihre Hauptstadt«, erklärte der Schuster. »Normalerweise lassen wir immer kleine Seile mit Krügen und Haken für die Abgaben herunter, die sie an uns entrichten dürfen. Sie nennen es Steuern, wir aber haben zum Steuern unseren Diamanten. Das ist ein dummes Volk dort unten, deren Kontrolleure den Kot ihrer Politiker analysieren, um daraus rechtzeitig Verschwörungen zu lesen und im Keim zu ersticken. Hört ihr, wie dumm sie sind? Aber diesmal werden wir die Bewohner opfern, wenn wir erst alle unsere Rüstungen anhaben. Denn nur durch ein Opfer können wir den großen Kometen im All besänftigen.«

Luken öffneten sich zu ihren Füßen. Wie durch eine Glasscheibe konnten Ben und seine Gefährten durch den Diamantboden der Insel sehen, was unter ihnen in der Hauptstadt des fremden Landes geschah. Menschen stoben auseinander, liefen in Panik durch die Gassen der Stadt. Wie ein mächtiger Schatten senkte sich die Insel auf sie herunter, erbarmungslos alles Leben erdrückend.

»Hoffentlich sind die Kirchtürme nicht zu spitz, sonst nimmt unser Diamant noch Schaden«, erklärte ein Laputaner, der sich gleich neben Ben mit einem zweiten unterhielt, während sie sich gegenseitig ihre Rüstungen anlegten.

»Mag sein«, antwortete der andere mit Fistelstimme. »Aber wir müssen uns hinuntersenken, sonst können wir nicht mehr aufsteigen. Das ist ein Naturgesetz.«

Der andere bejahte und setzte dem Ersten einen kupferfarbenen Helm auf, der dem viel zu groß war. Er konnte nur durch ein Augenloch sehen, das andere saß ihm am Ohr.

»Normalerweise bestrafen wir die Völker, die uns nicht gehorchen, indem wir über ihnen Anker werfen«, erklärte der Schuster. »Sie liegen dann so in unserem Schatten, dass sie keine Sonne mehr sehen und in der Regel schon nach wenigen Tagen aufgeben.«

Der Schuster und die übrigen Laputaner waren offenbar völlig skrupellos. Es schien für sie keine Regeln zu geben, nur das Recht des Stärkeren. Ein weiterer Laputaner tippte Ben auf die Schulter: »Darf ich Euch Eure Rüstung anlegen?« Schon machte er sich an ihm zu schaffen, geriet aber sogleich ins Fluchen. »Verdammt, Ihr seid ja viel zu groß.«

»Meine Menschin ist auch zu groß«, erklärte eine Laputanerin, die Julia ein Kettenhemd überstreifen wollte. Mit Mercutio hatte ein Dritter das gleiche Problem.

»Dann haben sie eben Pech gehabt!«, rief der König von seinem Balkon aus, der ein sehr feines Gehör haben musste, um in all dem Lärm und Geklapper die Worte der Laputaner zu hören, die mit Mercutio, Ben und Julia beschäftigt waren. Er sagte: »Ich senke die Insel ab und dann lasst uns unsere Arbeit tun. Aber vergesst nicht: keine Gefangenen!«

Die Insel setzte in einer großen Stadt auf und begrub sie mitten unter sich. Einige Hundert Bewohner schafften noch die Flucht in die Vororte, wo zwischen den Behausungen immer wieder Felder mit Kühen zu sehen waren. Selbst die Tiere flohen in heller Aufregung. Mit Geheul sprangen die Laputaner von ihrer Insel und begannen mit Armbrüsten, Bögen und Lanzen Jagd auf die flüchtenden Einwohner zu machen.

»Sag mir endlich, was du über diesen Gondar weißt!«, fuhr Ben den Schuster an, der sich ebenfalls von der Insel stürzen wollte.

»Ich habe keine Zeit«, winkte der Schuster ab. »Eure Zeit kommt noch. Jetzt ist das Opfern an der Zeit, deshalb raubt mir nicht die Zeit.«

»Nichts da«, sagte Ben und packte ihn am Kragen. »Was oder wer ist Gondar? Red schon!«

Da war etwas in seiner Stimme, das keinen Widerspruch zuließ.

»Der Herrscher der finsteren Kreaturen ist nicht nur eine Gestalt, sondern auch ein Land. Wer dorthin möchte, der darf das Schlimmste nicht fürchten«, sagte der Schuster.

»Weißt du etwas von einem Amulett?«

»Ich habe keine Zeit. Aber im Amulett ist die Zeit beheimatet. Wer es besitzt, der hält die Zeit in seinen Händen und das Leben und die Geschichten, aber ich habe keine Zeit.«

»Wie komme ich in das Land von Gondar?«

»Ich weiß nur, dass *wir* niemals zu Gondar kommen, denn wir fliegen auf einer Insel und müssten dazu senkrecht in den Boden stoßen. Das jedoch lässt der Diamant nicht zu. Ein solcher Diamant ist ein wahrer Schatz, den kein anderes Volk besitzt. Aber jetzt muss ich mich wirklich verabschieden.« Mit diesen Worten rammte der Schuster Ben sein Knie in den Magen und grinste. Dann schlug er ihm mit der Faust mitten ins Gesicht. Ben spürte, wie ihm Blut über die Lippen in den Mund rann.

»Ein herrliches Gefühl, ein Gefühl zu haben, nicht wahr?«, sagte der Schuster und sprang von der Insel. »Auf Wiedersehen, mein Herr, ich muss mir ein paar Iren schnappen …«

21

Ehe sie sich's versahen, wurden Ben und seine Gefährten durch die mordlüsternen Laputaner von der Insel gedrängt. Sie fanden sich inmitten eines blutigen Gemetzels wieder. Um sie herum heulten die Laputaner wie Wölfe. Johlend und kreischend machten sie jeden fliehenden Iren nieder, den sie erwischen konnten. Es war erschreckend: Harmlos wirkende, gebildet scheinende Menschen streiften sich Rüstungen über und wurden zu Bestien.

»Bloß weg hier!«, rief Ben seinen Gefährten zu. Die drei rannten los und gelangten kurz darauf in einen heruntergekommenen Stadtteil mit Häusern, die so schief gegeneinanderstanden, dass sich ihre Spitzen fast berührten. Das Mordgetümmel schien weit weg zu sein.

›Ein paar Iren schnappen!‹ – was hatte der Schuster damit gemeint? Dass sie in Irland waren? Hatte er zuvor nicht gesagt, sie würden in der Hauptstadt landen? Dann musste das hier also Dublin sein.

»Da sind Opfer«, hörte Ben ein paar Stimmen rufen. »Tod den Opfern!«

Er hatte sich geirrt. Der Kampf war auch hier! Eine Gruppe Laputaner lief vom Ende einer schmalen Gasse auf sie zu. Sie hielten Ben und seine Gefährten offenbar für Iren und wollten ihnen den Garaus machen. Die Aussicht auf neues Töten ließ ihre

Gesichter strahlen. Sie hockten sich auf die Straße in den Matsch und begannen Pfeile in ihre Armbrüste einzulegen.

Ben sah sich um. Sämtliche Häuser waren verriegelt. Wahllos klopfte er an eine der Türen. Quietschend öffnete sich ein Fensterladen.

»Was wünschen Sie?«, fragte ein Herr im Frack, der weiße Handschuhe trug.

»Wir brauchen Hilfe«, sagte Ben. »Die Laputaner sind hinter uns her.« Wie zur Bestätigung surrten die ersten Pfeile an ihm vorbei. Julia und Mercutio duckten sich.

»Tja, das kann ich verstehen!«, rief ein zweiter Mann aus dem Halbdunkel des kargen Raums hinter dem Befrackten. Er saß in einem Rollstuhl, trug eine Brille mit dunklen Gläsern und hielt einen Zettel in der Hand. Ben ahnte sofort, was es damit auf sich hatte. Und tatsächlich …

»Seien Sie froh, wenn wir Sie nicht verraten«, sagte der Mann und kicherte. »Sie werden steckbrieflich gesucht. Sie können sich glücklich schätzen, dass mein Diener Clov und ich mit den dunklen Gestalten nichts zu tun haben wollen. Ich bin zu alt fürs ewige Leben.«

»Sie hören es«, sagte der Diener. »Er ist zu alt dafür.«

»Können Sie uns jetzt endlich reinlassen«, drängte Ben. Aus den Augenwinkeln sah er, wie die Laputaner ihre Lanzen zückten und auf ihn, Julia und Mercutio zuliefen.

»Nun schließe die Fensterläden, mein lieber Clov«, verlangte der Rollstuhlfahrer, »sonst dringt der Wind vom Rand der Welt zu uns herein.«

»Dann eben anders!«, sagte Ben und hob Julia kurz entschlossen durchs Fenster. Gleich darauf sprang er mit Mercutio hinterher. Eilig schlossen sie die Fensterläden. Keine Sekunde zu früh, denn von draußen war wütendes Geheul zu hören. Die Laputaner schlugen und traten gegen die Läden. Dann zogen sie johlend weiter.

Der Rollstuhlfahrer schnipste mit den Fingern. »Fahr mich in die Mitte der Welt«, verlangte er von seinem Diener, worauf Clov ihn in die Mitte des Raums schob.

»Das ist die Welt«, erklärte Clov. »Ich fahre jeden Tag von Wand zu Wand einmal um die Erde mit meinem Herrn Hamm.«

Eines stand fest: Waren schon die Laputaner verrückt gewesen, so waren diese beiden Dubliner vollkommen durchgeknallt.

Mercutio setzte sich auf eine der beiden Mülltonnen, die an der Wand standen. Julia tat es ihm nach und stieg auf die andere.

»Es ist warm hier«, sagte Ben.

»Ich trage eine Brille«, erklärte ihm daraufhin Hamm. »Nur so kann man seine Augen sicher vor der Sonne schützen.«

»Er ist nicht blind«, meinte Clov, der Bens kritischen Blick sah. »Blinde brauchen keine Brille. Mein Herr ist nur sehr unempfindlich.«

Absurd, dachte Ben, das Ganze war völlig absurd!

Plötzlich sprang Julia von ihrer Mülltonne. Der Deckel hob sich und ein Mann, abgerissen und alt, lugte über den Rand hervor. Er sah die Umstehenden mit einem zahnlosen Grinsen an.

»Wer ist das?«, fragte Julia erschrocken.

»Man hat es nicht leicht mit seinen Eltern«, sagte Hamm.

Der Alte erklärte Mercutio, er solle seinen »Arsch« bewegen, und schlug danach mit geballter Faust auf die Tonne, die Mercutio als Sitzplatz gedient hatte. »Wach auf, du Schlampe!«, schrie er.

»Leck mich am Arsch!«, antwortete eine Stimme aus dem Innern. Das musste Mutter Hamm sein. Zur Verwunderung ihres Ehemanns schrie sie jedoch plötzlich um Hilfe. Ein gurgelndes Geräusch war zu hören, als würde sie abgestochen. Alle sahen schockiert auf die Tonne. Selbst Hamms Vater, der seine Frau eben noch wüst beschimpft hatte, war erschrocken von den Lauten, die sich nach Mord und Totschlag anhörten. Dann flog der Deckel auf und heraus sprang einer der Schattenkrieger. Seine Augen glühten rot und sein Mantel war wie sein Mund mit Blut befleckt, als habe er gerade ein Tier gerissen.

»Das spîl seînt vôrbey!«, zischte er.

Das Spiel ist aus, dachte Ben: Das letzte Spiel ... *Endspiel* ... Samuel Beckett ... Absurdes Theater. Und in New York war das Stück kürzlich erst neu inszeniert worden. In den Zeitungen wurde über die Aufführung viel gestritten.

In letzter Sekunde konnte er dem Schwert ausweichen, das sich neben ihm in die Wand bohrte.

»Hilf mir!«, rief er Mercutio zu, doch der Veroneser rührte sich nicht. Dann eben nicht! Bens Wut war gewaltig. Schluss, aus! Er war es leid! Ohne zu zögern, schlug er dem Schattenkrieger unters Kinn. Zu seiner Verwunderung zeigte der Schlag tatsächlich Wirkung: Gondars Krieger sank zu Boden.

Ben riss Julia mit sich und kletterte aus dem Fenster. Mercutio folgte ihnen.

»Danke!«, schrie Ben Mercutio an, als sie auf der Gasse landeten und losliefen. »Vielen Dank!«

»Ich ... das ging alles so schnell«, versuchte Mercutio sich zu rechtfertigen.

Es hatte zu schneien begonnen. Der Schnee fiel in dicken Flocken. Überall rannten Laputaner durch die Gassen und stachen in ihrem Blutrausch Menschen ab.

»Schau nicht hin«, sagte Ben zu Julia, die das grausige Schauspiel wie in Trance verfolgte.

22

Sie schlichen von Straßenecke zu Straßenecke, mieden jede Laterne und alle Stellen, wo der Schnee schon so hoch lag, dass sie ihre Fußspuren hinterlassen würden. Das Schneetreiben war jetzt so dicht, dass sie kaum mehr die Hand vor Augen sahen. Endlich gelangten sie auf ein freies Feld. Ben spürte sofort: Etwas war anders. Nirgendwo Laputaner und flüchtende Iren. Stattdessen bleierne Stille. Der kalte Wind, der ihnen entgegenblies, roch nach Tod.

Ben stolperte, verlor das Gleichgewicht und stürzte. Er rappelte sich wieder hoch und erschrak: eine Leiche in Uniform. Das Gesicht des Soldaten war gefasst, nicht gequält. Getroffen von einer ungeahnten Kugel.

Ben grauste. Woran erinnerte ihn diese Uniform? Warum lag hier ein toter Soldat? Er blickte auf, versuchte sich zu orientieren. Hunderte, Tausende Leichen lagen im Schnee, getötet durch Kanoneneinschläge, Gewehrsalven, Bajonettstiche. Alle in Uniform, keiner von ihnen ein Ire oder ein Laputaner.

Der Körper eines erst gerade Getöteten dampfte noch in der Kälte. Die Eingeweide waren ihm aus dem Bauch getreten, verbreiteten einen süßlichen Gestank. Genau so hatte es gerochen, als Ben zum letzten Mal in Lynns Bibliothek war.

»Da vorn, der Nachschubwagen«, flüsterte Julia.

Sie liefen zu dem zertrümmerten Gefährt, fanden Schutz zwischen gepökeltem Fleisch und ein paar Kartoffelsäcken. Mercutio und Julia froren so sehr, dass sie sich nicht einmal über die Kanonen wunderten, die keine vier Schritt von ihnen entfernt herrenlos auf der Seite lagen.

Auch wenn der Schneefall irgendwann nachließ und das Wetter sich zu bessern begann – das Elend blieb. Ein Stück von ihnen entfernt warfen Soldaten Leichen in eine frisch ausgehobene Grube. Kameraden von ihnen gingen das Schlachtfeld ab und erstachen mit ihren Bajonetten die Halbtoten, nahmen ihnen den Schmuck weg, rissen ihnen die Münder auf und stocherten mit ihren Bajonettspitzen drin herum, um die Goldzähne aus den Kiefern zu brechen.

Julia deutete auf einen schwer verletzten Soldaten unweit ihres Verstecks. Sein linkes Bein war zerschossen. Neben ihm lag eine russische Fahne. Ben traute seinen Augen kaum: Das dichte schwarze Haar des Verletzten und die feinen Züge seines Gesichts erinnerten ihn an Romeo, wie er in der Arena gelegen hatte, niedergestreckt von den Schergen Gondars.

»Wir müssen ihm helfen!«, forderte Julia Mercutio und Ben auf und wollte schon aus dem Wagen springen. Ben hielt sie zurück, denn ein Reiter auf einem Schimmel kam direkt auf den Bagagewagen zu. Der Mann zu Pferd war klein und trug einen Dreispitz. Seine Steigbügel saßen auffallend hoch am Sattel. Ben erinnerte sich plötzlich an den breiten Rücken von Tolstois *Krieg und Frieden* in Lynns Regal ihrer Lieblingsbücher. Auf dem Umschlag war die brennende Kuppel einer russisch-orthodoxen Kirche mit den Zwiebeltürmen zu sehen, davor der Kopf von Napoleon mit Augen, die denen eines Raubvogels glichen.

Napoleon, die russische Fahne – Ben begriff: Sie waren in *Krieg und Frieden* gelandet! Wie sollte er nur von hier in *Madame Bovary* kommen? Er hätte verzweifeln können. Jetzt saßen sie irgendwo in der Nähe von Moskau oder sonst wo im Eis fest. Es war genauso, wie Mercutio gesagt hatte: Sie irrten herum wie Schneeflocken in einem Sturm.

»Ich muss ihm helfen«, zischte Julia Ben zu.

»Bleib ruhig, Julia«, sagte Mercutio leise. »Wir haben keine Waffe.«

Der schwer verletzte Russe wimmerte. Napoleon brachte seinen Schimmel direkt neben ihm zum Stehen, sah zu dem Sterbenden herab. »Sind Sie nicht Bolkonski, Fürst Andrej Bolkonski?«

So schwer verletzt, wie er war, konnte der Fürst nicht antworten. Still lag er da, in seinem geöffneten Mund schmolz der Schnee.

Ein Adjutant kam herangeprescht: »Sire, die Munition für die Batteriegeschütze an der östlichen Flanke ist erschöpft. Die Russen sind stärker, als wir geglaubt haben.«

Napoleon warf Bolkonski einen letzten Blick zu. »Leben Sie wohl. Vielleicht wären wir unter anderen Umständen Freunde geworden.« Dann sprengte er mit seinem Adjutanten davon, wobei ihm etwas aus der Satteltasche fiel und im Schnee landete – ein kleines schlankes Buch.

Während Julia auf den schwer verletzten Bolkonski zustürzte, griff Ben unbemerkt nach dem Buch. Er traute seinen Augen nicht. *Die Leiden des jungen Werther*. Hastig schlug er es auf, suchte zwischen den Zeilen nach dem Titelhelden. Was war mit Werther? Tot. Nach dreißig Seiten. Die Schattenkrieger hatten ihn erstochen, genau wie er es von dem Schacht in der Wand aus beobachtet hatte. Die Seiten nach Werthers Tod waren leer … genau wie bei *Don Quijote* … einfach ausgelöscht …

»Was machst du denn da?«, fuhr Julia ihn an. »Wie kannst du jetzt lesen? Wir müssen diesem Fürsten Bolkonski das Bein abbinden, sonst …« Sie hielt erschrocken inne. Sie hatte in Bolkonskis Gesicht gesehen und die auffallende Ähnlichkeit mit Romeo bemerkt. »Er verblutet«, schrie sie auf.

Ben zog sich halb unbewusst seinen Gürtel aus der Hose, doch seine Gedanken waren noch immer bei Werther.

»Beeil dich«, forderte Mercutio. »Wir müssen hier weg! Wenn die Soldaten uns sehen, bringen sie uns um.«

Ben zog den Gürtel mit einem Ruck fest um Bolkonskis Schenkel. Der schlug schmerzverzerrt die Augen auf und blickte schaudernd in Mercutios Gesicht. »Du bist aus der Hölle gekommen, um mich in die Hölle zu schaffen!«, rief er. Dann sank sein Kopf wieder zu Boden, er wurde ohnmächtig.

»Er stirbt!«, schrie Julia und weinte.

Ben versuchte sie zu trösten. Vergebens. Um sie herum diese ungeheure Kälte und sie schien sich in Tränen aufzulösen.

»Warum hat er dich so angestarrt, Mercutio?«, fragte Ben.

»Ich weiß es nicht.«

»Romeo ist tot!«, schrie Julia und schluchzte laut auf.

Ben beugte sich zu ihr und sagte: »Sei still! Bitte, sonst ...«

»Na, wen haben wir denn da?« Unbemerkt war hinter ihnen ein französischer Soldat aufgetaucht, einer aus der Gruppe der Leichenfledderer.

»Mitkommen!«, befahl er und drückte Ben sein aufgepflanztes Bajonett gegen die Brust. Dann scheuchte er ihn und die Gefährten vor sich her zur Leichengrube, wo zwei seiner Kameraden Tote von einem Karren luden. Sie zogen den Leichen die Stiefel aus und schnitten ihnen die geschwollenen Finger ab, um an ihre Ringe zu kommen.

»Hey, François, Marcel! Wann habt ihr zuletzt eine Frau gehabt?«, rief der Soldat und stieß Julia vor sich in den Schnee.

Sie zitterte, aber sie schwieg. Die Soldaten kamen sofort herüber, zogen sie mit ihren Blicken aus. »Na, wie heißt denn die süße kleine Braut?«

Tränen liefen Julia übers Gesicht.

»Lasst sie in Ruhe!«, schrie Ben. Die Soldaten wandten sich ihm und Mercutio zu.

»Maul auf!«, forderte einer von ihnen.

Ben und Mercutio gehorchten.

»Kein Gold in der Fresse«, stellte der Soldat trocken fest. Er deutete auf die Schuhe der beiden. »Ausziehen!«

»Lass die Schuhe an!«, flüsterte Ben Mercutio zu. »Wenn du sie ausziehst, töten sie dich und du landest auch in der Grube.«

»Dein Freund ist schlau«, sagte der Soldat, »zu schlau!« Er stieß Ben den Schaft seines Gewehrs in den Magen. Ben bekam keine Luft mehr und ging in die Knie.

»Und jetzt zu unserem Zuckerpüppchen«, sagte der Soldat zu seinen Kameraden.

»Das dürft ihr nicht!«, stammelte Mercutio.

»Ich darf alles«, erklärte der Soldat und begann sich die Hose aufzuknöpfen.

Julia wich zitternd zurück Richtung Grube. Wimmernd kauerte sie sich zusammen. Wehr dich, flehte Ben innerlich, bitte wehr dich! Aber Julia machte keinerlei Anstalten.

»Für Kaiser und Vaterland!«, rief der Soldat und zog sich die Hose herunter. Die Haut seiner Hinterbacken glänzte rot in der eisigen Kälte.

Julia schaute herüber zu Ben. Ihre Augen waren glasig, ihr Blick wie eine offene Wunde. Grenzenloser Schmerz. Etwas in ihm schrie laut. Er stand auf, packte Mercutio und zog ihn mit sich. Gemeinsam stürzten sie sich auf den Soldaten, rissen ihn von Julia herunter. Sie gerieten ins Taumeln, rutschten vom Rand der Grube ab. Ben packte Julias Kleid am Saum, schaute nach unten. Was war das? Der Boden unter ihnen öffnete sich ins Unendliche. Keine Farben, keine Formen, nur schwarzes Nichts …

23

Frische Erde knallte auf sein Gesicht, drang in den halb geöffneten Mund. Ben spuckte aus. Er war wie benommen. Der Soldat, der versucht hatte, Julia zu vergewaltigen … die Grube … Mercutio und er hatten sich auf ihn gestürzt, waren gefallen und dann …? Er hörte Julia um Hilfe schreien. Sie schrie, als wolle sie den Himmel über sich zerspringen lassen. Ihr Schrei erstickte abrupt. Ben drehte sich um. Sie lag keinen Meter von ihm entfernt, halb bedeckt von frischer Erde. Da oben waren Hände, eine Schaufel, die weiter Erde auf sie herabregnen ließ. Julia wurde lebendig begraben. Auf der anderen Seite neben ihm sprang Mercutio auf: »Verflucht!«, rief er. »Was tut ihr Wahnsinnigen da?«

Das Schaufeln hörte auf. Ben sah sich um. Sie lagen in einer Grube auf einem Berg von Leichen. Nirgendwo ein Soldat, nirgendwo Schnee. Er rappelte sich hoch, schaute zum Rand der Grube, sah ein Stück Kirchturm, herbstlich verfärbte Kronen von Bäumen. Darunter die ungläubigen Blicke ärmlich gekleideter Menschen. Das war nicht mehr *Krieg und Frieden*, das war ein anderes Buch, eine völlig andere Gegend.

Ein beleibter glatzköpfiger Pfarrer in einem schwarzen Talar schaute auf sie herab. »Jesus Christus!«, flüsterte er. »Satan selbst ist erschienen.« Er zeigte auf Ben. »Weiche von mir, Luzifer, Ausgeburt des Bösen, Abkömmling der Hölle!«

»Hören Sie«, erwiderte Ben vorsichtig, »ich …«

Der Pfarrer erstickte seine Erwiderung im Keim. Mit überschlagender Stimme zitierte er lateinische Verse. In der Menge um ihn herum brach Unruhe aus. Gewisper machte die Runde. Angst kämpfte mit Neugier.

»Die Trias des Infernos«, kreischte der Geistliche. »Der Fürst der Finsternis mit seinem Weib und der geißelnde Chutriel, der Quäler der Verdammten!« Er blickte in den Himmel: »O Herr, beschütze uns. Feg hinweg das düstere Höllenvolk von diesem geweihten Ort. Lass deine armen Lämmer friedlich ruhen im Schatten deiner Kirche …«

Denk nach, Ben! Das hier musste ein Friedhof sein und die frisch ausgehobene Grube ein öffentliches Armengrab.

»Wir müssen hier raus, ohne dass sie uns gleich auf den Scheiterhaufen werfen«, flüsterte er.

»Wie willst du das machen?«, fragte Mercutio leise zurück.

Statt einer Antwort hob Ben den Kopf, starrte die anwesenden Gläubigen mit wirrem Blick an und fauchte wie ein wildes Tier. Dann ließ er Speichel aus seinem Mundwinkel tropfen und wandte sich an den Pfarrer. »Du!«, rief er mit dunkler Stimme.

Mehrere Frauen fielen in Ohnmacht. Der Pfarrer packte das silberne Kreuz, das an einer Kette um seinen Hals hing, und hielt es Ben zitternd entgegen.

»Weiche, Satan, weiche! Geh zurück ins Fegefeuer.«

»Erst gib mir deine Seele!«

Er nickte Mercutio und Julia unauffällig zu. Die beiden reagierten sofort und kletterten ihm hinterher zum Rand der Grube.

»Vater unser, der du bist im Himmel, geheiligt werde dein Name, dein Reich komme, dein Wille geschehe …« Der Mund des Pfarrers klappte im Rhythmus seines Gebets auf und zu.

Ben stieß jetzt Fantasieworte aus, die an ein Beschwörungsritual erinnerten. Mercutio verstand und begann mit kehliger Stimme wie ein Irrer zu singen. Die Menge stob schreiend auseinander. Ben zwinkerte Mercutio zu. Er spürte Verbundenheit mit dem Veroneser.

Ungehindert verließen sie mit Julia den Kirchhof und traten auf eine breite Straße, über die Kutschen und Pferdewagen fuhren. Sie mussten in einer großen Stadt sein. In der Luft lag ein Gewirr verschiedenartigster Dialekte und der Gestank von Industrie und Kohle, klebrig und zäh. Zwischen den Giebeln der Häuser war das Stück einer Kirchenkuppel zu erkennen. Ben sprach einen der vorübereilenden Passanten auf das Bauwerk an.

»Das ist die Kathedrale von St. Paul«, erklärte der Mann.

St. Paul – dann waren sie also in London! Wenn das so weiterging, würden sie nie zu *Madame Bovary* kommen.

»Einen Penny, Sir. Bitte einen Penny.« Ben fuhr herum, ein bettelndes Kind, das ihn an der Jacke zupfte, ein Junge mit einer verdreckten rotbraunen Samtjacke über der zerschlissenen Hose und einem klaren, hübschen Gesicht, das halb verdeckt war von einer Schiebermütze, die er schief auf dem Kopf trug.

»Tut mir leid, ich hab kein Geld«, sagte Ben.

»Irgendwas, Sir, bitte«, drängte der Junge. »Meine Geschwister sind krank. Sie haben Hunger und meine Mutter auch. Wir haben nichts.«

Etwas an dem Kleinen irritierte Ben. Vielleicht war es der fiebrige Schimmer in seinen Augen.

Plötzlich spürte er ein Zerren an seinem Hals, dann das Reißen des Bandes, an dem er das halbe Amulett trug. Blitzschnell hatte die Hand des Jungen nach dem Oktagon unter Bens Hemd gegriffen, ein Knopf sprang ab, dann zog sich die Hand zurück, als sei nichts geschehen. All das hatte kaum eine Sekunde gedauert, schon rannte der Junge davon.

»Er hat das Amulett!«, rief Ben und nahm die Verfolgung auf. Mercutio packte Julia an der Hand und hastete hinter ihm her.

Der Junge hatte die Überraschung auf seiner Seite – und er kannte sich aus in den engen, von menschlichen und tierischen Ausdünstungen stinkenden Gassen, deren hoch aufragende Häuser das Licht abhielten und mit dem Licht auch die Luft zum Atmen.

Der Kleine schlug Haken wie ein Hase. Dann verschwand er in einem schmalen Durchgang zwischen zwei Gebäuden, kaum einen Meter breit.

Ben wandte sich um. Noch hielten Mercutio und Julia Schritt, aber der Abstand wurde größer. Er winkte den beiden zu und rannte in den Durchgang. Der Junge war bereits am Ende angelangt und rannte auf eine breite Straße, die mit Pferdefuhrwerken und Kutschen belebt war. Fliegende Händler boten ihre Waren feil, Mägde erledigten ihre Einkäufe, Kutscher fluchten und ließen lange Peitschen knallen. Als Ben außer Atem das Ende des Durchgangs erreicht hatte, schien der Junge vom Gewühl der Straße verschluckt. Doch dann sah er ihn in einem schmalen Hauseingang neben dem Laden eines Schneiders verschwinden. Ben witterte sofort das Ablenkungsmanöver: Der kleine Scheißer wollte sich vergewissern, dass er entkommen war. Ben würde ihm einen Strich durch die Rechnung machen. Er sah sich um. Gegenüber, auf der anderen Straßenseite, stand das Fuhrwerk eines Kohlenhändlers, der mit einem Gehilfen schwarzstaubige Säcke befüllte, von der Ladefläche lud und über eine Kohlenrutsche in einem der Hauskeller verschwinden ließ. Der Wagen bot hervorragende Deckung. Ein kurzer Blick hinüber zum Hauseingang. Nichts war zu sehen von dem kleinen Dieb. Stattdessen verließ jetzt ein älterer Junge mit einer roten Kappe pfeifend das Haus. Wahrscheinlich der Lehrjunge aus dem Schneiderladen nebenan.

Mercutio und Julia hasteten heran. Ihre Schritte dröhnten in dem engen Durchgang.

»Wo ist er?«

»Drüben auf der anderen Straßenseite. In einem Hauseingang. Wartet hier, aber passt auf, dass er euch nicht sieht!«

»Gute Idee«, sagte Mercutio.

Im Zickzack spurtete Ben los, wieselte zwischen den mit

Scheuklappen bewehrten Pferden hindurch auf die andere Seite und erreichte ungesehen das Fuhrwerk des Kohlenhändlers. Verdeckt von den staubigen Säcken, warf er Mercutio einen Blick zu und konzentrierte sich dann auf den Hauseingang. Er brauchte nicht lange zu warten. Erst sah er nur die bekannte Mütze, dann die Nasenspitze des Jungen. Mit dem Blick eines gehetzten Tiers lugte der Dieb hinüber zum Durchgang, sah nichts von Ben und seinen Gefährten und wagte sich endlich aus seinem Versteck, zögernd zunächst und sich nach allen Richtungen absichernd, dann mutiger. Sein Körper entspannte sich. Im festen Glauben, seine Verfolger abgeschüttelt zu haben, wandte er sich die Straße hinunter. Wo hatte er das Amulett? Ben nickte Mercutio und Julia zu und nahm die Verfolgung auf. Nach ein paar Metern schlossen Mercutio und Julia auf.

»Da vorn ist er.« Ben deutete auf die gegenüberliegende Straßenseite. »Am besten, wir nehmen ihn in die Zange. Mercutio von hinten, ich von vorn …«

»… und ich schneide ihm den Fluchtweg über die Straße ab«, erklärte Julia.

»Also los«, forderte Mercutio. »Schnappen wir uns den verdammten Hund!«

Ben beschleunigte seine Schritte, während Mercutio und Julia die Straßenseite wechselten. Ben lugte hinüber zu dem Jungen. Sie waren jetzt auf gleicher Höhe, nur durch das Gewühl der Straße voneinander getrennt. Er ertappte sich, dass er Mitleid empfand mit dem ausgehungerten, krank wirkenden Kind. Ein armer Teufel, der klaute, weil ihm nichts anderes übrig blieb.

Noch ein paar Meter, dann hatte er den Dieb überholt. Jetzt musste er nur noch zu ihm auf die andere Seite. Er kreuzte die Fahrspur, wich zwei elegant gekleideten Gentlemen zu Pferd aus, suchte mit dem Blick Mercutio und Julia. Noch ein paar Meter, dann würden sie sich den Jungen schnappen.

Plötzlich ein Pfiff. Der Dieb blieb stehen, wandte sich um. Ein Mann kam auf ihn zu, bullig und schwer. Er trug ein abgewetztes

Tweedjackett und schmutzige Hosen. Um den Hals hatte er sich ein speckig glänzendes Tuch gebunden. Überall in dem unrasierten Gesicht saßen kleine mit Eiter gefüllte Pickel. Eine rothaarige junge Frau hatte sich bei ihm untergehakt. Ihr petrolblaues Kleid hatte seine besten Tage längst hinter sich. Die Rüschen, mit denen es an den Armen, dem Saum und im Ausschnitt verziert war, starrten vor Dreck und waren zerschlissen.

»Hey, Twist«, rief der Mann.

Ben hielt inne: Twist? Ja, sicher, deshalb war ihm die Mütze bekannt vorgekommen. In diesem Augenblick scheute laut wiehernd ein Pferd, jemand brüllte einen Fluch, dann riss eine Hand Ben am Kragen zur Seite.

»Willst du dir das Leben nehmen?«, schrie ihm ein Herr mittleren Alters ins Ohr. »Das hier ist eine Straße, kein Ort zum Rumlungern und Träumen!« Damit stieß er ihn von sich und ging kopfschüttelnd weiter. Ben merkte, dass er in einen Pferdeapfel getreten war. Twist, fuhr es ihm erneut durch den Kopf, *Oliver Twist* von Charles Dickens. Derselbe *Oliver Twist*, der im Regal seiner Tante neben Tolstois *Krieg und Frieden* stand.

Der Mann und die junge Frau hatten den Jungen inzwischen erreicht und in ihre Mitte genommen. Ben winkte Mercutio und Julia zu: abbrechen! Mit abgewandtem Kopf ließ er Oliver Twist und seine beiden Begleiter an sich vorbeigehen. Aus den Augenwinkeln beobachtete er den Jungen, der ihn, abgelenkt durch die Begegnung mit seinen Bekannten, nicht bemerkt hatte.

»Was willst du, Sikes?«, fragte der Kleine.

»Haben dich gesucht«, gab Sikes zurück.

»Na und? War für Fagin unterwegs.«

»Das' ja 'n Ding. Für Fagin unterwegs.«

»Was geht's dich an?«

»Reiß bloß deine Schnauze nicht so weit auf!«

»Jetzt lass ihn schon, Bill!«, mischte sich die Rothaarige ein.

»Wenn der alte Gauner nicht so einen Narren an dir gefressen hätte«, knurrte Sikes und packte Oliver am Ohr, »dann würde ich dir jetzt deine kleine Visage verschönern, dass du als Monster auf'm Jahrmarkt auftreten könntst.«

Der Junge versuchte sich loszumachen, aber Sikes' schaufelgroße Linke hatte sich wie ein Schraubstock um seinen Nacken gelegt.

»Was willst du von mir?«, stieß Oliver hervor.

»Dass du was für Nancy und mich erledigst.«

»Wend dich an Fagin. Hab meine Arbeit heut schon getan.«

Sikes drehte den Kopf des Jungen ruckartig zu sich herum.

»Eine klitzekleine Kleinigkeit, klar? Ist ohne dich nicht zu machen.«

»Warum nicht?« Twists Stimme klang gepresst. Sikes' Griff musste ihm heftige Schmerzen verursachen.

»Weil mein Arsch dafür zu fett ist«, erwiderte Sikes. »Und der von Nancy auch.«

Die beiden zogen den eingeschüchterten Jungen mit sich. Ben schaute ihnen hinterher, dann winkte er seine Gefährten heran.

»Wer sind die zwei?«, fragte Mercutio.

»Kumpane von dem Jungen. Sie haben ihn Oliver genannt. Der Mann heißt Sikes. Hat vielleicht eine Waffe. Ich dachte, es ist zu riskant, sich den Jungen jetzt zu schnappen.«

»Und das Amulett?«, warf Mercutio ein.

»Solange wir den Jungen nicht aus den Augen verlieren, wissen wir, wo es sich befindet.«

24

Um nicht aufzufallen, wechselten sie sich bei der Verfolgung des Gaunertrios ab. Mal übernahm Julia die Führung und Ben und Mercutio ließen sich zurückfallen, mal ging Mercutio vorweg, dann wieder Ben. Je mehr sie sich dabei vom Stadtkern entfernten, desto weitläufiger wurde die Bebauung. Statt enger Gassen gab es großzügige Alleen, statt schmaler hoher Häuser säumten Villen die Straßen. Mittlerweile hatte die Dämmerung eingesetzt und blaugraues Zwielicht legte sich wie ein Mantel über die Stadt. Nebel zog auf.

»Achtung«, stieß Ben hervor und ging in die Knie, als wolle er sich die Schuhe schnüren. Mercutio und Julia begriffen und drückten sich hinter einen Mauervorsprung.

Sikes, Nancy und Oliver Twist waren stehen geblieben. Ben ahnte, was jetzt passieren würde. Die einsetzende Nacht, der aufziehende Nebel – es war perfekt. Verstohlen beobachtete er, wie der bullige Sikes den Jungen an den Schultern packte und auf ein Haus deutete, das an der Ecke einer Kreuzung lag. Währenddessen sah Nancy sich um und prüfte, ob niemand sie beobachtete. Ben spürte, wie ihre Augen an ihm hängen blieben. Jetzt kam es drauf an. Er erhob sich und lächelte ihr offen zu. Und tatsächlich: Nancy wippte in den Knien und lächelte geschmeichelt zurück, worauf er eine Verbeugung andeutete und dann betont lässig in die entgegengesetzte Richtung davonschlenderte, dorthin, wo sich Julia und Mercutio versteckt hatten. Ein kleiner Flirt, mit dem er seine Haut gerettet hatte. Und die seiner Gefährten. Er staunte über sich selbst.

»Was war das denn?«, fragte Mercutio und grinste ihn an. »Du hast sie angesehen, als wolltest du ...«

»Als wollte ich was?«, gab Ben mit einem Lächeln zurück.

»Jedenfalls hast du ihr gefallen«, sagte Julia leise, »so viel steht fest.« Ihre Blicke trafen sich. Blitzte da Eifersucht in ihren Augen? Unmöglich. Ben musste sich täuschen. Sie liebte Romeo, selbst wenn er tot war.

Glas klirrte.

»Was machen die da?«, sagte Mercutio und riss ihn aus seinen Gedanken.

»Was hast du gesagt?«

»Da drüben, dieser Sikes. Er hat die Scheibe eines Fensters eingeworfen. Zu klein für einen ausgewachsenen Mann. Jetzt schiebt er den Jungen durch.«

Ben spähte um die Ecke. Während Nancy Schmiere stand, nervös von einem Fuß auf den andern tretend, versuchte Sikes den Jungen durch ein winziges Fenster ins Innere einer Villa zu bugsieren.

In diesem Moment wurde die Haustür aufgerissen und ein Mann stürmte heraus, in der Hand eine Pistole. Er starrte zu Sikes und Nancy herüber, dann sah er den im Fenster steckenden Oliver.

»Diebespack, freches«, schrie er. »Ich werd's euch zeigen, ihr faulen, nichtsnutzigen Hunde.«

Er richtete die Waffe auf die Einbrecher und spannte den Hahn. Sikes und Nancy ergriffen die Flucht. Ein Schuss fiel, der sein Ziel verfehlte.

»Beim nächsten Mal werd ich euch durchlöchern und ausbluten lassen wie eine abgestochene Sau!«, schrie der Schütze den Geflohenen hinterher. Dann wandte er sich den zappelnden Beinen zu, die aus dem engen Fensterloch ragten.

»Jetzt zu dir, kleine Zecke!« Damit ergriff er die Waden des Jungen und zog ihn mit einem kräftigen Ruck zu sich auf die Straße. »Da wird sich Sergeant Watkins vom hiesigen Revier aber freuen«, zischte er und schleifte den angststarren Oliver am Jackenkragen hinter sich her ins Haus. Krachend fiel die Tür ins Schloss.

»Und jetzt?«, fragte Julia.

»Wenn er die Polizei ruft, ist der Junge für uns verloren und wir sehen das Amulett nie wieder.« Mercutio sprach Bens Gedanken aus.

»Das können wir nicht zulassen«, sagte Ben.

»Und wie willst du es verhindern?«

»Wir müssen da rein. Und zwar schnell.«

»Was, bitte, willst du dem Kerl erzählen?«

»Mir fällt schon was ein.«

»Das ist Wahnsinn!«

»Wahnsinn ist, wenn wir das Amulett verlieren!«

Damit überquerte Ben kurz entschlossen die Kreuzung und steuerte auf das Haus zu. Es war ihm egal, ob die beiden anderen folgten. Er würde das hier durchziehen, so oder so. Er betätigte den Messingklopfer an der Haustür. Vor ihnen tauchte eine gemütlich wirkende Haushälterin auf, deren wallende Oberweite von einer gestärkten Schürze mühsam im Zaum gehalten wurde. Ihr grau meliertes Haar steckte unter einer blütenweißen Haube.

»Ja bitte?«

»Wir suchen einen kleinen Jungen.«

»Einen kleinen Jungen? So, so.«

»Sein Name ist Oliver.«

»Mir nicht bekannt.«

»Aber er ist eben von einem Gentleman mit vorgehaltener Pistole …«

»Ach, Sie meinen diesen kleinen Dieb.«

»Er ist kein Dieb!«

»Ist er nicht? Nun, das sieht Mister Brownlow aber ganz anders.«

Damit wollte sie die Tür schließen. Ben stellte seinen Fuß dazwischen. »Wir würden ihn gern sprechen.«

Die Haushälterin schaute vorwurfsvoll auf Bens Schuh, der noch immer Reste jenes Pferdeapfels aufwies, in den er bei der Verfolgung von Oliver Twist getreten war.

»Nur eine Minute, nicht mehr«, sagte Ben und zog seinen Fuß zurück.

»Bedaure, aber Mister Brownlow ist beschäftigt«, erklärte sie kurz angebunden und drückte die Haustür zu.

Entgeistert sah Julia Ben an.

»Abwarten«, sagte er. »Ich komm da rein.« Und er klopfte erneut.

Nach einer Weile öffnete sich die Tür ein zweites Mal. Diesmal war von Freundlichkeit bei der Haushälterin nichts mehr zu spüren. »Ich habe Ihnen doch bereits erklärt, dass Mister Brownlow …«

»Ich unterbreche Sie wirklich nur ungern, Madam, aber es geht hier um einen Fall von größter Dringlichkeit. Mein Neffe, Oliver Charles William Earl of Twist, ist von einer finsteren Räuberbande entführt worden. Wir haben Grund zu der Annahme, dass er zu einem feigen Diebstahl missbraucht wurde, und zwar von einem gewissen Bill Sikes und seiner schändlichen Kumpanin Nancy, deren beider Antlitze ich dem ehrwürdigen Mister Brownlow persönlich zu schildern hergekommen bin. Wir wissen, dass sich mein Neffe, der junge Earl of Twist, hier im Hause befindet. Wenn Sie jetzt also bitte so gut sein wollen und Mister Brownlow über unsere Anwesenheit in Kenntnis setzen.«

Die Haushälterin starrte ihn an. Julia und Mercutio starrten ihn an. Er selbst hätte sich auch angestarrt, wäre ein Spiegel in der Nähe gewesen.

»Bitte«, setzte er freundlich, aber bestimmt hinterher.

Die überrumpelte Haushälterin nickte entgeistert. »Einen

Moment, Sir.« Sie ließ Ben, Julia und Mercutio eintreten. Dann verschwand sie durch eine der vielen Türen, die von der Halle abgingen.

»Earl of was?«, fragte Mercutio leise und sichtlich beeindruckt.

»Twist«, erwiderte Ben. Er sah sich um. Die majestätisch geschwungene Treppe aus Eichenholz erinnerte ihn an das Haus seiner Tante, an sein Zuhause. Das Einzige, was fehlte, war die Gipsbüste mit Mr Winters Konterfei.

Die Haushälterin kam zurück. »Mister Brownlow lässt bitten.«

Die drei folgten ihr in einen mit gewaltigen Bücherregalen ausgestatteten Raum, an dessen Stirnseite ein großer Kamin eingelassen war, in dem ein Feuer prasselte. Neben einem ledernen Ohrensessel stand in einer rotsamtenen Hausjacke Mr Brownlow, die Hände wie bleierne Gewichte auf den Schultern des kleinen Twist.

»Oliver«, rief Ben, »da bist du ja!« Er wandte sich an Mr Brownlow. »Ich freue mich – wir freuen uns –, den Wohltäter kennenzulernen, der unseren lieben Neffen aus den Klauen dieser beiden finsteren Wüteriche befreit hat.«

Er warf Mr Brownlow ein strahlendes Lächeln zu, was dessen Misstrauen allerdings nicht vollständig beseitigen konnte.

»Dieser Junge steckte in einem Fenster meines Hauses, ganz offensichtlich zu dem Zweck, in selbiges einzudringen und mich zu berauben«, sagte er empört.

»Mein lieber Mister Brownlow«, erwiderte Ben, dem das Possenspiel Spaß zu machen begann. »Wie ich bereits Ihrer Haushälterin …«

»Sie meinen Mrs Bedwin.«

»Gewiss, Sir, Mrs Bedwin. Wie ich ihr bereits erklärt habe, handelt es sich bei dem vor Ihnen stehenden Jungen um Oliver Charles William Earl of Twist, dessen Vater Ihre mutige Rettungstat selbstverständlich großzügig entlohnen wird.« Er machte eine Pause. »Oliver!«, wandte er sich dann an den Jungen und legte möglichst viel Vorwurf in seine Stimme. »Warum hast du Mister Brownlow nicht erzählt, wer du bist? Und warum trägst du diese abscheuliche Kleidung? Deine Mutter wird in Ohnmacht fallen, wenn sie dich in diesen dreckstarrenden Lumpen erblickt.«

»Und Sie«, warf Mr Brownlow skeptisch ein und deutete auf Bens Kleidung. »Warum stecken Sie und Ihre Freunde in diesen merkwürdigen Kostümen?«

Ben musste sich etwas einfallen lassen. »Ich gebe zu, es muss Ihnen wie eine Verkleidung erscheinen«, sagte er betont lässig, »aber, nun, wie soll ich sagen – es wäre uns wohl kaum möglich gewesen, diesen üblen Gesellen in unserer üblichen Kleidung zu folgen.«

Hoffentlich schluckte Mr Brownlow das unsinnige Argument. Hauptsache, er fing nicht an, drüber nachzudenken.

»Ich ...«, meldete sich Oliver Twist mit brüchiger Stimme zu Wort.

Ben unterbrach ihn sofort. Nicht, dass der Junge sich verplapperte. »Seht euch das an«, sagte er zu Mercutio und Julia. »Der Arme ist so eingeschüchtert, dass er seine Stimme verloren hat.« Damit trat er auf den perplexen Mr Brownlow zu, zog den verschüchterten Jungen unter seinen Händen hervor und schob ihn zu Julia und Mercutio hinüber. Dann ergriff er die rechte Hand des Hausherrn und schüttelte sie. »Mister Brownlow, ich bedanke mich im Namen des siebten Earl of Twist und seiner Mutter für Ihr heldenhaftes Eingreifen in dieser Sache. Gott schütze den König. Sie werden von uns hören.«

Damit wandte er sich zum Gehen und gab Mercutio und Julia Zeichen, den Raum zu verlassen. Den Jungen in ihrer Mitte, schoben sich die drei an der rundlichen Haushälterin vorbei in die Halle. Ben öffnete die Haustür. »Raus mit euch«, zischte er gerade, als ihn die Stimme von Mr Brownlow zum Innehalten zwang.

»Einen Moment, junger Mann. Es gibt in diesem Land keinen Earl of Twist!«

Ben drehte sich um und sah in den Lauf ebenjener Pistole, mit der ihr Besitzer bereits auf Sikes und Nancy gezielt hatte.

»Gibt es nicht, Sir?«, fragte Ben.

»Nein, mein Herr. Im ganzen Königreich nicht!«

»Lauft!«, schrie Ben seinen Gefährten zu und rannte hinter ihnen her aus dem Haus.

Draußen war es stockfinster. Zwar brannten ein paar Straßenlaternen, aber gegen den Nebel konnten sie nichts ausrichten. Ein Schuss fiel, eine Kugel pfiff an Bens Kopf vorbei. Mr Brownlow fluchte, doch er wusste, dass er gegen die Dunkelheit und den Nebel machtlos war.

Ben erreichte die andern. Sie liefen drei, vier Straßenzüge weit, bis sie sicher waren, dass der übertölpelte Brownlow ihnen nicht gefolgt war. Außer Atem versammelten sie sich im Schein einer Straßenlaterne.

»Wo ist es?«, wandte sich Ben an Oliver.

»Wo ist was?«

»Du weißt genau, wovon mein Freund redet.« Auch Mercutio ging jetzt den kleinen Oliver an und fasste ihn am Hemdkragen.

»Ich hab es nicht mehr«, wimmerte Oliver.

»Wie bitte?«, sagte Ben.

»Ich hab es dem Gannef gegeben.«

»Das ist wohl ein schlechter Scherz!«, sagte Mercutio. »Der lügt doch, Ben.«

»Nein, tu ich nicht.« Der kleine Twist trat nach Mercutio und versuchte sich von ihm loszureißen, um in den Nebel zu entkommen, aber Mercutio hielt ihn eisern fest und verpasste ihm eine Ohrfeige.

»Was soll das?«, fragte Ben. »Wir retten deinen Hintern und du versuchst abzuhauen?«

Oliver brach in Tränen aus, woraufhin Mercutio ihn losließ. Julia trat vor den Jungen. »Du weißt, was mit dir passiert wäre, wenn dieser Mister Brownlow dich bei der Polizei abgeliefert hätte?«, fragte sie sanft.

Oliver nickte schniefend.

»Willst du, dass wir dich zu ihm zurückbringen?«

Oliver schüttelte den Kopf.

»Dann gib uns, was uns gehört.«

»Aber ich hab es wirklich nicht mehr«, heulte Oliver Twist los. »Ich hab es dem Gannef gegeben, als ihr mich verfolgtet.«

Die Straße hinter dem engen Durchgang. Der Hauseingang, schoss es Ben durch den Kopf. Der ältere Junge mit der roten Kappe, der herausgekommen war und den er, Ben, für den Lehrjungen eines Schneiders gehalten hatte. Verdammt!

»Der lügt doch.« Mercutio verlor erneut die Geduld.

»Tu ich nicht!«

»Mal angenommen, wir glauben dir«, sagte Ben, der sich innerlich für seine Unachtsamkeit verfluchte. »Wer ist dieser Gannef?«

»Einer aus der Bande.«

»Welcher Bande?«

»Der von Fagin, unserm Anführer, dem wir abliefern müssen, was wir erbeutet haben.«

»Wir?«

»Die Jungs und ich.«

»Und Sikes und seine Nancy, was ist mit denen?«

»Das sind Freunde von Fagin.«

Ben musterte die ausgehungerten, verzweifelten Züge des Jungen. »Also gut«, sagte er, »bring uns zu diesem Fagin.«

25

Oliver führte sie zurück in die Stadt, mitten hinein ins Herz Londons, dorthin, wo die Gassen schmal und stickig waren und durchzogen von einem Labyrinth aus Durchgängen, die zu engen Zwischenhöfen führten und von dort zu weiteren Höfen – ein Netz der Undurchdringlichkeit. Kein Wunder, dass Fagins Diebesbande genau hier ihr Hauptquartier aufgeschlagen hatte. Jeder Fremde würde sich sofort in dem Gewirr der Gassen verlaufen.

Ben und Mercutio froren und auch Julia zitterte. Der feuchte Nebel drang durch ihre Kleider, sie fühlten sich müde und ausgelaugt. Die eigenen Schritte dröhnten ihnen in den Ohren, zurückgeworfen von den drohend aufragenden Fassaden der lichtlosen Häuser, deren Giebel in nebliger Undurchsichtigkeit versanken. Alles wirkte wie ausgestorben.

»Wie weit ist es noch?«, fragte Mercutio.

»Sind gleich da«, erwiderte Oliver.

So orientierungslos Ben und seine Gefährten ohne ihn gewesen wären, so schlafwandlerisch sicher wurden sie von Oliver durch den nächtlichen Nebel geführt. Auf einmal blieb der Junge stehen.

»Da oben«, sagte er leise und deutete auf ein schwach erleuchtetes Fenster über ihnen. Ben sah sich um. Der Eingang des Hauses stand offen, ein gähnender schwarzer Schlund.

»Was wollt ihr jetzt tun?«, fragte Twist zögernd. In seiner Stimme schwang Angst mit.

»Das weißt du doch«, entgegnete Ben.

»Er wird es euch nicht geben.«

»Dann werden wir es uns nehmen müssen.«

»Und wenn der Gannef bei ihm ist und die andern Jungs?«

Ben warf Mercutio einen Blick zu. Oliver hatte recht. Ohne einen Plan war nichts auszurichten.

»Weißt du, wo Fagin seine Beute versteckt?«

Oliver nickte. »Da ist eine Bodendiele, die man abheben kann. Unter einer großen Kiste. Darunter befindet sich eine Aussparung. Dort liegen all seine Stücke.«

»Er hat dir den Ort gezeigt?«, fragte Ben.

»Ich hab ihn beobachtet, wie er seine Schätze hervorgeholt und betrachtet hat. Er dachte, ich würde schlafen.«

»Glaubst du, dass er das Amulett dort versteckt hat?«

»Wenn der Gannef es ihm gegeben hat, dann liegt es dort.«

»Also gut«, sagte Ben. »Wir machen es so: Da oben brennt Licht. Es ist also auf jeden Fall jemand da. Du gehst hoch und siehst nach, ob es Fagin ist und ob er allein ist. Wir warten hier, bis du am Fenster auftauchst. Einmal Nicken und wir wissen, er ist allein, zweimal Nicken und der Gannef mit den andern ist bei ihm. Egal, was dann passiert, du kennst uns nicht! Hast du das verstanden?«

»Ja«, sagte Oliver, »hab ich.«

»Du bist verrückt«, sagte Mercutio zu Ben. »Der kleine Teufel wird uns doch garantiert verpfeifen. Und selbst wenn nicht, was ist, wenn tatsächlich noch mehr von der Bande da oben sind? Die bringen uns doch sofort um.«

»Ich werde euch nicht verraten«, sagte Oliver leise. »Ich versprech's.«

Damit verschwand er im Hauseingang. Die Gefährten hörten die Dielen der Treppe knarren, dann ertönte ein leises Klopfen. Ben trat in den Eingang und lauschte nach oben.

»Wer ist da?«, hörte er eine Stimme.

»Ich bin's, Oliver«, flüsterte Twist zurück.

Ben hörte, wie der Riegel zurückgeschoben wurde. Die Tür quietschte und die Wände des Treppenhauses wurden vom Flackern einer Kerze erhellt.

»Wo bist du, verdammt noch mal, gewesen?«, fluchte die Stimme. »Hab mir Sorgen gemacht um meinen fleißigsten Schüler.«

»Sikes hat mich zu einem Bruch gezwungen. Eins von den feinen Häusern. Aber dann hat uns der Besitzer erwischt.«

»Wieso bist du dann hier?«, fragte die Stimme misstrauisch.

»Ich konnte entkommen, Mister Fagin. Der Hausbesitzer hat einen Moment nicht aufgepasst, da bin ich geflohen. Ein Zufall.«

»Manchmal ist der Zufall ein Freund«, orakelte Fagin und wurde schmeichelnd. »Der Gannef hat mir deine Beute gebracht. Ein besonderes Stück. Hast deine Sache gut gemacht, bist ein wirklich feiner Junge.«

Damit schloss sich die Tür hinter den beiden. Das Treppenhaus sank zurück in nachtschwarze Dunkelheit und bleierne Stille.

Ben trat hinaus auf die Gasse zu Mercutio und Julia.

»Fagin ist oben«, sagte er. »Ob der Gannef bei ihm ist, konnte ich nicht rauskriegen.«

Die drei schauten hinauf zum Fenster. Eine Weile geschah nichts, dann tauchte Oliver auf. Er nickte einmal kurz und verschwand wieder.

»Die beiden sind also allein«, stellte Ben fest.

»Und wenn der Junge lügt?«, fragte Mercutio. »Er war unser einziges Pfand und du hast ihn gehen lassen.«

»Soll Fagin durchschauen, dass Oliver ihn verraten hat?«

»Sag nicht, du willst diesen kleinen Dieb schützen.«

Was sollte Ben darauf antworten? Dass genau das seine Absicht war? Dass er die Hauptfigur aus einem der bekanntesten Romane der Weltliteratur mochte? Was wir lieben, das wollen wir beschützen, dachte Ben. Er schaute Julia an.

»Was sollen wir jetzt machen?«, fragte sie.

»Uns das Amulett holen, ehe der Rest der Bande auftaucht.«

Sie stiegen die Treppe hinauf, versuchten, so gut es ging, ein Quietschen der Stufendielen zu vermeiden. Aus Fagins Wohnung drangen Stimmen, seine und die des Jungen. Was gesprochen wurde, konnte Ben nicht verstehen. Seine Hände fuhren an der Wand entlang, bis sie einen hölzernen Türrahmen ertasteten.

»Seid ihr bereit?«, flüsterte er.

Die beiden bejahten.

»Du kümmerst dich um den Jungen, Julia. Mercutio und ich knöpfen uns diesen Fagin vor.«

Er klopfte. Die Stimmen hinter der Tür erstarben. Das folgende Schweigen dauerte nicht länger als ein paar Sekunden, aber es kam Ben wie eine Ewigkeit vor.

»Wer ist da?«, fragte Fagin.

Ben legte die Hand vor den Mund und versuchte, die dunkle Stimme von Sikes zu imitieren. »Wir sind's, Bill und Nancy.«

»Was wollt ihr?«, fragte Fagin misstrauisch.

»Fragen, wie's unserem Meisterdieb geht.«

»Er sagt, ihr habt ihn im Stich gelassen.«

»Wir haben nur unsere Haut gerettet«, nuschelte Ben.

»Hab den Jungen nicht ausgebildet, damit er für dich arbeitet«, brach es zornig aus Fagin hervor. »Und schon gar nicht ohne meine Zustimmung.«

Ben überlegte verzweifelt, wie er den Gauner dazu bringen konnte, die Tür zu öffnen.

»Schon gut, Fagin. Ich weiß, wann ich einen Fehler gemacht hab. Und ich weiß, dass ich ihn wiedergutmachen muss.«

»Wie willst du das tun?«

»Hab dir was mitgebracht.«

»Was?«

»'ne feine Überraschung. Was ganz Besonderes.«

Ben lauschte. Wenn er Fagins Gier falsch eingeschätzt hatte, war alle Mühe umsonst gewesen. Wieder war da dieses Schweigen, nur dass es ihm noch länger vorkam als beim ersten Mal. Dann hörte er, wie der Riegel zurückgeschoben wurde.

»Jetzt!«, rief Ben und warf sich gegen die Tür, kaum, dass sie sich einen Spaltbreit geöffnet hatte. Er hörte, wie Fagin ins Straucheln geriet und hinfiel. Ben stürmte ins Zimmer. Hinter der Tür am Boden sah er einen dürren, sich krümmenden Körper, auf den er sich sofort warf. Mit Mercutios Hilfe gelang es ihm, Fagin die fuchtelnden Arme auf den Rücken zu drehen und ihn in einen schmutzigen Teppich zu rollen, der auf dem Dielenboden lag. Nur Fagins Kopf mit seiner langen Nase und dem silbrigen Spitzbart schaute noch raus.

»Wer seid ihr?«, fragte Fagin.

»Was geht's dich an?«, gab Ben zurück. Dann wandte er sich an Oliver, der von Julia in Schach gehalten wurde. Er zwinkerte ihm verstohlen zu und verpasste ihm eine Ohrfeige. »Und du, kleine Kröte, was willst du hier?«

»Ich …«

»Lasst ihn in Ruhe!«, forderte Fagin.

»Dieser Wurm hat mich bestohlen.«

»Ach ja?«

»Wo ist es?«, fragte Ben.

»Weiß nicht, was Ihr meint.«

Ben wandte sich an Mercutio. »Dann wollen wir die Bude mal ordentlich auseinandernehmen.«

Er riss ein Stück Kordel von einem der Vorhänge am Fenster und verschnürte damit Fagin in seinem Teppich. Dann schaute er sich in dem Raum um. Die Einrichtung war schäbig, die Möbel einfach und abgewohnt. Oliver deutete mit den Augen unauffällig zu einer großen Kiste hinüber. Sie war verschlossen.

»Was ist da drin?«, wandte sich Ben an Fagin und zeigte auf die Truhe.

»Was geht's Euch an?«, geiferte Fagin zurück.

»Bitte«, sagte Ben. »Wir können auch anders. Schmeißen wir sie eben zum Fenster raus, dann werden wir ja sehen, was drin ist.«

Er zog die Kiste beiseite und machte große Augen. »Was haben wir denn da?«, spielte er den Überraschten.

Fagin wand sich in seinem Teppich und begann wüste Flüche auszustoßen. Ben grinste und löste die Bodendiele, von der Oliver ihm vorhin berichtet hatte. Er kam sich vor wie in einem Piratenfilm. Unter dem losen Holzstück lag in einer Aussparung im Boden eine kleine Schatulle. Als er sie öffnete, kamen glitzernde Schmuckstücke zum Vorschein, darunter auch …

»Da ist es ja«, sagte er und zog das Amulett heraus.

Es war mit Straßendreck besudelt. Der Gannef musste es fallen gelassen haben. Ben rieb es an seinem Jackenärmel sauber. Plötzlich durchflutete eine unbekannte Wärme seine Finger, das Amulett glühte in seiner Hand. Unterhalb der Bruchstelle leuchtete ein Schriftzug auf: »Ruhm dem, der bewe…«

26

Weiter konnte er den Spruch nicht lesen. Der Rest fehlte, weil das Amulett zerbrochen war. Doch der Satzanfang kam ihm bekannt vor. Aber woher? Wie endete er? War das eine Losung? Unter dem halben Satz stand eine Reihe von Namen, unter ihnen Shakespeare, Dostojewski und Molière.

»Du weißt nicht, was du da tust«, stieß Fagin hervor und glotzte wie paralysiert auf das Oktagon.

»Ich tue nur, was mir zusteht«, erwiderte Ben.

In Fagins Gesicht stand panisches Entsetzen. »Du versuchst den Teufel!«

»Ach ja?«

»Sie werden kommen«, rief Fagin. »Sie werden mich holen. Mich und den Jungen!«

Ben kam es vor, als starre Fagin durch ihn hindurch. So als höre er Stimmen aus einer anderen Welt. Irgendetwas war im Gange, das spürte Ben deutlich.

Plötzlich schrie Julia auf und deutete durch das Fenster auf die Gasse. Ben trat zu ihr. Von unten stierten rot glühende Augen zu ihnen hinauf. Schattenkrieger! Das war es, was Fagin gemeint hatte! Aber wie hatte er wissen können, dass sie auftauchen würden? Von der Treppe ertönte ein Poltern.

»Warum hast du nicht auf mich gehört?«, schrie Fagin. Der scharfe Geruch von Urin breitete sich im Zimmer aus. Der Alte musste sich in die Hose gemacht haben. Julia und Mercutio waren wie gelähmt und auch Oliver starrte regungslos zur Tür.

Aus dem Treppenhaus drang ein Scharren. Ein Körper warf sich von außen gegen die Tür. Holz splitterte. Dann standen sie sich gegenüber: Ben mit Mercutio, Julia und dem Jungen auf der einen, die dunklen Gestalten auf der anderen Seite. Das Glühen ihrer Augen unter den Kapuzen schien seit ihrer letzten Begegnung noch zugenommen zu haben. Spöttisch grinsten sie aus ihren hohlwangigen Gesichtern zu den Gefährten und dem kleinen Twist herüber.

Ben schloss die Hände fest um das Oktagon. Er musste sie ablenken! Aber wie? Ihr schwacher Punkt waren ihre Augen. Stand da nicht ein Wasserkrug auf dem Tisch? Ohne zu zögern, packte er ihn am Henkel. Jetzt hatte er eine Waffe. Er ließ Wasser herausschwappen. Die Schattenkrieger wichen zurück. Mit voller Wucht schüttete Ben dem Anführer den Inhalt des Kruges ins Gesicht. Ein lautes Zischen verkündete den Volltreffer. Die Gestalt schrie heulend auf und fuhr sich mit den Händen ins Gesicht. Wo vorher die Augen geglüht hatten, war jetzt nur noch Dampfen.

Von Panik ergriffen, wichen seine Kumpane weiter zurück. Ben setzte mit einem weiteren Wasserschwall hinterher. Dann schaute er sich nach einer Fluchtmöglichkeit um. Da war eine zweite Tür. Ben griff nach dem Jungen und schob ihn mit Mercutio und Julia vor sich her in das dahinterliegende dunkle Zimmer.

Die Gestalten fauchten vor Wut und drängten ihnen nach. Ben schlug ihnen die Tür vor der Nase zu, doch einer der Gestalten gelang es, ihre Hand zwischen Rahmen und Türblatt zu schieben. Ben ballte seine Rechte zur Faust und drosch mit aller Kraft auf die behandschuhten Finger. Er konnte spüren, wie die Gelenke unter der Wucht des Aufpralls zerbrachen.

Doch auch wenn die Gestalt ihre Hand jaulend zurückzog und es Ben gelang, die Tür zu verriegeln – es würde nur eine Frage von wenigen Minuten sein, bis die Schattenkrieger sich Zutritt verschafften.

Es war Zeit, etwas zu unternehmen. Unbedingt.

»Oliver!«

»Ja.«

»Was ist das für ein Raum hier?«

»Fagins Schlafzimmer.«

»Warum sehe ich kein Fenster?«

»Die Vorhänge sind zugezogen.«

»Dann zieh sie auf!«

Es dauerte eine Weile, ehe das graue Quadrat eines Fensters aus dem Dunkel aufschimmerte. Der Junge hatte die Vorhänge gefunden.

Ben presste sein Ohr an die Tür. Auf der anderen Seite schleiften die Gestalten etwas über den Boden. Fagins Kiste. Diese Dreckskerle wollten sie als Ramme benutzen.

»Mach schon«, rief Ben Oliver zu. Er sah, wie der Schemen des Jungen sich am Fenstergriff zu schaffen machte.

»Es geht nicht«, rief Oliver.

»Hilf ihm, Julia!«

Draußen in Fagins Wohnzimmer war Stille eingekehrt. Ob der alte Gauner noch lebte?

»Der Griff muss eingerostet sein«, rief Julia.

»Verdammt!«, fluchte Ben und ging in Gedanken die Filme sämtlicher Actionhelden durch, die er je gesehen hatte. Keine Lösung, nichts passte. Durch die Tür war ein Wimmern zu hören. Das war ohne Zweifel Fagin. »Gib ihnen, was sie verlangen«, drang die erstickte Stimme des Alten durch die Tür.

»Einen Teufel werd ich tun«, entgegnete Ben.

»Bitte!«, flehte Fagin, der nur noch aus Angst zu bestehen schien.

»Gib ihnen das verdammte Amulett«, flüsterte Mercutio. »Sie bringen ihn sonst um.«

»Sie werden ihn sowieso umbringen«, erwiderte Ben und dachte an Romeo, Robinson Crusoe, Don Quijote …

»Ich lass mich nicht erpressen«, schrie er durch die Tür. »Von niemandem!«

Er hörte ein Knacken, dann ein ersticktes Gurgeln. Sie mussten Fagin den Hals gebrochen haben.

Wut machte sich in Ben breit. »Halt diese Scheusale auf, was auch immer geschieht«, flüsterte er Mercutio zu und jagte hinüber zum Fenster. Er tastete nach den Vorhängen. Er wickelte sich den schweren Stoff wie einen Boxhandschuh um seine Fingerknöchel und schlug zu. Krachend zersprang die Scheibe. Kalter Wind fuhr ins Zimmer, und die Feuchtigkeit des Nebels. Ben spürte, wie ihm ein Splitter durch den Vorhangstoff in seine Haut fuhr, doch er fühlte keinen Schmerz. Für Schmerzen hatte er jetzt keine Zeit. Er versuchte den Fensterrahmen, so gut es ging, von Scherben zu befreien, dann wandte er sich an Julia. »Raus mit dir!«

»Aber …«

»Pass mit den Scherben auf. Halt dich mit den Händen draußen am Fenstersims fest und spring.«

»Das ist zu hoch, Ben.«

»Das ist unser letzter Ausweg!«

Er wuchtete sie hoch, schob sie durch das frei geschlagene Fenster, zog sich selbst kurzerhand das Amulett ab und steckte es ihr in die Tasche des Kattunkleids.

Julia sah ihn erstaunt an.

»Pass drauf auf. Ich bin gleich bei dir.«

»Wirklich?«

Er nickte. »Hilf ihr«, wandte er sich an Oliver und rannte zurück zur Tür.

Keine Sekunde zu früh. Schon krachten die Gestalten gegen das Holz. Bens Körper vibrierte unter der Erschütterung des Schlags. Mercutio und er hatten Glück. Die Tür hielt stand.

Ben wandte sich wieder zurück zum Fenster. Von Julia und Oliver keine Spur. Hoffentlich war alles gut gegangen.

»Jetzt du«, forderte er Mercutio auf.

»Und das Amulett?«

»Hab ich Julia gegeben.«

»Du hast was?« Mercutio war völlig erstaunt.

»Bei ihr ist es im Moment am sichersten. Also los jetzt.«

Von draußen war ein Schnaufen zu hören. Die Gestalten bereiteten den nächsten Angriff vor. Ben wusste: Diesmal würde die Tür nachgeben.

»Verdammt, Mercutio, worauf wartest du?«

Er sah ihn auf die Fensterbank klettern. Gleichzeitig hörte er, wie die Gestalten im Nebenzimmer Anlauf nahmen.

»Spring endlich!«

Mercutios Silhouette verschwand im Nebel. Ben machte einen Schritt zur Seite und gab die Tür frei. Im selben Augenblick krachten die Körper dagegen. Weil es keinen Widerstand mehr gab, wurden sie von ihrem eigenen Gewicht ins Zimmer geschleudert. Das musste er ausnutzen. Ben stürzte zum Fenster, starrte hinaus in die neblige Kälte. Die Angst erreichte ihn ohne Vorwarnung, schnürte ihm die Kehle zu. Ich will nicht, schrie es in ihm, ich kann nicht! Es war wie damals. Dasselbe Gefühl. Im Flugzeug bleiben und sterben oder hinaus und sterben. Um dann zu merken, dass seine Eltern nicht mehr da waren. Mama? Keine Antwort. Der Ruf nach seinem Vater. Auch er wurde nicht erwidert. Stattdessen das Krachen einer Explosion. Und wie aus dem Nichts eine Feuerwand. Du bist tot, schrie es in ihm, du hast verloren!

»Ben …!« War das Julias Stimme?

Er spürte eine Hand an seinem Knöchel. Die Finger eines Schattenkriegers! Die Lähmung fiel von ihm ab. Er riss sich los. Erneut griffen die Finger nach ihm. Er trat zu, traf den Besitzer der Hand mit voller Wucht ins Gesicht. Dann griff er in den mit Glassplittern besetzten Fensterrahmen.

»Spring!«, hörte er Julia aus dem nebligen Nichts unter sich rufen. Und noch einmal: »Spring!«

Es gab keine andere Möglichkeit, er wusste es. Plötzlich wurde er ganz ruhig. Dann stieß er sich ab …

Er fiel und fiel und fiel. Das Grün des Dschungels, der Atem seiner Mutter, das Lachen seines Vaters. Die Wärme des Wohnzimmers zu Hause. Dann der Aufprall. Ein Schmerz, der von seinem rechten Fuß aus das Bein entlanglief und weiter bis in die Hüfte. Er versuchte sich aufzurappeln, knickte jedoch sofort wieder ein. Wo bin ich?

Julia und Oliver rissen ihn hoch.

»Komm schon, Ben!«

Er schüttelte sich. Sein verschwommener Blick wurde langsam wieder klar. Als würde er den Kopf aus einem Eimer Milch ziehen. Julia und Oliver schienen unverletzt zu sein, Mercutio ebenfalls.

»Hier«, sagte Julia und hing ihm das Amulett wieder um den Hals.

»Jetzt nichts wie weg hier«, sagte Ben und humpelte los. Sein Knöchel brannte wie Feuer. Als würde jemand die Flamme eines Schneidbrenners daranhalten. Mercutio, Julia und Oliver folgten ihm.

»Schneller!«, mahnte er mit zusammengebissenen Lippen und sah sich um. Die Schattenkrieger tauchten am Hauseingang auf. Ihre Augen sprühten Flammen. Einigen waren die Kapuzen vom Kopf gerutscht. Die kahlen rot glänzenden Schädel dampften in der Kälte.

Der Nebel war überall. Ben überlegte fieberhaft. Konnte er von hier aus in Flauberts *Madame Bovary* gelangen? Welches Buch stand im Regal seiner Tante davor? *Die Brüder Karamasow*, Hölderlins *Hyperion*? *Oliver Twist …*? Was war der Schlüssel? Eine Tür wie im Keller von Julias Haus? Ein Grab oder ein Schacht? Ein Sturm auf dem offenen Meer oder das Schneetreiben auf einem Feld? Er wusste es nicht. Seine Lungen brannten, er spürte den hechelnden Atem seiner Verfolger hinter sich, roch ihren Hass wie eine Giftwolke, die immer näher kam, um ihn zu lähmen, sobald sie seinen Körper erreichte.

Im Nebel links vor ihm tauchte ein Blechschild auf. »The Golden Lion«. Eine Kaschemme, dunkel und verraucht, aus der ihm das vielkehlige Grölen Betrunkener entgegenschlug: »What shall we do with the drunken sailor, what shall we do with the drunken sailor …«

Ein Besoffener torkelte auf die enge Gasse hinaus. »… early in the morning«, schrie er lallend, trompetete ein kräftiges »moooorniiing!« hinterher und machte sich mit einem seligen Lächeln daran, Ben zu umarmen. »Gut, Sie zu sehen, Sir, freue mich aufrichtig …«

Ben starrte erst ihn an, dann das Wirtshausschild. »The Golden Lion« – Der Goldene Löwe. Gab es nicht in *Madame Bovary* ein Gasthaus, das diesen Namen trug? War das Vorbestimmung oder einfach nur Zufall?

»Los, da rein!«, rief Ben den anderen zu, dann packte er den Betrunkenen und schob ihn seinen Verfolgern entgegen.

»Ho, ho«, brüllte der Betrunkene, der gar nicht begriff, dass er genau in diesem Moment von der Klinge eines Schwertes durchbohrt wurde. Er glotzte auf das blutig schimmernde Stück Metall, das aus seinem Bauch ragte und dann ruckartig zurückgezogen wurde. In seinem Gesicht machte sich Überraschung breit. Langsam sank er zu Boden. Mit einem Röcheln, das einem Aufstoßen glich, hauchte er sein Leben aus. Mit dem Rücken zur Tür des »Golden Lion« musste Ben hilflos zusehen, wie die Schattenkrieger mit ihren Schwertern auf ihn losgingen.

»Macht schon«, schrie er seinen Gefährten zu und riss die Tür hinter sich auf. Wenn er falschlag mit seiner Vermutung, dann war es aus. Mercutio war als Erster drin. Dann folgte Julia. In diesem Moment sauste die Klinge eines Schwertes nieder. Mit letzter Kraft taumelte Julia in die Gaststube.

Der Mörder des Betrunkenen leckte mit seiner schwarzen Zunge genussvoll über die blutige Klinge. Die übrigen Schattenkrieger grinsten. Langsam kamen sie auf Ben zu. Der war jetzt zwischen der Wirtshauswand und der Tür regelrecht eingeklemmt. Keine Chance zur Flucht!

In diesem Moment warf sich Oliver Twist mit einem Schrei von hinten gegen die Kreaturen. Das Sirren eines Schwerts ertönte. Die Klinge fuhr dem Jungen zwischen den Rippen hindurch mitten ins Herz. Olivers Mörder wollte die Klinge aus dem Leib des Jungen ziehen, um damit Ben zu durchbohren, doch etwas hinderte ihn daran: Der sterbende Oliver hielt die Klinge des Schwerts mit beiden Händen fest.

»Endlich einmal alles richtig gemacht«, röchelte er und lächelte Ben zu.

Ben sprang los. Wenn er das hier überlebte, dann hatte er es nur diesem großartigen kleinen Jungen zu verdanken.

»Oliver!«, flüsterte er.

Obwohl der Schattenkrieger ihm die Klinge aus den blutenden Händen riss, lächelte Oliver Twist noch immer – bis sein Blick schließlich brach.

Ben hatte inzwischen den Eingang zum Schankraum erreicht. Er fühlte nichts. Und dabei den Schmerz der ganzen Welt. Dann stieß einer der Schattenkrieger mit seinem Schwert zu …

27

Ben reagierte instinktiv. Krachend fiel die Tür ins Schloss. Metall traf knirschend auf Holz. Die Gespräche der Kneipengäste verstummten ebenso abrupt wie ihr Gesang. Aus dem Eichenholz der Tür ragte die Klinge des Schwerts.

Das Holz ächzte, als der Schattenkrieger sein Schwert wieder aus dem Holz zog. Der klaffende Spalt schloss sich wie von Geisterhand. Ben und seine Gefährten waren Gondars Schergen erneut entkommen!

War das hier noch derselbe Schankraum, in den Ben eben von draußen hineingesehen hatte? Er hätte wetten können, dass die Holzvertäfelung an den Wänden dunkler und die Mode der Gäste eine andere gewesen war. Auch der Wirt war nicht mehr derselbe. Statt eines kräftigen Mannes stand eine Frau in einer Schürze hinter dem Tresen. Ihre schwarze Kleidung ließ darauf schließen, dass sie verwitwet war. Sie waren in einem neuen Buch. Aber war das wirklich *Madame Bovary*?

Ben hörte einen dumpfen Knall und fuhr herum. Julia war zusammengebrochen und mit dem Hinterkopf auf dem Boden aufgeschlagen. Mercutio sah sie fassungslos an.

»Julia!« Ben kniete sich neben sie, griff mit der Hand unter ihren Körper, zog sie zu sich. Ihre Wärme an seiner Brust. Noch einmal flüsterte er ihren Namen. Keine Antwort. Aus ihrem Gesicht war alle Farbe gewichen. Sie hatte das Bewusstsein verloren. Er spürte Feuchtigkeit an seiner Hand, zog sie unter Julias Körper hervor. Blut! Sie musste einen Schwertstreich abbekommen haben.

»Mercutio!«

Gemeinsam drehten sie die Bewusstlose um. An ihrer Schulter klaffte ein Riss in ihrem Kleid, die Ränder blutig verklebt. Ben blickte in die Runde.

»Gibt es hier einen Arzt?«

Die Gäste kamen näher, scharten sich um die Verletzte, stierten sie an. Niemand tat etwas. Wie eine Herde Schafe beim Anblick eines gerissenen Lamms. Hört auf, sie so anzuglotzen! Ben explodierte: »Wir brauchen einen Arzt!«

»Am Markt wohnt einer«, sagte ein Mann. »Doktor Bovary.«

Bovary? Das hieß, sie hatten es geschafft. Endlich!

»Können Sie ihn herholen?«

»Mais bien sur, Monsieur, bin schon unterwegs.«

Der Mann verschwand.

»Legen wir sie auf einen der Tische«, sagte Mercutio. Gemeinsam mit Ben hob er Julia an. Sie war schön. Ihre kalkweiße Blässe gab ihren Zügen etwas noch Durchscheinenderes als sonst. Zwei Männer machten einen der Tische frei. Die Wirtin brachte einen mit Wasser getränkten Lappen. Ben tupfte ihr vorsichtig die Stirn ab. Julia stöhnte leise, dann schlug sie die Augen auf.

»Ben …«

»Ich bin hier«, sagte er.

Er schaute hinüber zu Mercutio. Auch wenn er sie zu verbergen versuchte, die Eifersucht in seinem Blick war mit Händen zu greifen. Mephisto mochte übertrieben haben und der Schuster in Laputa einfach nur irre gewesen sein – doch die Gefühle, die Mercutio für Julia hegte, waren mehr als nur freundschaftlich. Was für eine grausame Situation: Mercutio liebte Julia, aber er durfte seine Gefühle niemals zeigen. Die ganze Zeit hatte er die Geliebte seines besten Freundes begehrt, ohne es offen aussprechen zu können, und jetzt stand Ben da und redete mit ihr.

»Wie geht's dir?«

»Die haben mich erwischt.«

Ihre Augen wie das Meer. Ben versank darin.

»Ein Kratzer, nicht mehr.«

»Ich bin gestürzt.«

»Ich … wir helfen dir.«

»Immer?«

»Immer!«

Sie lächelte. Ihr Lächeln war wie ein unsichtbares Band zwischen ihnen. »Jemand holt einen Arzt für dich«, sagte Ben. »Er wird gleich hier sein.«

Er verstand nicht genau, was in ihm ablief. Er fühlte sich glücklich, obwohl seine Lage alles andere als rosig war. Selbst wenn die Schattenkrieger ihnen nicht von einem Buch ins andere folgen konnten – Julia war schwer verletzt. Wie schwer, konnte nur der Arzt klären.

Sie schloss die Augen. Er griff nach ihrer Hand. Die Finger waren kalt.

»Julia?«

Das Lächeln auf ihren Lippen gefror. Der Mantel der Bewusstlosigkeit legte sich wieder um sie, undurchdringlich und schwer.

»Julia!« Bleib hier, geh nicht weg von mir …

»Macht Platz für den Doktor«, forderte eine Frau. Zwischen den Schaulustigen bildete sich eine Gasse, dann trat ein Mann in einem dunklen Anzug und mit einer Ledertasche in der Hand neben den Tisch. Er war nicht groß. Sein Rücken war leicht gebeugt. Die schütteren Haare trug er – wenn auch nicht sorgfältig – nach hinten gekämmt, seine Gesichtszüge waren verschwommen, die Augen wässrig und über den breiten Lippen saß ein Schnauzbart. Ben hatte selten einen so unglücklich wirkenden Menschen gesehen.

»Bovary«, stellte er sich unsicher vor. »Doktor Bovary.«

»Ihre Schulter«, sagte Ben und drehte Julia mit Mercutio vorsichtig auf die Seite. Julias Wunde blutete noch immer. Der Arzt sah und nickte. Er gab ein Zeichen, die Bewusstlose wieder auf den Rücken zu drehen. Dann schob er vorsichtig ihre Lider hoch und prüfte die Pupillen.

»Wie ist das passiert?«

»Draußen auf der Straße«, sagte Mercutio.

»Strauchdiebe«, unterbrach ihn Ben. Nur jetzt nicht den Doktor überfordern. Die Wahrheit war viel zu kompliziert. »Wir sind überfallen worden. Sie hatten große Messer bei sich.«

Bovary deutete auf die Tischplatte und den Boden.

»Der Schnitt muss tief gegangen sein. Sie scheint eine Menge Blut verloren zu haben.«

Erst jetzt bemerkte Ben, dass die Holzdielen rund um den Tisch blutgetränkt waren.

Der Doktor wandte sich an die Wirtin. »Ich brauche Tücher oder ein Laken, um sie notdürftig zu verbinden. Dann bringen wir sie zu mir.«

Die Wirtin nickte und verschwand in der Küche. »Artémise!«, hörte Ben sie nach einem Mädchen rufen. »Wo steckst du nur, du nutzloses Wesen?«

Ben sah auf Julia. Ihr Atem war flach, ihre Brust unter dem geschnürten Mieder hob und senkte sich kaum.

»Wird sie es überleben?«

»Ich weiß es nicht«, sagte Bovary traurig. »Wir werden sehen.«

28

Das Dorf hieß Yonville-l'-Abbaye, das Haus der Bovarys lag am Markt. Sie trugen den Tisch mit Julia vom »Goldenen Löwen« über den Platz, vorbei an der Apotheke eines gewissen Monsieur Homais und der Markthalle, einem von hölzernen Pfosten getragenen Ziegeldach. Wie in London, war auch hier längst die Nacht hereingebrochen, doch es gab keinen Nebel. Und es war kälter als in der Stadt an der Themse. Die Bäume hatten ihre Blätter abgeworfen, nackt ragten die Zweige und Äste in den Himmel. Es musste Spätherbst sein oder Winter.

Dem Zug voran lief Artémise, das Zimmermädchen des Gasthofs. Sie leuchtete mit einer Petroleumlaterne.

»Die erste Tür links«, sagte Bovary, nachdem sie den kalten Flur seines Hauses betreten hatten. Er ließ sich von Artémise die Laterne reichen und machte Licht in dem kleinen Raum. Das Behandlungszimmer war karg und nur mit dem Allernötigsten ausgestattet. Ein Stehpult, ein kleiner Waschtisch, eine Behandlungsliege, dazu noch ein Medikamenten- und Instrumentenschrank, mehr nicht. Bovary wusste um die wenig Vertrauen erweckende Ausstattung seiner Praxis. Ein Landarzt wie er sei ständig unterwegs, entschuldigte er sich, er suche seine Patienten meist zu Hause auf, die Praxis unterhalte er eigentlich nur für Notfälle. Ben sah hinüber zu Mercutio. Der mahlte mit den Kiefern. Er hatte bisher kein Wort gesagt, schien nur noch ein Schatten seiner selbst, als raube ihm die Sorge um Julia all seine Kraft.

Der Arzt schickte Artémise zurück in den Gasthof, wusch sich die Hände in einer emaillierten Waschschüssel und begann den provisorischen Verband zu entfernen, mit dem die Wirtin Julias Wunde bedeckt hatte. Der Stoff war blutgetränkt.

»Geht es Ihnen nicht gut?«, fragte Bovary Ben. »Sie sind ja ganz blass, mein Freund.«

Ben schüttelte den Kopf. »Machen Sie nur …«, sagte er.

Dabei war ihm tatsächlich nicht wohl. Er spürte, wie Hitze in ihm aufstieg. Sein Magen brannte, als habe jemand darin eine Fackel entzündet. Julia durfte nicht sterben … All die Leichen auf dem Schlachtfeld und das Gemetzel in Irland hatten ihn nicht im Entferntesten so berührt wie der Anblick der verletzten Julia. Er betrachtete sie. Sie lag da, als träume sie – so als wolle sie sich aus diesem ganzen Elend hinausträumen, weit fort, zurück nach Verona, zu ihrem Romeo …

»Bei dem Schnitt sind eine Menge Gefäße in Mitleidenschaft gezogen worden«, murmelte Bovary und reinigte die Wundränder mit Alkohol. Dann nahm er ein Operationsbesteck aus dem Schrank und begann es zu desinfizieren.

Das war zu viel für Ben! Julia gehörte in eine Klinik, nicht in das Behandlungszimmer eines Landarztes, in dem der Staub fingerdick auf den Instrumenten lag. »Heißt das, Sie wollen …?«

»Ich will nicht, ich muss. Wenn ich die betroffenen Gefäße nicht vernähe, wird sie verbluten.«

»Aber …«

»Kein Aber! Sie werden mir assistieren müssen.« Ein Blick zu Mercutio, der ebenfalls erbleichte. »Und Sie auch. Fühlen Sie sich stark genug dafür?«

Mercutio zögerte, dann nickte er. Genau wie Ben.

»Also los!«, sagte der Arzt und schob ihnen die Waschschüssel entgegen. »Wenn Sie fertig sind, reiben Sie sich Hände und Unterarme mit Alkohol ab, dann fangen wir an.«

Kurz darauf traten Ben und Mercutio mit hochgekrempelten Ärmeln an den Tisch. Bovary reichte Ben ein Beißholz.

»Sollte sie wach werden, stecken Sie ihr das zwischen die Kiefer.«

»In Ordnung.«

»Halten Sie mir beide die Wunde auf.« Bovary deutete auf zwei Wundhaken, die er mit dem Rest des Bestecks neben der Schwerverletzten ausgebreitet hatte. Bens Knie zitterten, als er den Haken in Julias blutiges Fleisch drückte. Das hier war etwas anderes als ein Eingriff im Mount Sinai Medical Center oder im Lenox Hill Hospital. Keine Computer, keine Maschinen. Statt einer anständigen Betäubung ein Stück Holz zum Draufbeißen. Julia zuckte kurz zusammen, entspannte sich aber wieder. Hoffentlich blieb sie noch eine Weile bewusstlos.

»Und jetzt stillhalten!« Das war das Letzte, was der Doktor für einen langen Zeitraum sagte. Er arbeitete konzentriert, stillte die Blutung, verließ kurz den Raum und kam mit einem kleinen Binsenkorb zurück, dem er eine Nähnadel und einen Faden entnahm. Ben traute seinen Augen nicht. Ganz normales Nähzeug? Das konnte nicht wahr sein.

»Manchmal muss man improvisieren«, sagte Doktor Bovary entschuldigend und wusch Nadel und Faden in Alkohol. Er begann die Gefäße zu vernähen. Nach einer Weile sagte er: »Sie können jetzt die Haken beiseitelegen. Das Schlimmste hat sie überstanden.« Mit groben Stichen machte er sich daran, die verletzte Haut zu schließen. Ben schluckte.

Der Doktor verband die Wunde sorgfältig, seufzte leise, dann lächelte er.

»Das war's, meine Herren.« Er schaute auf seine Hände. »Das erste Mal seit zwei Jahren. Gar nicht schlecht für eine so lange Pause.«

Ben betrachtete Julia. Ihr Atem ging ungleichmäßig, ihre Brust hob und senkte sich kaum. Er strich ihr eine Haarsträhne aus dem verschwitzten Gesicht.

»Wird sie …?«

»Morgen früh wissen wir mehr«, erwiderte Bovary. Sein Lachen verschwand, sein Blick glitt über die mit Blut verschmierten Tücher und Laken. »Ihr Blutverlust war sehr hoch.«

Er bat Ben und Mercutio, ihm zu helfen. Gemeinsam hoben sie Julia an und trugen sie vorsichtig auf die Liege. Bovary breitete eine Decke über sie. »Wir sollten sie schlafen lassen.« Damit löschte er das Licht und bat Ben und Mercutio hinaus. Er führte sie in den Salon. »Meine Frau hat die Köchin angewiesen, uns einen kleinen Imbiss zu bereiten. Sie freut sich immer sehr über Gäste.«

Ben sah sich um. Die Einrichtung des Zimmers wie überhaupt des ganzen Hauses erinnerte ihn an die Morton Street. Doch war dort in jeder Ecke eine gewisse Schlampigkeit zu spüren, der Charme des immer wieder liebevoll Reparierten, so beherrschte hier eine merkwürdige Kälte die Möbel und Bilder. Alles war wie von einer frostigen Schicht überzogen, die nicht von den Dingen auszugehen schien, sondern von den Menschen, die hier lebten.

»Guten Abend«, sagte eine weibliche Stimme, deren melancholischer Unterton Ben heftig anrührte. Er drehte sich um. Vor ihm stand eine Frau in den Dreißigern mit rötlichem, sorgfältig frisiertem Haar in einem einfachen fliederfarbenen Seidenkleid. Sie wirkte zerbrechlich und zart und strahlte doch eine große Kraft aus, oder besser: einen unbändigen Hunger nach Leben. Zugleich lag über ihr derselbe kühle Schleier, den Ben beim Betreten der Räume gefühlt hatte.

»Meine Frau Emma«, beeilte sich Doktor Bovary sie vorzustellen. Ben sah Stolz in seinen Augen aufblitzen und eine tiefe Fassungslosigkeit, so als sei er beglückt und zugleich verzweifelt über die Verbindung mit dieser ohne Zweifel außergewöhnlichen Frau. Er fühlt sich ihr hoffnungslos unterlegen, dachte Ben, er würde alles für sie tun und schämt sich dafür.

Emma räusperte sich. »Es gibt Huhn und ein wenig kalten Braten. Etwas anderes war auf die Schnelle nicht zuzubereiten.«

»Oh, wir lieben Huhn und kalten Braten«, erwiderte Ben. »Nicht wahr, Mercutio?«

»Ja, natürlich«, stimmte der Veroneser zu.

»Dann bin ich ja beruhigt«, sagte Emma und bat sie ins angrenzende Esszimmer, das dieselbe merkwürdige Kühle ausstrahlte wie der Salon.

Sie nahmen am Tisch Platz, die Köchin trug schweigend auf. Emma und ihr Mann saßen einander gegenüber. Die beiden schienen durch eine negative Kraft miteinander verbunden zu sein. Verachtete Emma ihren Mann oder bemitleidete sie ihn nur? Jedenfalls lag über ihr wie über ihm die unausgesprochene Unmöglichkeit eines gemeinsamen Glücks.

»Woran haben Sie gerade gedacht?«, fragte Emma und reichte Ben die Platte mit dem Brathuhn. Er nahm sich ein Stück Brust. »Ich weiß nicht.«

»Sie machen sich Sorgen, nicht wahr?«

»Sie meinen, um Julia … o ja.«

»Lieben Sie das Mädchen?«

Ihre Frage war wie ein Paukenschlag. Einer, dessen Echo lange nachklang. Mercutio hörte auf zu essen, schaute ihn an. Ein waidwunder Blick.

»Emma!«, mischte sich Doktor Bovary ein.

»Wieso?«, verteidigte sich seine Frau. Und wieder zu Ben: »Entschuldigen Sie meine Direktheit. Mein Mann sagt immer, ich müsse lernen, mich zurückzunehmen. Ich hingegen finde, es ist nichts dagegen einzuwenden, seine Meinung zu sagen.«

Ben begann sich unbehaglich zu fühlen. »Ich würde sagen, es kommt darauf an.«

»Worauf?«

»Auf die Situation.«

»Eine diplomatische Antwort«, gab Emma zurück. »Nur kein Gefühl zeigen, n'est-ce pas? Bloß niemandem wehtun.« Sie wandte sich mit mühsam zurückgehaltener Erregung an Mercutio. »Und Sie? Was meinen Sie zu alledem?«

»Das Huhn ist wirklich vorzüglich.«

»Oh, noch ein Diplomat. Die Welt ist voller Diplomaten, die Empfindungen bleiben auf der Strecke. Jeder kontrolliert sich, folgt unsinnigen Regeln und Konventionen, bis all die Regeln und Konventionen auch noch das kleinste Gefühl in uns getilgt haben.«

»Emma!«, fuhr ihr Mann erneut auf. »Ich muss dich wirklich bitten …«

Seine Wange zuckte, die Spitze seines Schnauzbarts zitterte. Seine Frau fuhr zusammen, als sei sie über die Heftigkeit seines Ausbruchs erschrocken. Dabei mischte sich Mitleid in ihren Blick und schließlich war nur noch Abscheu da.

»Verzeihen Sie«, sagte sie leise zu Ben und Mercutio, »bitte, verzeihen Sie. Es war nicht meine Absicht …«

»Ich bitte Sie, es ist doch nichts passiert«, erwiderte Ben eilig. »Mein Freund Mercutio hat recht, das Huhn ist wirklich ausgezeichnet.«

»Ich danke Ihnen«, sagte Emma. Sie stand auf und verließ ohne jedes weitere Wort das Zimmer. Doktor Bovary sackte in sich zusammen. Als habe ihn dieser demonstrative Beweis seiner Männlichkeit mehr Kraft gekostet, als er besaß.

»Ich muss mich für meine Frau entschuldigen. Sie ist bisweilen etwas überspannt und unbeherrscht. Eine Reizung der Nerven, deren Ursache von mir bislang leider nicht …«

Er brachte den Satz nicht zu Ende. Wahrscheinlich spürte er, wie überflüssig seine Erklärung war. Er und sie, dachte Ben, als wären zwei völlig unterschiedliche Wesen in einen gemeinsamen Käfig gesperrt. Ochse und Skorpion. Einer von ihnen würde auf jeden Fall zugrunde gehen. Die Frage war nur, wer wen erledigte. Zertrampelte der Ochse den Skorpion oder verpasste der Skorpion dem Ochsen einen tödlichen Stich? Oder würde der Skorpion im Moment des tödlichen Stichs vom stürzenden Ochsen zerquetscht werden, sodass am Ende beide auf der Strecke blieben? Und wer war wer in diesem Spiel?

29

Ben war froh, als er endlich neben Mercutio in der Kammer lag, die der Doktor den beiden zum Schlafen angeboten hatte. Das Gespräch am Tisch hatte ihn traurig gemacht. Der verzweifelte Protest Emmas gegenüber der Starrheit ihres Lebens, die Unfähigkeit Bovarys, auf sie einzugehen. Die Tragik einer Ehe, die Unmöglichkeit eines gemeinsamen Glücks. Von Lynn wusste Ben, dass *Madame Bovary* entscheidend gewesen war für die Entwicklung des modernen Romans. Die Wirklichkeit und die Vorstellung von der Wirklichkeit. Er dachte an Julia. Hast du dich ernsthaft in sie verliebt, Ben? Sie ist doch »nur« die erfundene Figur aus einem Buch? Andererseits: Warum sollte er sich wehren gegen seine Gefühle? Konnte er das überhaupt? Hatte Emma Bovary nicht recht gehabt mit ihrem Vorwurf, dass die Welt an ihren Regeln und Konventionen ersticke?

Er blickte hinüber zu Mercutio. Der schien tief und fest zu schlafen, als wolle er sich in seinem Traum vergraben, um die Zeit bis zu Julias Genesung zu überbrücken. Ben hätte viel darum gegeben, ein paar Stunden Schlaf zu finden, doch es ging einfach nicht. Das Gespräch beim Essen mit den Bovarys hing ihm nach. Emmas Frage nach seiner Liebe zu Julia. Mercutios Eifersucht war wie ein langsam wirkendes Gift. Wie war das zu Lebzeiten Romeos gewesen? Hatte Mercutio seine

Liebe zu Julia einfach unterdrückt oder hatte er in schlaflosen Nächten davon geträumt, den Rivalen zu beseitigen? Und wenn es diese Fantasie gegeben hatte, wenn diese Bilder in ihm gewachsen waren – wie musste er sich dann gefühlt haben, als sein Freund Romeo vor seinen Augen ermordet wurde? Es musste trotz allem schrecklich gewesen sein. Denn wie schnell hat man etwas Böses gedacht oder gesagt – und wenn es dann tatsächlich eintritt, bereut man es unendlich …

Das Mondlicht, das durch das winzige Fenster in die Kammer fiel, ließ Mercutios ebenmäßige Züge glänzen. Mercutio hatte für Romeo und Julia sicher immer nur das Beste gewollt. Ben erhob sich vorsichtig, leise, nur jetzt den andern nicht wecken. Er öffnete die Tür und tastete sich durch den dunklen, ungeheizten Flur. Die Kälte kroch ihm unter die Haut. Rechts musste die Treppe liegen und links … Noch zwei, drei Schritte, dann war er da. Die Türklinke lag schwer in seiner Hand. Er drückte sie herunter und schlüpfte in das Behandlungszimmer. Seine Finger glitten über die Tapete. Irgendwo links musste die Lampe stehen, die der Doktor bei seiner Operation benutzt hatte. Da war sie, viereckig und gläsern, auf dem kleinen Schrank mit dem Operationsbesteck. Ben entzündete die Kerze in der Lampe, hob sie hoch und schob die Blende nach oben.

Mit dem Licht in der Hand, trat er an die Liege.

Julia lag da wie tot und dennoch ging Lebendigkeit von ihr aus. »Julia!« Er hauchte nur ihren Namen, aber sie reagierte sofort. Ein kaum merkliches Drehen des Kopfes, ein Flackern der Lider, dann schlug sie die Augen auf.

»Ben …« Ihre Stimme ein kaum merkliches Flüstern.

Er schaute sie an, versuchte sich jede Pore ihrer Haut einzuprägen. Halt diesen Moment aus, Ben, auch wenn es schwerfällt. Sei still und sag nichts. Aber er konnte es nicht.

»Hast du Schmerzen?«

»Ich bin so froh, dass du da bist.«

Ein Satz, der ihm den Atem nahm.

»Ich …«

»Ja?«

Sag's ihr, Ben! Sag ihr, was sie mit dir macht. Was das alles mit dir macht. Erzähl ihr vom Rasen deines Herzens, vom Zittern deiner Knie, von den Schmetterlingen in deinem Bauch. »Ich …« Wieder ein Zögern, für das er sich hasste. Warum zauderte er so, warum nutzte er diesen Augenblick nicht?

Plötzlich war da ein Zucken um ihren Mund, die Sekunde eines Zerfalls, dann ein leises Stöhnen.

»Julia!«

Der Versuch, sich zu entspannen, kostete sie Anstrengung. Genau wie das Bemühen, mit ihren Augen seine Augen zu finden. Etwas musste passieren, sofort. Wenn sie jetzt starb, dann durch seine Schuld. Er hatte sie aufgeregt. Er war gekommen, mitten in der Nacht, obwohl er wusste, dass sie unbedingte Schonung brauchte. Sollte er Bovary wecken? Es würde wertvolle Minuten kosten, ehe der Doktor hier wäre.

»Ben …«

Sie begann zu röcheln. Panik stieg in Ben auf. Die eingeprägte Erinnerung. Die Angst vor dem Verlust. Ein eingebrannter Stempel: einmal Waise, immer Waise. Tu was, verdammt noch mal, und tu es schnell. Jede Sekunde Warten bringt sie dem Tod näher. Er hörte ein Rasseln aus ihrer Brust, ein verzweifeltes Schnappen nach Luft. Zu spät, alles zu spät.

»Julia!«

Er wusste nicht, wieso, doch er riss sich das Band mit dem halben Oktagon vom Hals und legte es auf ihre Stirn. Er spürte die Wärme – sofort. Julia begann zu zittern, stöhnte auf. Ihr Rücken bog sich durch, ihre Brust drängte nach oben. Ihr Keuchen brannte in seinen Ohren.

»Bitte stirb nicht! Hörst du mich? Bleib hier!«

Das Amulett wurde heißer und heißer.

»Ben …«

Sein Name aus ihrem Mund. Ein Hilfeschrei, ein Versprechen. Tausende Meilen entfernt. Und gleichzeitig tief in ihm.

Ihr Atem veränderte sich, das Rasseln in ihrer Brust nahm ab. Kein Keuchen mehr und kein Röcheln. Ihr Körper bog sich nicht länger nach oben, sank zurück auf die Liege, entspannte sich. Das Amulett auf ihrer Stirn. Er nahm es vorsichtig ab. Zurück blieb eine gerötete Druckstelle, ein Kranz aus Zeichen, eingeprägt in ihre Haut. Buchstaben, Worte, ein Satz in Spiegelschrift. Aber merkwürdig: Auf ihrer Stirn zeichnete sich nicht nur das halbe, sondern das ganze Amulett ab. Er versuchte die Inschrift zu lesen, doch es war zu dunkel. Als er die Lampe näher heranführte, begannen die Zeichen sofort zu verblassen. Nur für einen kurzen Moment sah er den Spruch, der dort stand, kaum lang genug, um die gespiegelte Schrift zu entziffern: »Ruhm dem, der bewegt das große Ganze.« Was sollte das heißen? Von wem stammte der Satz? Konnte er ihm helfen, den Weg zu seiner Tante zu finden?

»Was ist geschehen?«, fragte Julia. Ihre Stimme war fest, sie klang erholt, als sei sie aus einem langen Fieber erwacht, das sie an den Rand des Todes gebracht hatte.

»Geht es dir besser?«

»Sollte es mir denn schlecht gehen?« Erstaunen in ihrer Stimme. Sie musste es überwunden haben.

»Deine Schulter – hast du noch Schmerzen?«

Sie schälte eine Hand unter der Decke hervor, griff sich damit an die verletzte Schulter, ertastete den Verband.

»Wieso bin ich verbunden?«

Wusste sie gar nicht, was geschehen war? Hatte das Amulett ihre Erinnerung gelöscht?

»Der Doktor hat dich operiert«, sagte Ben. »Einer der Schattenkrieger hat dich mit seinem Schwert getroffen. Es war eine Frage auf Leben und Tod.«

»Komisch«, erwiderte Julia. »Ich entsinne mich nicht.«

»Spürst du denn gar nicht …?«

»Was?«

»Deine Wunde?«

»Wovon sprichst du? Welche Wunde?«

Wie konnte das sein? Er leuchtete hinüber zu dem kleinen Schrank, öffnete ihn, suchte und fand eine Schere.

»Keine Angst!« Vorsichtig begann er ihren Verband aufzuschneiden. Er roch ihr Haar, spürte die Seidigkeit ihrer Haut. So nah war er ihr noch nie gewesen. Vorsichtig hob er den weißen Stoff an und klappte ihn beiseite.

»Und?«, fragte Julia fast amüsiert. »Was siehst du?«

»Nichts«, stammelte Ben, »da ist nichts!«

Er starrte auf ihre freigelegte Schulter. Nichts war zu sehen von dem Blut, das geflossen war, nichts von dem tiefen Schnitt, der ihn zu Tode erschrocken hatte, nichts von dem groben Zwirn, mit dem Doktor Bovary die Wunde genäht hatte. Das Amulett! Das musste das Oktagon bewirkt haben, eine andere Erklärung gab es nicht. Seine Gedanken sausten wie NASCAR-Rennwagen auf einem Meilenoval durch seinen Schädel, während er sich das Amulett wieder umhängte: Julia war eine Figur aus einem Buch. Das Oktagon hatte sie geheilt. Es besaß Kraft, es war die Kraft selbst. Die Gegenkraft zu den Schattenkriegern. Wenn die den Auftrag hatten, die Welt der Bücher zu zerstören, dann … der Gedanke erschlug ihn fast … dann war es *sein* Auftrag, die Welt der Bücher zu retten. Mithilfe des Oktagons. Endlich war klar, was er bislang nur undeutlich gespürt hatte: Seine Tante war die eigentliche Hüterin der Welt der Bücher. Ihre Aufgabe war es, ein Gleichgewicht zu erhalten, eines, das durch den finsteren Gondar erst gefährdet und schließlich zerstört worden war. Aber wie hatte Gondar das geschafft? Denk nach, Ben! Der Schrei, den er aus der Bibliothek gehört hatte, war der Schrei eines Kampfes gewesen. Gondar hatte Tante Lynn entführen lassen. Konnte das sein? Und warum hatte er es getan? Natürlich! Um in den Besitz des Amuletts zu gelangen. Nur: Wozu braucht er es? Ein eigentümlicher Geruch stieg ihm in die Nase: der Geruch in der Bibliothek am Morgen des Verschwindens von Tante Lynn. Der Gestank verwesender Leichen, die Totenfeuer einer Schlacht. Ein Verweis auf die Zukunft? So etwas wie ein Blick auf die alles entscheidende Schlacht? Hatte er gesehen, was ihm selbst bevorstand?

»Ben!«

»Ja?«

»Was ist mit dir? Du wirkst plötzlich so anders.«

»Ich hab nur nachgedacht.«

»Worüber?«

»Nichts Wichtiges«, log er.

»Es ist so schön, dass es dich gibt.« Sie sah ihn an. Mit der Unergründlichkeit ihrer blauen Augen. Sein Herz war wie ein Dampfkessel, der unter Druck stand. Das Gewicht der ganzen Welt und gleichzeitig federleicht.

»Nein«, widersprach er heiser, »es ist schön, dass es *dich* gibt!«

Er spürte ihre Hand auf seiner. Kein Zweifel mehr. Es war ihm egal, wer er war, wer sie war. Sie erwiderte seine Gefühle. Alles andere war gleichgültig.

»Schlaf ein bisschen«, flüsterte er.

»Ich werde von dir träumen.«

Sie schloss die Augen. Und ich von dir! Er riss sich von ihrem Anblick los, deckte sie zu. Die Unmöglichkeit dieser Liebe konnte ihn mal. Er verließ das Behandlungszimmer wieder. Die Lampe nahm er mit.

Der Weg über den Flur zurück in seine Kammer. Eine Überdosis Gefühle. Er fühlte sich angefüllt wie nie. Es gab eine Menge zu ordnen. Wie würde Mercutio reagieren? Wie sollte er dem Doktor Julias Heilung erklären? Und was würde Julia sagen, wenn sie erfuhr – irgendwann musste er ihr erklären, dass sie und er aus unterschiedlichen Welten stammten.

»Sie lieben Sie also doch.«

Er zuckte zusammen, leuchtete hinüber zur Treppe. Emma Bovary saß auf den Stufen. Sie hatte sich einen Hausmantel übergeworfen. Ihr Haar fiel offen über die Schultern. Ihre kleinen Füße waren nackt. Sie hielt sie nach außen geklappt, sodass die Sohlen nur am Rand den kalten Boden berührten.

»Ich beneide Sie«, sagte sie.

»Ich weiß nicht, ob es dafür einen Grund gibt.«

»O doch, den gibt es.«

Sie seufzte. Er wusste nicht, was er sagen sollte.

»Jeder hat die Möglichkeit zum Glück«, sagte er schließlich, nur um das Schweigen zwischen ihnen zu brechen.

»Glauben Sie wirklich?«, fragte sie zurück.

»Ja, das tu ich.«

»Als ich meinen Mann geheiratet habe, dachte ich das auch«, sagte sie und es klang, als spräche sie zu sich selbst. »Charles Bovary, ein Landarzt, einer, der studiert hat, ein angesehener Bürger, ein ehrenwerter Mann. Aber dann, im Lauf der Zeit …« Sie machte eine Pause.

»Im Lauf der Zeit?«

»Er ist ein Langweiler, ein belangloser, uninteressanter Mensch. Lieb, sanft, gutmütig. Er würde alles für mich tun. Gerade das macht es so schwer.«

»Wieso schwer?«

»Wenn er doch nur einmal Widerworte gäbe, mir nur einmal nicht meine Wünsche von den Augen ablesen würde. Seine Unterwürfigkeit ist ekelerregend.«

»Sind Sie nicht zu hart?«

»Ja, aber das macht es nicht leichter. Zu wissen, dass man ungerecht ist. Die Einsamkeit ist das Schlimmste.«

»Haben Sie Kinder?«

»Glauben Sie wirklich, das hilft?« Emma lachte auf. »Als ich schwanger war, spürte ich so etwas wie Hoffnung. Die Aussicht auf ein kleines Glück. Aber dann, nach der Geburt, ging alles weiter wie vorher. Nichts hat sich verändert.«

»*Sie* könnten sich ändern.«

»Das habe ich getan und tue es noch. Und laufe damit nur noch weiter in mein Unglück, Tag um Tag, Jahr für Jahr.«

Was für eine Figur! Vielschichtig wie ein echter Mensch. Flaubert, Shakespeare, Tolstoi – welche Meisterschaft musste ein Schriftsteller besitzen, um sich so eine Figur auszudenken in all ihren Facetten und Brüchen?

»Da ist etwas, das ich Sie fragen muss«, wechselte Ben abrupt das Thema. »Es geht um ein Buch. Genauer gesagt um den Anfang eines Romans, die ersten Zeilen.«

»Wie kommen Sie jetzt auf so was?«

»Es tut mir leid, es fiel mir gerade ein, es ist sehr wichtig für mich.«

»Also gut, fragen Sie.«

»Der Romananfang, den ich suche, lautet: ›In der Rue St. Honoré …‹, sagt Ihnen das was?«

»Aber natürlich«, erwiderte Emma. »Die Rue St. Honoré liegt in Paris in der Nähe des Louvre – aber da Sie von Roman sprechen, wissen Sie, wer dort lebte?«

»Nein.«

»Das Fräulein Madeleine de Scuderi. Eine Schriftstellerin, die Romane für den Hof geschrieben hat.«

Das Fräulein von Scuderi, schoss es Ben durch den Kopf. E.T.A. Hoffmann. Der erste Kriminalroman der Literaturgeschichte. Das könnte das dünne Büchlein gewesen sein, das seine Tante im Feuer bei Faust in der Hand hielt! Wenn das stimmte, dann hatte er gefunden, was er suchte.

»Sagen Sie, Madame, besitzen Sie zufällig eine Ausgabe des *Fräulein von Scuderi*?«

Emma war überrascht. »Ich wusste nicht, dass es ein Buch gibt, das ihren Namen trägt.«

»Sie haben es also nicht?«

»Nein.«

»Gibt es hier im Ort eine Buchhandlung?«

Emma lachte auf. »Wir sind hier in der Provinz. Da müssten Sie schon nach Paris fahren.«

»Wie weit ist das von hier?«

»Mit dem Zug ein paar Stunden.«

Zug! Eisenbahn, Bahnhof – könnte das nicht eine Verbindung in ein anderes Buch sein? Die Verbindung, nach der er suchte? Wenn sie Glück hatten, würde es funktionieren und sie in die Rue St. Honoré bringen …

30

In Gedanken versunken betrat Ben die kleine Kammer. Am nächsten Morgen würde Doktor Bovary sie mit seiner Kutsche zum Bahnhof von Rouen bringen. Wenn alles klappte, wie Ben sich das dachte, würden sie gar keinen Zug nehmen. Sie würden einfach die Bahnhofshalle und dann den Bahnsteig betreten und sich auf dem Pariser Gare du Nord wiederfinden. Von dort aus könnten sie zu Fuß in die Rue St. Honoré gelangen. Und wenn es schiefging? Er musste sich auf sein Gefühl verlassen, etwas anderes blieb ihm nicht übrig.

Er hörte Emmas verklingende Schritte auf der Treppe und löschte das Licht. So leise wie möglich schob er sich auf seine Pritsche. Nur jetzt nicht Mercutio wecken. Das Stroh in der Matratze knirschte leicht, als er sich unter seiner Decke zur Seite drehte. Er erschrak. Vor ihm, mitten in Mercutios Gesicht, in seinen geöffneten Augen, schimmerte das Licht des Mondes.

»Du bist wach?«

»Stört dich was daran?«

»Warum so gereizt?«

»Wo warst du?«

Ben schwieg.

»Du warst bei Julia«, sagte Mercutio. Es war eine Feststellung, aber es klang wie eine Anklage.

»Und wenn schon. Warum sollte ich nicht zu ihr gehen?«

»Du liebst sie.«

»Wie kommst du darauf? Sie ist krank. Ich habe nur nach ihr geschaut. Ist das etwa verboten?«

»Ich dachte, wir wären Freunde«, sagte Mercutio.

»Was hat das damit zu tun?«

»Du sprichst von Freundschaft und vertraust mir nicht. Du belügst mich. Du willst etwas, aber du gibst nichts. Du redest von Gefühlen und meinst nur deine eigenen.«

Mercutios Worte trafen ihn ins Mark. Er hatte seit dem Tod seiner Eltern keinen Menschen an sich herankommen lassen, nicht einmal seine Tante Lynn. Er hatte niemandem mehr wirklich vertraut, weil er dem Leben nicht mehr vertraute. Auf keinen war er zugegangen, keinem war er je nahgekommen, niemandem! Warum hatte er so große Angst, anderen nah zu sein, ihnen ehrlich sein Herz auszuschütten? Und warum hatte er diese Angst bei Julia nicht?

»Was ist los? Warum schweigst du?«, beharrte Mercutio.

Ben fühlte sich in die Ecke gedrängt und kam nicht heraus aus dieser Ecke. So musste sich Mercutio in Fausts Studierzimmer gefühlt haben.

»Also gut, ich mag Julia«, sagte er schließlich. »Reicht dir das?«

»Es ist zumindest ein Anfang«, erklärte Mercutio.

»Dann lass mich jetzt schlafen.«

Er legte sich hin und schloss die Augen, horchte in die Stille, lauschte auf Mercutios Atem. Warum war es nur so schwer, die Wahrheit zu sagen? Eigentlich war Mercutio der erste wirkliche Freund, den er je in seinem Leben hatte …

»Ich bin froh, dass du da bist«, sagte Ben in die Stille hinein.

»Das bin ich auch.«

Hier lagen sie, in einer Kammer, gefangen in einem französischen Roman aus dem neunzehnten Jahrhundert. Rechts und links der Buchdeckel standen weitere Bücher im Regal in der

Morton Street, mitten in New York. Hinter der steinernen Wand lag Julia, ein Stockwerk höher lag Emma Bovary und über allem lag die Nacht …

31

»Ich wäre dann so weit.« Der unterwürfige Klang von Doktor Bovarys Stimme. Traurigkeit, die ansteckte und wütend machte.

Ben nahm Emmas Hand. »Ich möchte Ihnen danken.«

»Wofür?«

»Sie haben mir geholfen. Sehr sogar.«

Er lächelte ihr zu. Ihre schmalen Lippen zogen sich leicht nach oben. Das höchste der Gefühle. Mehr war ihr nicht möglich. Sie tat ihm leid. Er glaubte zu ahnen, was in ihr vorging: Sie teilte die Welt ein in Hoffnung und Nicht-Hoffnung. Er, Ben, war für sie einige Stunden lang das Fenster in eine andere Welt gewesen. Jetzt ging er wieder fort und ließ sie zurück im Trauerspiel ihrer verkorksten Ehe. War Emma Bovary fähig, Glück zu empfinden? Vermutlich nicht. Und ihr Mann? Der sehnte sich wahrscheinlich nach nichts weiter als einer kleinen Anerkennung, nach einem warmen Blick, einem Kuss auf seiner Wange, jedem noch so winzigen Zeichen von Zuneigung. Ein Landarzt, der sich entschieden hatte, mit nichts zufrieden zu sein, und dem selbst das verwehrt wurde.

»Bitte, Monsieur«, drängte Doktor Bovary. Er trug einen langen Mantel und einen Zylinder. Der Morgen war kalt. Auf Büschen und Bäumen lag Raureif. Julia saß bereits mit Mercutio in der Kutsche. Der Arzt hatte ihr eine warme Decke umgelegt. Er schien verwirrt, wie schnell und nachhaltig sie genesen war. Er verstand es nicht. Es war durch nichts zu erklären.

Ben setzte sich neben den Doktor auf den Kutschbock. Bovary ließ die Peitsche knallen – und fuhr los. Das Ledergeschirr der Pferde scheuerte knarrend aneinander. Ein letztes Umdrehen. Emma, das Haus, der Marktplatz. Der Weg aus dem Dorf, einen flachen Hügel hinab und weiter ins frostige Unbekannte.

Die Landschaft war unwirklich in ihrem Zuckerguss aus Frost. Er schloss die Augen. Tante Lynn und er waren ab und an mit dem Zug von New York hinaus nach Long Island ans Meer gefahren und stundenlang am Strand entlanggewandert. Seine Tante liebte die raue Küste, vor allem im Winter. Die Dünen von Montauk. Sie hatte ihm von Max Frischs gleichnamiger Erzählung berichtet. Eine seiner Figuren hieß wie sie: Lynn. Als Ben sich irritiert erkundigt hatte, ob sie den Schweizer Schriftsteller gekannt habe und ob sie selbst hinter der Lynn aus dem Buch stecke, hatte sie geschmunzelt und darauf hingewiesen, dass Schreiben immer auch ein Spiel mit der Wirklichkeit sei. Mit welcher, hatte sie allerdings nicht gesagt.

Die klappernden Hufe der Pferde auf dem Straßenpflaster von Rouen. Das geschäftige Treiben vor dem Bahnhof. Bovary hielt an und sprang vom Bock. Er half Mercutio und Julia aus der Kutsche.

»Auf Wiedersehen, Monsieur. Mademoiselle.«

»Danke, Doktor«, sagte Ben und reichte dem Arzt die Hand. Bovary strahlte Unbehagen aus. Er blickte an Ben vorbei hinüber zu Julia, die mit Mercutio bereits in Richtung Halle ging. »Sagen Sie, verstehen Sie das alles?«

»Nein«, sagte Ben, »tue ich nicht. Aber vielleicht muss man ja auch nicht alles verstehen.«

»Da mögen Sie recht haben.« Der Arzt seufzte. »Machen Sie's gut. Hat mich wirklich gefreut.«

Nachdenklich kletterte er zurück auf seinen Kutschbock und schwang seine Peitsche. Die Kutsche ruckte an. Ben wandte sich dem Bahnhofsgebäude zu, durch dessen große Türen Mercutio und Julia soeben verschwanden. Er rannte hinter ihnen her.

»Gleis eins«, sagte er zu Julia und Mercutio und schaute auf die große Bahnhofsuhr. »Wir haben noch zehn Minuten.«

Mercutio ließ sich nichts von dem Streit heute Nacht anmerken. Ben rechnete ihm das hoch an. Das Letzte, was er jetzt gebrauchen konnte, war eine offene Auseinandersetzung.

»Warum hat der Doktor uns hier rausgelassen?«

»Wir reisen mit dem Zug weiter.«

»Mit dem Zug? Was ist das?«

»Eine Maschine, die von selbst fährt und mehrere Wagen hinter sich herzieht.«

»Ohne Pferde?«

»Mit Dampf betrieben. So ähnlich wie das Schiff, das wir im Dschungel gesehen haben. Man nennt sie Lokomotive.«

»Und macht diese Lokomotive auch so grauenhafte Geräusche?«, fragte Julia.

»Nun ja, leise ist sie nicht gerade. Allerdings dürfte das nicht unser Problem sein.«

»Und was ist unser Problem?«, fragte Mercutio.

»Die Fahrkarten. Wir haben kein Geld, welche zu kaufen.«

Er schaute sich um. Die Chancen standen nicht schlecht, der Zugang zum Bahnsteig war voller Menschen. Allerdings war da ein uniformierter Bahnsteigwärter, der die Fahrkarten kontrollierte.

»Seht ihr den Mann in der Uniform? Ich lenke ihn ab und ihr schlüpft an ihm vorbei auf den Bahnsteig.«

»Bahnsteig?«

»Die Plattform, wo der Zug abfährt.«

Damit ging er auf den Uniformierten zu.

»Ihre Fahrkarte, Monsieur«, sagte der Bahnsteigwärter.

»Aber natürlich«, erwiderte Ben lächelnd, »sofort.« Er begann umständlich seine Taschen zu durchsuchen. »Sensationell«, sagte er plötzlich.

»Bitte?«

»Einzigartig.«

»Meinen Sie mich?«

»Aber natürlich, Monsieur, besser gesagt, Ihre Uniform. Dieser Sitz. Einfach ein Gedicht!«

Stufe eins war gezündet: einschmeicheln beim Opfer.

»Vielen Dank«, sagte der Bahnsteigwärter angetan.

»Wissen Sie«, setzte Ben hinterher, »das kann heutzutage längst nicht mehr jeder.«

»Sie kennen sich aus?«

»Ich muss es wissen!« Er reichte dem geschmeichelten Bahnsteigwärter die Hand. »Jacques Deauville & Sohn, Paris. Der Sohn bin ich, Kleidung ist unser Geschäft. Feinste Herrenschneider seit 1793. Auf den Leib geschnitten, sozusagen.«

»Sehr beeindruckend, wirklich«, gab der Bahnsteigwärter zurück und winkte eine vorbeikommende Dame durch, die ihm ihren Fahrschein zeigte. Jetzt war Stufe zwei an der Reihe: Verwirrung stiften und auf die Tränendrüse drücken.

»Allerdings, seit mein Vater und ich, seit wir diese extrem seltene Krankheit haben …«

»Was denn für eine Krankheit?«

»Ein Erbleiden, nichts Ansteckendes, Monsieur, keine Angst. Wenngleich die körperlichen Veränderungen … sehen Sie: hier!«

Der Bahnsteigwärter drehte sich zu ihm um. Er konnte gar nicht anders. Neugier war stärker als Pflichterfüllung. Genau das hatte Ben beabsichtigt. Er lupfte kurz sein Hemd, als sei ihm das peinlich. »Haben Sie's gesehen?«

»Nein. Was denn?«

»Na, die fürchterliche Geschwulst dort, oberhalb der Rippen?« Wieder zog er sein Hemd kurz hoch und nickte unauffällig Mercutio zu, der sich mit Julia an dem abgelenkten Bahnsteigwärter vorbeidrückte.

»Ich sehe gar nichts«, grummelte der Uniformierte.

»Nein? Dann hat sie sich wohl bereits zurückgebildet. Das

muss an der hervorragenden Medizin von Apotheker Homais liegen. Ein echter Könner. Kennen Sie ihn?«

»Nein. Nie von ihm gehört.«

»Aber das sollten Sie, Monsieur, unbedingt. Ich habe mir sagen lassen, er mischt eine hervorragende Rheumacreme und eine wunderbare Salbe gegen Gichtbeschwerden.«

»Ich habe weder Rheuma noch Gicht.«

»Aaah, so etwas geht oft schneller, als man denkt. Gerade in Ihrem Beruf.« Jetzt Stufe drei: dem Opfer auf die Nerven fallen. »Soll ich Ihnen vielleicht seine Adresse aufschreiben?«

»Danke, nicht nötig.«

»Aber bitte, Monsieur, das macht mir nichts aus.«

»Nein, wirklich nicht!«

Der Bahnsteigwärter wedelte mit der Hand, als wolle er etwas Klebriges abschütteln, und wandte sich ungehalten ab. Genau wie beabsichtigt. Ben wieselte beflissen um ihn herum Richtung Bahnsteig und ließ Stufe vier folgen: aufdringliches Beleidigtsein. »Na dann, Monsieur, bitte, es war nur ein gut gemeinter Ratschlag. Aber Sie haben einen gut gemeinten Rat ja offenbar nicht nötig. Einen schönen Tag noch.«

Damit deutete er eine Verbeugung an und betrat, als wäre es das Selbstverständlichste von der Welt, den Bahnsteig. Dort warteten Julia und Mercutio auf ihn. Es hatte funktioniert, er hatte keine Fahrkarte vorzeigen müssen.

Die Freude darüber währte allerdings nicht lange. Ben hatte gehofft, mit dem Betreten des Bahnsteigs in Paris zu landen, im *Fräulein von Scuderi*. Doch das hier war nicht der Pariser Bahnhof. Unmöglich! Die Leute auf dem Bahnsteig trugen keine leichten Hüte oder Kappen, sondern Fellmützen, Handschuhe und dicke Mäntel. Ben blickte hinauf zu den Schildern unter dem Bahnsteigdach. Da stand nicht Paris-Nord, sondern Mockba. In kyrillischer Schrift. Mockba – das bedeutete, sie waren in Moskau. Ein anderes Buch, die falsche Richtung in Lynns Regal? Was sollte er jetzt tun?

»Was ist denn?«, fragte Julia, die seine Verwirrung bemerkt hatte.

»Nichts«, beeilte er sich, sie zu beruhigen. »Alles in Ordnung.«

Eine Durchsage ertönte: »Achtung an Gleis eins. Bitte zurücktreten. Der einfahrende Zug hält hier nicht. Achtung bitte an Gleis eins …«

Ein schrilles Pfeifen, dann ein Zischen und Fauchen und am Ende des Gleises wurde die schwarze Schnauze einer Lokomotive sichtbar, dahinter mehrere Güterwaggons. Julia wich instinktiv zurück. Ben nahm sie in den Arm. Mercutio registrierte es missbilligend.

»Ist das eine Lokomotive?«, fragte Julia.

»Ja«, erwiderte Ben. Ein Güterzug bei der Durchfahrt. Das Ganze kam ihm irgendwie bekannt vor. Herrgott, in welchem Buch waren sie gelandet?

Plötzlich ein spitzer Schrei. Er fuhr herum. Am Ende des Bahnsteigs versuchte ein Mann, eine Frau zurückzuhalten, die an den Rand des Gleises treten wollte. Die Frau war auffallend teuer gekleidet. In der Hand hielt sie eine rote Reisetasche. Für eine Sekunde trafen sich ihre Blicke. Ben erstarrte. Dieses Gesicht, die dunklen Haare mit dem rötlichen Schimmer, die hatte er doch schon einmal … natürlich, in New York, am Morgen seines Spanischtests, als er zurückgerannt war in die Morton Street. Kein Zweifel, die junge Frau vor ihm war die, die sich vom Dach eines Hauses in der Cornelia Street gestürzt hatte. Sie lächelte ihm zu. Mein Gott, warum lächelte sie? Dann riss sie sich von dem Mann los, der sie aufzuhalten versuchte, und stieg die Stufen, die neben einer Wasserpumpe direkt auf das Gleis führten, hinunter. Alles ging unglaublich schnell, trotzdem kam es Ben vor, als zögere sie. Dann, zwischen dem ersten und zweiten Waggon, verschwand sie aus seinem Blickfeld und in dem Moment, als sie verschwand, wusste er, wer sie war. Die rote Reisetasche. Die Frau, die sich gerade das Leben genommen hatte, war die berühmteste Figur Leo Tolstois: *Anna Karenina*!

Patam, patam, patam – der Zug fuhr weiter, als wäre nichts geschehen. Reisende liefen mit Gepäckträgern zu der Unglücksstelle, jemand legte sich auf den Perron, langte nach unten und zog die unversehrte rote Reisetasche zwischen Zug und Gleis nach oben.

Ben wusste nicht, wieso, doch er lief los, auf die Tasche zu. Möglicherweise war darin ja etwas, das er gebrauchen konnte. In dem allgemeinen Getümmel gelang es ihm, unbemerkt nach der Tasche zu greifen und sie an sich zu bringen. Er rannte zurück zu Julia und Mercutio.

»Die junge Frau, ist sie …?«, fragte Julia erschrocken.

»Ja, sie ist tot.«

Ben machte sich daran, die Tasche zu öffnen. Er fragte sich, was es zu bedeuten hatte, dass er in Anna Karenina die Frau vom Dach in der Cornelia Street wiedererkannt hatte. Als sei es den literarischen Figuren möglich, in der wirklichen Welt aufzutauchen. Oder war es nur seine Vorstellung, die zu dieser merkwürdigen Übereinstimmung geführt hatte?

Er begann die Utensilien der Karenina zu durchwühlen. Ein Zeichen, er brauchte so etwas wie ein Signal, irgendetwas, das ihn auf eine rettende Idee bringen würde. Er stieß auf ein Kästchen. Er öffnete es. Ein paar goldene, reich mit Juwelen besetzte Armbänder und ein Halsschmuck funkelten ihm entgegen. Auf der Innenseite des Deckels der Name des Juweliers: Cardillac. Ein französischer Name. Gab es nicht einen Cardillac im *Fräulein von Scuderi*? Er wühlte weiter, stieß auf ein kleines Fläschchen mit einer Handpumpe. Ein Parfumflakon. Er zog ihn hervor. »Eau de Paris« stand in kunstvollen Lettern darauf eingraviert. Paris!

Er schaute sich um zum Ende des Bahnsteigs, von wo eine wütende Menge auf ihn zugelaufen kam.

»Die haben ihre Tasche«, hörte er den Mob rufen. »Diese Schurken wollen sich am Elend anderer bereichern! Ruft die Polizei, lasst sie festnehmen!«

Ben riss den Deckel von dem Flakon. Es war albern, es war sogar lächerlich, aber vielleicht würde es funktionieren. Es *musste* funktionieren, sonst …

Er drückte auf die Pumpe und sprühte los. Süßlicher Duft nebelte ihn, Mercutio und Julia ein. Alles um ihn herum wurde unscharf. Die Stimmen des heranstürmenden Mobs brachen ab. Die Menschen schienen mitten im Laufen erstarrt zu sein. Sie glotzten zu Ben und seinen Begleitern herüber. Ben fühlte sich auf einmal ganz leicht, schwerelos, dann zog ihn etwas mit sich fort …

32

Er sah durch ein Fenster nach draußen: eine Straße im Mondlicht, regennasses Kopfsteinpflaster. Sie befanden sich in der unbeleuchteten Diele eines Wohnhauses. Der Schmuck der Karenina, den er eben noch in der Hand gehalten hatte, lag vor ihm auf der Fensterbank neben dem Kästchen. Sie waren durch Raum und Zeit gewirbelt worden – aber wohin?

Ben sah sich um. In einer Ecke stand ein Schreibtisch, ein kleiner Sekretär, auf dem ein Stapel Briefe lag. Er nahm den obersten und begann zu lesen: Chère Mademoiselle de Scuderi … Er erschrak. Sein Herz begann zu rasen. Er las die Adresse: Rue St. Honoré 17, Paris. Auch wenn es komplett verrückt war: Sie mussten tatsächlich direkt im Haus des Fräulein von Scuderi gelandet sein.

»Einbrecher!«, kreischte eine Frauenstimme hinter ihnen. »Mörder! Sie sind hier. Baptiste!«

Ben wirbelte herum. War die alte Frau im seidenen Morgenrock, die mit einem Kerzenleuchter in der Hand am Fuß einer schmalen Treppe stand, das Fräulein von Scuderi?

»Guten Abend, Mademoiselle …«

Sie wich auf die erste Stufe der Treppe zurück. »Wer sind Sie?«

»Ich heiße Ben und das hier …« Er deutete auf seine beiden Begleiter. »… sind Julia Capulet und mein Freund Mercutio.«

»Julia Capulet und Mercutio? Wollt ihr mich für dumm verkaufen?«

Verdammt, er hätte vorsichtiger sein müssen. Als Schriftstellerin wusste das Fräulein natürlich, dass Julia und Mercutio literarische Figuren waren, Geschöpfe Shakespeares. Dass sie selbst eine erfundene Figur war, konnte sie hingegen nicht wissen.

»Bitte, Mademoiselle, sehen Sie hier!« Er hielt ihr das Amulett entgegen. Sie starrte sprachlos darauf, als habe sie soeben den heiligen Gral gesehen.

In diesem Moment erschien oben auf der Treppe ein Mann in einem Schlafanzug.

»Keine Angst, Mademoiselle, Ihr treuer Baptiste lässt Sie nicht im Stich!« Er stürmte die Stufen hinab auf Ben zu. Der wich zurück. Es kam zu einem Gerangel. Ben verlor das Gleichgewicht, stürzte. Der Mann im Schlafanzug hinterher. Er begann Ben zu würgen. Doch dabei hatte er nicht mit Mercutio gerechnet, der sich sogleich auf Baptiste warf und ihn von Ben zu zerren versuchte.

»Sagen Sie doch etwas!«, schrie Julia die Scuderi an. »Ihr Diener soll aufhören!«

Die Scuderi schaute in Julias verzweifeltes Gesicht und rief: »Schluss jetzt, Baptiste! Er ist nicht der Mörder!«

»Und wenn doch?«, sagte der Diener mit wutentbrannter Stimme. Trotz Mercutios Anstrengung ließ er nicht von Ben ab. »Dieser Bursche hat bereits mehrere Menschen auf seinem Gewissen. Er wird auch uns töten, wenn wir ihn nicht …«

»Du sollst ihn loslassen!«

Endlich gab Baptiste Ben frei. Der schnappte nach Luft. Nur ein paar Sekunden länger und er wäre tot gewesen!

»Ist alles in Ordnung mit dir?«, fragte Mercutio.

»Geht schon«, sagte Ben. »Kein Problem.«

»Ihr müsst vielmals verzeihen, Monsieur«, sagte die Scuderi zu Ben, »aber er hält Sie für einen gesuchten Mörder und Verbrecher.«

»Für einen Verbrecher? Mich?«

»In Paris treibt seit Wochen ein wahnsinniger Mörder sein Unwesen. Die ganze Stadt ist in Aufruhr, man traut sich kaum mehr auf die Straße. Er stiehlt Schmuck und tötet anschließend die Beraubten. Als ich Euch eben mit meinem Schmuckkästchen am Fenster stehen sah, da dachte ich, Ihr wärt der Gesuchte.«

»Ich kann Euch versichern, ich bin es nicht und auch Julia und Mercutio …«

»Ich weiß«, unterbrach ihn die Scuderi und nickte ihm zu. »Ich würde gern mit Euch über gewisse Dinge sprechen. Unter vier Augen.«

Er ahnte, worauf sie hinauswollte. »Natürlich, Mademoiselle.«

Er folgte ihr in ihr Arbeitszimmer. Sie schloss die Tür hinter sich. »Wissen Eure beiden Begleiter, dass sie Figuren des großen William Shakespeare sind?«

»Nein«, sagte Ben, »aber ich fürchte den Tag, an dem sie es herausfinden werden.«

Er schaute die Scuderi offen an. Er vertraute ihr. Sie war anders als die übrigen Figuren, denen er bislang begegnet war. Kein Wunder, hatte Madeleine de Scuderi doch wirklich als Schriftstellerin gelebt, ehe E.T.A. Hoffmann ihr mit seinem *Fräulein von Scuderi* ein literarisches Denkmal setzte. Sie erschien ihm wie ein Zwitterwesen zwischen der Welt der Literatur und der Welt der Menschen. Wie Anna Karenina, die der Frau auf dem Dach in New York zum Verwechseln ähnlich gesehen hatte. Was, wenn es gar keinen Unterschied zwischen den Welten gab? Literatur ist ein Teil des Lebens, hatte seine Tante stets gesagt, und in den Augen der Scuderi spiegelte sich die gleiche Hingabe zum geschriebenen Wort. Literatur und wirkliches Leben waren zwei Seiten einer Medaille – so verschieden wie Traum und Realität und doch Teil eines großen Ganzen.

Die Scuderi deutete auf das Amulett um seinen Hals. »Woher habt Ihr das?«

»Es gehört meiner Tante«, erwiderte Ben und erzählte von

Lynn und seiner Suche nach ihr. Von seiner Begegnung mit Mercutio und Julia und ihrer gemeinsamen Reise durch die Welt der Bücher. Die Scuderi hörte fasziniert zu. Dass seine Tante ihm im Flammenbild Fausts den Anfang von Hoffmanns Roman gezeigt hatte, verschwieg er. Warum sollte er der Scuderi die Grenzen ihrer eigenen Realität aufzeigen?

»Ich glaube, meine Tante wollte, dass ich zu Ihnen in die Rue St. Honoré komme«, schloss er. »Ich frage mich nur, warum.«

Die Scuderi überlegte. »Ich weiß es nicht. Aber vielleicht kann Euch ein Freund von mir weiterhelfen.«

»Und wer soll das sein?«

»Der bekannteste Goldschmied von Paris. Ein begnadeter Künstler.«

»Ist sein Name Cardillac?«

»Kennt Ihr ihn?« Die Scuderi blickte ihn staunend an.

Ben nickte. »Ich habe seinen Namen in Eurem Schmuckkästchen gelesen.«

»Ein guter Freund von mir. Er wohnt in der Rue Niçaise. Baptiste kann Euch hinführen.«

Es war still in der Kutsche, nur das Geklapper der Pferdehufe auf dem Straßenpflaster war zu hören, als sie durch die Dunkelheit davonfuhren. Die Scuderi hatte sie beschworen, vorsichtig zu sein. Auch wenn die berittene Polizei überall durch die nächtlichen Straßen patrouillierte – dort draußen trieb ein Mörder sein Unwesen. Mercutio hatte darauf gedrängt, dass Julia bei ihr in der Rue St. Honoré blieb. Ben hatte dem Vorschlag zugestimmt. Sie würden sie nach ihrem Besuch bei Cardillac im Hause der Scuderi wiedertreffen.

Endlich sahen sie den Kirchturm von St. Niçaise, in dessen Schatten das Haus des Goldschmieds lag. Baptiste hielt die Kutsche an, sprang vom Bock. »Wir sind da, Messieurs.«

Ben und Mercutio folgten ihm zu einer Tür. Baptiste klopfte an das danebengelegene Fenster. »Hier wohnt Cardillacs Geselle

Olivier Brusson«, erklärte er. »Seine Arbeiten stehen denen seines Meisters in nichts nach. Nur vermag er sich von seinen Stücken leichter zu trennen als Cardillac selbst.«

»Wie meinen Sie das?«, fragte Ben, während er in die dunkle Stube spähte. Keine Spur von diesem Brusson.

Baptiste senkte seine Stimme: »Wenn Cardillac einen Schmuck für einen Kunden gefertigt hat, so will er ihn nicht mehr aus der Hand geben. Dem einen oder andern hat er sogar schon gedroht, ihn zu verprügeln, falls der Käufer seinen bereits bezahlten Schmuck abholen möchte.«

»Das ist doch verrückt.«

»Genie und Wahnsinn liegen dicht beieinander.«

»Was ist jetzt?«, fragte Mercutio ungeduldig. »Der Mann scheint nicht zu Hause zu sein.«

Ben schlug vor, zum Haupteingang des Hauses hinüberzugehen, aber Baptiste winkte ab. Wer in Cardillacs Haus wollte, der musste über Brusson Einlass erlangen, so war das nun mal.

Ben ging zurück zur Kutsche und nahm eines der Polster heraus. Er lehnte es gegen die Scheibe von Brussons Fenster.

»Was habt Ihr vor?«, fragte Baptiste.

»Wir müssen da rein, also gehen wir da rein«, sagte Ben. Er schlug auf das Kissen. Glas splitterte. Er stieg durch das kaputte Fenster ins Haus und öffnete für seine Begleiter die Tür. Erst jetzt, im hereinfallenden Schein des Mondlichts, sah er das glänzende Blut auf den Holzdielen.

»O Gott«, entfuhr es Baptiste. »Olivier!«

Die drei folgten der Blutspur und gelangten an eine Tür unter der Treppe.

»Ich brauche eine Kerze«, sagte Ben.

33

Der Kerzenschein beleuchtete den weiß gekalkten Raum nur spärlich, aber Ben erkannte auf den ersten Blick, was dort unten zwischen Regalen und Gerümpel, Ratten und Asseln lag: ein Mann, oder besser gesagt das, was die Schattenkrieger von ihm übrig gelassen hatten. Ihre Handschrift war unverkennbar. Sie waren also wieder da. Ben beugte sich zu der Leiche hinab, nahm ihr den Siegelring vom Finger und stieg wieder nach oben zu seinen Begleitern.

»Kennen Sie diesen Ring?«, fragte er Baptiste.

»Er gehört Olivier.«

»Dann ist Monsieur Brusson tot.«

»Der geheimnisvolle Mörder hat wieder zugeschlagen?«, flüsterte Baptiste entsetzt.

»Nicht *der* Mörder«, erwiderte Ben und warf Mercutio einen Blick zu. »*Die* Mörder!«

Im Gegensatz zu Baptiste verstand Mercutio sofort.

»Sie warten auf mich«, sagte Ben. »Ich spür es genau.«

»Wer?«, fragte Baptiste.

»Das erkläre ich Ihnen später. Wo liegt die Werkstatt von Cardillac?«

»Im hinteren Teil des Gebäudes, warum?«

»Entweder sie haben ihn getötet oder in ihrer Gewalt.«

Sie gingen wieder nach oben. Baptiste öffnete einen in die

Mauer eingelassenen Schrank, schob die Rückwand zur Seite. Ein winziges Gemach wurde sichtbar. Dahinter eine kleine Pforte. Durch einen schmalen Gang traten sie hinaus auf einen kleinen Hof.

»Cardillacs Haus befindet sich auf dem Gelände eines ehemaligen Klosters«, erklärte Baptiste. »Die Mönche hatten ständig Ärger mit dem Königshaus. Um Verhaftungen zu entgehen, haben sie sich eine Menge zu ihrer Sicherheit einfallen lassen. Für Cardillac, der stets Angst hat, bestohlen zu werden, ist es der ideale Ort, denn niemand, der den Weg nicht kennt, findet durch dieses Labyrinth zu seiner Werkstatt.«

»Glauben Sie mir«, entgegnete Mercutio. »Die, mit denen wir es hier zu tun haben, finden jeden Weg!« Baptiste sah Ben fragend an, der Mercutios Satz mit einem Kopfnicken bestätigte.

Der Diener trat auf eine Mauer zu, zog einen Stein heraus und drehte ihn nach links, woraufhin sich eine weitere Tür auftat und sie in einen Raum gelangten, der mit allerhand Goldschmiedewerkzeugen gefüllt war – Cardillacs Werkstatt.

Baptiste deutete nach oben: »Genau über uns hat der Meister seine Kammer.«

»Pssst!«, flüsterte Mercutio. »Hört ihr das?«

Jetzt vernahmen auch Ben und Baptiste das Knirschen der Dielen über ihnen und sie rochen auch den Gestank der Kreaturen.

»Wir müssen sie dort oben irgendwie überraschen. Es gibt keine andere Wahl.«

Baptiste zeigte auf eine kleine Luke in der Wand, die durch eine Flügelklappe verschlossen war. »Der alte Speiseaufzug. Hier war früher die Küche.«

»Gibt es auch eine Treppe?«, fragte Ben.

Baptiste nickte und deutete auf eine kleine Stiege im hinteren Teil der Werkstatt. Ben schlich sich nach oben. Cardillacs Kammer war durch eine schmale Tür verschlossen. Ben spähte vorsichtig durch das Schlüsselloch, dann zog er sich wieder zurück.

»Sie sind zu dritt«, flüsterte er Mercutio und Baptiste zu. »Von Cardillac keine Spur.«

Baptiste zog eine Pistole aus dem Hosenbund.

»Wo hast du die her?«, fragte Ben.

»Aus dem Haus meiner Herrin.«

»Was hast du vor?«

»Diese Verbrecher haben Olivier auf dem Gewissen!«

»Das ist Wahnsinn«, versuchte Ben ihn abzuhalten. »Du hast nicht den Hauch einer Chance gegen sie.«

»Brusson war mein Freund«, erwiderte Baptiste und stieg die steile Stiege empor.

Kurz darauf hörten Ben und Mercutio einen Schuss. Sie stürzten die Treppe hinauf. Baptiste wurde von zwei Schattenkriegern in eine Ecke der Kammer gedrängt. Der Raum war von ihrem Gestank und der Hitze ihrer Körper wie aufgeladen. Ein dritter Schattenkrieger krümmte sich angeschossen auf dem Boden. Baptiste feuerte erneut. Wieder ein Treffer. Es gelang ihm, sich in den Speiseaufzug zu retten und die Flügel der Klappe zuzuziehen. Die Schattenkrieger zogen ihre Schwerter. Das Holz der Klappe zersplitterte. Aber der Aufzug war bereits auf dem Weg nach unten. Ein erneuter Schwerthieb und das Förderseil war durchtrennt. In freiem Fall rauschte der Förderkorb nach unten. Mit einem lauten Knall schlug er in der Tiefe des Schachts auf. Dann herrschte Stille. Die Gestalten sahen in den Schacht hinunter. Plötzlich horchten sie auf, als hätten sie Bens und Mercutios Atem hinter der Tür gehört. Sie sahen zu ihnen hinüber.

»Lauf!«, rief Ben Mercutio zu. Sie rannten los, stolperten halb die Treppe hinunter, liefen denselben Weg, den sie gekommen waren. Über den Hof, durch die Pforte in die kleine Kammer und weiter in den Flur. Doch anstatt auf die Straße hinauszuflüchten, zog Ben Mercutio mit zur Kellertreppe. Atemlos verfolgten die beiden, wie die Schattenkrieger an ihnen vorbei auf die Straße stürmten.

»Und jetzt?«, fragte Mercutio, als die Schritte auf dem Pflaster verklungen waren.

»Zurück zu Baptiste!«, sagte Ben. Die beiden hasteten wieder in die Schmiede und blickten hinunter in den Aufzugschacht. Der Fahrkorb war zerschmettert. Zwischen Holzstücken und Seilresten lag Madeleine de Scuderis Diener, den Körper grotesk verrenkt. Keine Frage: Baptiste war tot!

Aber woher kam der flackernde Lichtschein neben ihm? Ben stieg in den Schacht. Die Enge des Gemäuers erinnerte ihn an den Kamin im Haus der Capulets in Verona. Er verkeilte sich mit dem Körper an den Schachtwänden, stützte sich mit den Füßen gegen hervorstehende Steine des Mauerwerks ab. Als er unten ankam, traute er seinen Augen nicht. Der Aufzugschacht besaß eine von Kerzen erleuchtete rechtwinklige Erweiterung, kaum mannshoch. Überall lag Schmuck in Regalen, blitzten Rubine auf, getaucht in das Licht der Kerzen, flimmerten Reihen von Smaragden und Diamanten. Auf dem Boden in der Ecke lag ein untersetzter Mann, abwehrend einen Dolch von sich gestreckt.

Ben ging langsam auf den Mann zu. »Monsieur Cardillac?«

Der Wahnsinn stand dem Goldschmied in den Augen. »Verschwindet«, zischte er. »Weg mit Euch!« Wie von Sinnen sprang er auf und stürzte sich auf Ben. Mit dem Dolch um sich stechend, versuchte er ihn zu treffen. Ben wich aus. Es gelang ihm, Cardillacs Hand zu greifen und den Unterarm des Goldschmieds auf sein Knie zu schlagen. Cardillac schrie und ließ den Dolch fallen. Ben schnappte sich die Waffe und hielt sie Cardillac drohend vors Gesicht. Erst jetzt sah er die heftig blutende Stichwunde unterhalb der Rippen des Goldschmieds. Die Schattenkrieger mussten ihn erwischt haben. Er musste sich durch den Aufzug hier heruntergerettet haben, kurz bevor Ben und seine Begleiter in seiner Werkstatt aufgetaucht waren.

»Mercutio«, rief Ben den Schacht hinauf. »Schnell. Hol Hilfe!«

34

Der schwer verwundete Cardillac kroch wimmernd in eine Ecke, strich wie ein staunendes Kind mit den Händen über die Juwelen.

»Was sind das für Schätze?«, fragte Ben.

»Mein Schmuck, die Arbeit meines Lebens.«

»Sie haben all diese Stücke geschaffen?«

»Von eigener Hand. Erst geschaffen und dann gestohlen.«

»*Sie* sind also der Dieb, der die Straßen von Paris unsicher macht!«

Cardillac nickte. »Ein Dieb und ein Mörder dazu.«

Ben versuchte seine Gedanken zu ordnen. »Sie haben Ihren eigenen Schmuck gestohlen und seine neuen Besitzer getötet?«

»Ich wollte mir nur zurückholen, was ich geschaffen hatte«, jammerte Cardillac. »Für Sie ist es leicht, Sie haben nichts zu verlieren. Ich aber soll immer alles abgeben. Jedes meiner Kunstwerke ist ein Einzelstück. Ich musste mir meine Werke einfach zurückholen. Sie müssen mich doch verstehen. Sie tragen das Amulett der Bücher.«

Cardillac starrte auf Bens Brust. Seine Augen liefen fast über, Schweiß trat ihm auf die Stirn. Er musste Unmengen Blut verloren haben.

»Was könnt Ihr mir darüber sagen?« Ben hielt ihm das Oktagon hin.

»Ein Meister hat es gefertigt, ohne Juwelen und Diamanten. Erst wenn es mit Wärme in Berührung kommt, zeigt es seinen wahren Glanz und seine Kunst. Es ist das Kostbarste, was je geschaffen wurde.«

»Woher wisst Ihr das alles?«

Cardillac wurde immer schwächer. »Es gibt Geheimnisse in unserer Zunft, die werden über Jahrhunderte weitergetragen, von Meister zu Meister, als Worte, als Gedanken, als Zeichnungen. Sie prägen sich uns ein, wir vergessen sie nie. Das Amulett ist das größte dieser Geheimnisse.«

»Und was bedeutet es?«

»Ruhm dem, der bewegt das große Ganze«, flüsterte Cardillac matt. Er sah Ben mit fiebrigen Augen an. »Dieser Satz steht bei Dante, in seiner *Göttlichen Komödie*. Der verehrte Santini, der ewig Größte unserer Zunft, hat das Oktagon einst für Dante Alighieri gefertigt. Seht Ihr das Initial des Dichters darauf?«

Das bäuchlings zueinandergestellte D! Jetzt wurde Ben klar, was seine Tante ihm eigentlich hatte sagen wollen: Er musste zu Dante. In die *Göttliche Komödie*. Aber wie? Was hatte ihm Lynn je von dem berühmten Versepos erzählt? In dem Werk ging es um Unterwelt, Inferno und Fegefeuer. Und um die Liebe des Dichters zu der schönen Beatrice. War da nicht auch ein Wald, wo Dante sich mit Vergil traf? Und lag nicht irgendwo dort der Eingang zur Unterwelt? Ben wandte sich an Cardillac.

»Der Wald! In der *Göttlichen Komödie* gibt es einen Wald.«

Cardillac nickte. Sein Blick verlöschte. »Ihr meint den Wald bei Verona.«

Ja, natürlich, Verona! Deshalb hatte es Ben zu Beginn seiner Reise in die kleine italienische Stadt verschlagen, nicht etwa wegen *Romeo und Julia*. In einem Wald bei Verona lag die Pforte zum Inferno. Der Eingang zu Gondars Reich. Irgendwo dort musste seine Tante gefangen gehalten werden. Aber warum? Was war geschehen? Und warum veränderte sich die Welt der Literatur?

»Was könnt Ihr mir über Gondar sagen?«

Cardillac antwortete nicht mehr. Er verdrehte die Augen. Aus seinem Mundwinkel lief Blut.

Ben war verzweifelt. Er versuchte, den Sterbenden hochzuwuchten, und zog ihn zum Aufzugschacht. Von oben vernahm er Geräusche. Unmittelbar darauf tauchte Mercutio am Schachtrand auf, an seiner Seite zwei Polizisten, ein Leutnant und ein Sergeant.

»Gut, dass Sie da sind«, sagte Ben erleichtert. »Kommen Sie herunter, helfen Sie mir. Wenn wir uns beeilen, können wir ihn vielleicht noch retten.«

Der Leutnant wandte sich an Mercutio. »Ist das der Mann, den wir suchen?«, fragte er.

»Ja, das ist er. Der Mörder von Paris. Mit seinem jüngsten Opfer. Sehen Sie nur.«

Ben erschrak. »Was soll denn das? Was redest du da für einen Unsinn? Mercutio!«

»Genau, wie ich Ihnen gesagt habe«, log Mercutio. »Er hat nicht nur den ehrwürdigen Monsieur Cardillac überfallen, sondern auch seinen Gehilfen ermordet und den Diener der Ihnen bekannten Mademoiselle de Scuderi. Er wollte sich der Schätze Cardillacs bemächtigen und jetzt spielt er den Unschuldigen.«

»Aber das ist nicht wahr«, rief Ben verzweifelt. »Es waren die Schattenkrieger. Sie haben ihn mit ihren Schwertern tödlich verletzt.«

»Schattenkrieger?«, fuhr der Sergeant ungläubig dazwischen.

Bens Stimme überschlug sich. »Sie morden und verbrennen. Sie bringen alle Figuren der Literatur um.« Er wandte sich an Mercutio: »Warum tust du das? Ich dachte, du … du hast gesagt, du wärst mein Freund!«

»Wie ich Ihnen erklärt habe«, sagte Mercutio ungerührt zu dem Sergeanten. »Er redet wirres Zeug und versucht sich herauszuwinden.«

»Natürlich«, sagte der Sergeant und nickte dem Leutnant zu.

»Glauben Sie mir«, flehte Ben. »Ich sage die Wahrheit!« Und zu Mercutio: »Wie konntest du dich nur so verstellen?«

»Raufkommen!«, befahl der Leutnant. Ben sah verzweifelt zurück in den Gang, wo Cardillac seine Schmuckstücke gehortet hatte. Es gab keinen zweiten Ausgang. Ben war verloren.

Erst jetzt, als er noch einmal einen Blick auf den Goldschmied warf, den er die ganze Zeit festgehalten hatte, sah er, der Mann war tot. Entsetzt legte er die Leiche ab und kletterte langsam den Schacht hinauf.

»Sehen Sie doch mal in seine Hosentasche«, sagte Mercutio kalt, als Ben oben ankam.

Der Leutnant trat auf Ben zu. »Tasche ausräumen!«

Ben griff hinein und tatsächlich: Darin war der Schmuck, den er bei Anna Karenina gefunden und der bei der Scuderi auf der Fensterbank gelegen hatte. Mercutio musste ihm die Stücke unbemerkt in seine Tasche geschmuggelt haben.

»Fragen Sie einfach Mademoiselle de Scuderi«, sagte Mercutio zu dem Leutnant. »Sie wird Ihnen bestätigen, dass dieser Schmuck aus ihrem Eigentum entwendet wurde. Mir selbst hat der Bursche übrigens auch etwas gestohlen.«

»Ach ja?«, sagte der Sergeant.

»Sehen Sie das Amulett um seinen Hals?« Mercutios Augen glühten vor Gier. »Ein Erbstück meiner Familie. Sie gestatten doch sicher …« Er fasste Ben am Hemdkragen. Dann riss er ihm das Amulett vom Hals. »Schluss mit ewigem Besserwissen und Bestimmen«, flüsterte er ihm ins Ohr. »Jetzt hol ich mir Julia!«

Ben wollte sich auf ihn stürzen, aber etwas traf ihn am Kopf. Er verlor die Besinnung …

35

Bens Kopf schmerzte. Der Steinboden, auf dem er lag, war feucht und kalt. Sie hatten ihn eingekerkert. Das Letzte, woran er sich erinnerte, war das triumphierende Grinsen Mercutios. Ben kochte vor Wut.

Von Anfang an war er misstrauisch gewesen. Er hatte gespürt, dass mit Mercutio etwas nicht stimmte. Und spätestens nach der Begegnung mit Mephisto hatte doch alles offengelegen. Mercutio spielte ein doppeltes Spiel. Aber ausgerechnet von da an hatte der Veroneser jede sich bietende Gelegenheit genutzt, Ben zu täuschen. Der Aufstieg nach Laputa. Der Moment, als er am Felsen hing und Mercutio das Amulett überließ. Natürlich hätte der Veroneser ihn abstürzen lassen, wenn Julia nicht aufgetaucht wäre. Stattdessen hatte Mercutio die Situation blitzschnell gewendet und ihm das Amulett zurückgegeben. Ein kühl kalkulierter Schachzug und Ben war ihm voll auf den Leim gegangen. Mercutio konnte in Ruhe auf seine Chance warten. Er hatte Ben mit dem Gerede von Freundschaft geködert. Der ermordete Cardillac war schließlich ein Geschenk des Himmels gewesen. Umso mehr, als Julia nicht dabei war.

In Wahrheit ging es Mercutio von Anfang an nur um eins: Julia! Mephisto hatte recht gehabt. Er hatte sich überhaupt nicht schrecklich gefühlt bei Romeos Tod, vielmehr hatte er triumphiert. Endlich schien der Weg frei zu Julia. In einem allerdings hatte sich Mercutio getäuscht. Er hatte geglaubt, Julias Trauer um Romeo ausnutzen zu können, um die Braut seines Freundes für sich zu gewinnen, aber Julia hatte nicht ihm, sondern Ben ihr Herz aufgeschlossen …

Und jetzt? Jetzt war sie Mercutio ausgeliefert. Vermutlich hatte er ihr sonst was erzählt, um Bens Verschwinden zu erklären. Wahrscheinlich sogar, dass sie nur, wenn sie mit ihm nach Verona zu Dantes Höllenpforte ginge, Ben jemals wiedersähe. Lügner! Und Julia würde alles auf diese eine Hoffnung setzen …

Verzweiflung überwältigte Ben. »Du elender Verräter!«, schrie er und schlug mit aller Kraft gegen die eiserne Pritsche.

Seine Hand brannte, der Schmerz weckte ihn auf. Es tat gut, sich Luft zu verschaffen. Er versuchte sich zu konzentrieren. Denk nach vorn, Ben!

Was wollte Mercutio mit dem Amulett? Es gab nur einen, der hinter dem Oktagon her war: Gondar. Arbeitete Mercutio etwa mit den Schattenkriegern zusammen? Hatte er auf Robinsons Insel mit seinem Feuer die finsteren Gestalten nicht zufällig, sondern absichtlich angelockt? War seine Entführung im Dschungel in Wahrheit nichts weiter als eine Finte gewesen? Und dann sein angeblicher Fußbruch, der ihre Flucht verlangsamt hatte. Steckte auch dahinter nichts als der Versuch, Ben in die Arme der Schattenkrieger zu treiben, damit sie sich das Amulett schnappen konnten? Nur: Welchen Vorteil versprach sich Mercutio davon? Welcher Plan steckte dahinter?

Eines stand fest: Ben musste raus hier, egal wie. Er musste Mercutio aufhalten, Julia retten und seine Tante befreien!

Das Fenster, zu dem er aufblickte, war winzig, nur ein schmaler Fetzen blauer Himmel schien herein. Mit aller Kraft zog sich Ben an den Gitterstäben hinauf. Was war das? Unten war gar kein Land, nicht das große Paris, nur Wasser, das in der Sonne glitzerte. Das Meer. In was für ein Gefängnis hatte ihn die Polizei gebracht?

Er hämmerte gegen die Zellentür. Die dumpfen Schläge hallten durch die Gänge. »Lasst mich raus!«, schrie er.

Schritte näherten sich. »Halt die Klappe!«, rief eine raue Stimme.

Ben hämmerte weiter. »Ich bin unschuldig!«

Die Stimme lachte. »Wir sperren nur Unschuldige ein! Da kannst du jeden im Château d'If fragen, sie sagen alle das Gleiche. Aber beruhig dich, heute Abend kommt der Generalinspekteur! Dem kannst du dein Leid klagen. Vielleicht erhört er dich ja. Er hat ein gutes Herz.« Eine Klappe in der Tür öffnete sich, ein Napf wurde in die Zelle geschoben. Ben erhaschte einen kurzen Blick auf eine Schuhspitze. Schwarzes Leder, abgewetzt. Der Fuß zog sich wieder zurück, die Klappe schlug zu.

Vielleicht konnte er sich vor dem Inspektor rechtfertigen. Vielleicht ließ der ihn ja frei. Schließlich hatte Ben doch nichts Unrechtes getan. Er legte sich auf die Pritsche, ließ das steinharte Brot im Napf liegen und nahm nur einen Schluck Wasser aus dem Krug.

Gegen Abend hörte er endlich wieder Schritte.

»Herr Generalinspekteur!«, rief Ben aufgeregt durch die Tür.

Statt einer Antwort erntete er nur ein hämisches Lachen. »Pech gehabt, mein Freund«, ließ sich die Stimme des Kerkermeisters vernehmen. »Heute ist zu schlechtes Wetter. Der Inspekteur kommt nicht. Er hat seinen Schirm vergessen.«

»Du miese Ratte!«, schrie Ben. Der Wärter hatte ihn bewusst getäuscht, um sich einen Spaß zu machen. Es regnete nicht, die See war ruhig. Er hatte es selbst aus dem Fenster gesehen. Vermutlich gab es gar keinen Generalinspekteur. Ben sprang auf, schlug gegen die Tür.

Kurz darauf knirschte der Schlüssel im Schloss. Ben nahm den Krug, der neben seiner Pritsche stand, und wartete.

Als sich die Tür öffnete, warf er ihn. Doch er traf nicht den Wärter, sondern einen Mann in einem blauen Umhang. Den Generalinspekteur!

»Bist du wahnsinnig!«, schrie der Mann. »Du kommst hier nie raus, Freundchen. Du nicht!« Damit zog er die Tür wieder zu. Der Riegel fiel, der Schlüssel drehte sich im Schloss.

»Sehen Sie, Sire«, hörte er den Kerkermeister sagen. »Genau, wie ich sagte. Dieser Gefangene ist unberechenbar und bösartig.«

Die Schritte des Wärters und des Inspekteurs entfernten sich.

Ben brach zusammen. Das war sein Ende! Lebendig begraben in diesem Loch. Nie wieder Julia. Und seine Tante? Er legte sich auf die Pritsche und träumte davon, tot zu sein. Er wollte sterben, einfach nur weg hier, raus aus diesem Leben. Er griff nach einer Scherbe des Krugs und setzte sie an die Pulsader. Ein Schnitt und alles wäre vorbei. Aber er schaffte es nicht. Verzweifelt umklammerte er die nutzlose Scherbe.

In der Nacht hörte er ein Geräusch. Mit einem Schlag war er hellwach. Was war das? Er rollte von der Pritsche und drückte sein Ohr auf den Boden. Direkt unter ihm war ein Schaben und Kratzen zu hören. War das …? Kein Zweifel, unter ihm grub jemand! Ben schlug auf den Boden. Der Stein saß locker, wackelte. Vielleicht … mit viel Glück … Ben erhob sich, sprang auf den Stein. Der Boden gab nach. Er stürzte in die Dunkelheit …

36

Er fand sich in einem hüfthohen Tunnel wieder. Kriechend folgte er dem Verlauf und kam in einer Zelle heraus, die seiner ähnelte. Ein völlig verängstigter alter Mann mit hagerem Gesicht und langen ausgeblichenen Haaren kauerte in der Ecke. »Nein, bitte. Schlagt mich nicht!«

»Ganz ruhig. Ich bin auch nur ein Gefangener«, erklärte Ben und kletterte aus dem Loch unter der Pritsche. »Wie heißt du?«

»Abbé Faria.«

Abbé Faria? Das war doch eine Figur aus *Der Graf von Monte Christo*. Der Tunnel, aus dem Ben gerade geklettert war, musste jener Gang sein, durch den der Abbé bei Edmund Dantès, dem späteren Grafen von Monte Christo, herausgekommen wäre, wenn – ja wenn Ben nicht den Boden eingedrückt hätte. Wahrscheinlich befand sich Dantès nur ein oder zwei Zellen weiter.

Der Abbé war völlig verzweifelt. Stockend erzählte er, dass er allein vier Jahre gebraucht habe, um sich aus dem Eisengurt seiner Pritsche und einem Stück Buchenholz die nötigen Ausbruchwerkzeuge zu fertigen. Und dann noch einmal zwei Jahre, um den Gang anzulegen. »Sechs Jahre«, stammelte er, »und alles umsonst.«

Der alte Mann tat Ben leid. Er überlegte, dann zeigte er auf die Kerkertür. »Das ist der einzige Weg!«

»Aber das ist unmöglich«, sagte der Abbé.

»Nicht, wenn du tust, was ich dir sage.«

Abbé Faria befolgte Bens Anweisungen genau. Er legte sich auf die Pritsche und fing an zu jammern.

»Ruhe!«, schrie von draußen der Wärter.

»Lauter«, flüsterte Ben.

»Aber ...«

»Mach schon!«

Der Abbé gehorchte. Ben presste sich an die Wand neben der Tür.

Es dauerte eine Weile, ehe der Wärter derart gereizt war, dass er die Luke der Zellentür öffnete: »Was zum Teufel ist los?«

Der Abbé reagierte nicht, sondern jammerte weiter. Die Klappe schloss sich wieder. Dann öffnete sich die Tür und der Kerkermeister trat auf den Alten zu.

»Hey, was ist? Verreckst du oder was?« Es war derselbe Wärter, der Ben so übel mitgespielt hatte.

Ben trat hinter der Tür hervor und schlug den Kerl mit einem Hieb in den Nacken nieder. Doch der Wärter rappelte sich gleich wieder hoch und stürzte sich auf ihn. Jetzt sprang Faria auf, warf sich von hinten gegen den Schinder und begann ihn zu würgen. Der Wärter versuchte ihn wie einen lästigen Käfer abzuschütteln und lief rückwärts gegen die Wand. Knochen knackten. Der Abbé ließ los und sackte reglos zusammen.

Erneut versuchte der Wärter, Ben zu packen, damit er ihm nicht durch die offene Tür entwischte. Er bekam noch die Haare zu fassen und riss Ben zurück. Ben schrie, drehte sich herum und boxte ihm in den Magen. Der Wärter schnappte nach Luft, torkelte einen Schritt, stolperte über den Blechnapf des Alten, fiel hin und schlug mit dem Hinterkopf auf den Steinboden. Ben starrte auf sein Gesicht. Der Blick des Wärters war gebrochen. Reglos, völlig entspannt lag er da. Es war totenstill. Eine Blutlache breitete sich unter dem Kopf aus. Das Rot sammelte sich in den Ritzen zwischen den Steinen.

Ben blickte zum Abbé hinüber. Auch der Alte bewegte sich nicht mehr. Auch er war tot.

Ehe Ben sich besinnen konnte, hörte er Schritte. Er zwängte sich zurück in den Tunneleingang unter der Pritsche, zog den Stein, mit dem sonst der Abbé den Eingang getarnt hatte, vor und lauschte. Zwei Wärter betraten die Zelle.

»So eine Sauerei. Dieser verdammte Abbé hat den guten Louis ermordet«, sagte der eine.

»Und was hat es ihm genützt?«, entgegnete der andere und trat gegen den toten Körper des Abbé. »Los, lass uns Säcke holen.«

Ben wartete, bis die Wärter die Toten in zwei Leinensäcke gesteckt hatten und die Zelle wieder verließen. Eilig zog er den Leichnam des Abbé aus dem Sack, schleifte ihn in den Tunnel und schob den Stein vor den Eingang. Dann zwängte er sich selbst in den Sack.

Er musste sich konzentrieren, um nicht in der Enge der Stoffhülle in Panik auszubrechen. Es dauerte Stunden, ehe sich die Zellentür endlich wieder öffnete. Die Sonne musste längst aufgegangen sein. Ben spürte, wie er von zwei Wärtern an Kopf und Füßen angehoben wurde.

»Dieser magere Abbé ist schwerer, als ich geglaubt habe«, sagte der eine.

»Schwere Knochen«, entgegnete der andere.

Ächzend schleppten sie den Sack eine Unmenge Stufen hinauf. Dann wurde es kühl. Wind pfiff durch die Maschen. Sie mussten irgendwo hoch oben und draußen sein. Ein Turm!, fuhr es Ben durch den Kopf.

Sie wuchteten ihn auf eine Mauer, dann spürte er, wie er durch die Luft flog. Mit einem dröhnenden Knall prallte er auf dem Wasser auf. Trotz seiner Kleidung und trotz des Sacks, der ihn umhüllte, schien seine Haut zu platzen. Für einen Moment verlor er die Besinnung, dann schmerzten seine Ohren so stark, dass er wieder erwachte. Der Druck des Wassers war unfassbar. Es dröhnte in seinem Schädel, Ben bekam keine Luft mehr. Er sank tiefer und tiefer, merkte, wie ihm die Sinne schwanden.

Es dauerte, bis er die Scherbe von dem geworfenen Krug in seiner Faust spürte. Sie war seine Rettung. So fest er nur konnte, stach er mit ihr in den Stoff und riss das entstehende Loch größer. Der Wasserdruck presste seine Lungen immer weiter zusammen. Keine Luft mehr … halt durch … das Licht … ich kann nicht mehr … weiter … nach oben … zum Li…

37

Eine Hand packte ihn, umklammerte seinen Arm. »Da hast du aber mächtig Glück gehabt.«

Ben schlug die Augen auf und sah in ein Gesicht, das nicht zu der überängstlich hellen Stimme passte. Es war breitwangig und die Falten, die von den Nasenflügeln hinab zu den Mundwinkeln führten, waren tief. Die Augen waren geschminkt. Ben erhob sich, sah die ganze Person, die ihn aus dem Wasser gezogen hatte und der er sein Leben verdankte: ein Herr in mittleren Jahren, weißer Panamahut, feiner Anzug, Gehstock mit vergoldetem Knauf. Handgemachte Schuhe, die glänzten. Er stand auf einem zerfallenen Landungssteg mit zwei vertäuten faulenden Booten, die nur der natürliche Widerwille des Holzes vor dem Untergang hinderte, gleich auf den Grund zu sinken.

»Wo bin ich?«, fragte Ben.

»In Venedig«, sagte der Mann mit verklärtem Blick.

Venedig? Ben kannte lediglich den Markusplatz und die Rialto-Brücke, und das auch nur von ein paar Fotos und aus James-Bond-Filmen.

»Aschenbach, mein Name. Sie können erst einmal mit mir kommen.« Als Ben nicht direkt zustimmte, sagte der Mann: »Ich spüre eine gewisse Verantwortung Ihnen gegenüber. Befreien Sie mich von dieser Last und erlauben Sie mir, Sie einzuladen, Ihnen neue Kleidung zu kaufen, Ihnen in diesem, wenn ich es einmal so ausdrücken darf, neu gewonnenen Leben einen guten Start zu ermöglichen.«

Aschenbach hakte ihn unter und führte ihn durch Gassen, die so schmal waren, dass die beiden kaum nebeneinander hergehen konnten. Er erzählte von einer ominösen Gefahr, die sich in Venedig ausbreite wie eine Seuche. Erst gestern sei sein geliebter Freund Tadzio von finsteren Gestalten, die hier ihr Unwesen trieben, mit einem Schwert eiskalt ermordet worden.

Tadzio, Aschenbach …? Das waren doch Figuren aus Thomas Manns Novelle *Der Tod in Venedig*. Sie gelangten zum Markusplatz. Ein halb zerfetzter Zettel war von der Wand gerissen und lag auf dem Boden; Schuhe waren darüber hinweggegangen, doch Ben erkannte, dass es sich um seinen Steckbrief handelte. Nicht weit entfernt davon hatte man ebenfalls seine Steckbriefe abgerissen. Er wurde anscheinend nicht mehr gesucht. Warum auch? Er besaß ja das Amulett nicht mehr. Er war raus aus dem Spiel. Aber was war mit seiner Tante? Was war mit Julia? Er musste in Dantes Inferno, zur Höllenpforte, um Mercutio aufzuhalten. Allzu viel Vorsprung konnte der Veroneser nicht haben.

»In einigen der Arkadengänge gibt es nicht nur touristischen Schnickschnack, sondern auch elegante Kleidung«, unterbrach Aschenbach Bens Gedanken und bugsierte ihn in das Geschäft eines Herrenausstatters. Sein Griff war nicht kräftig, aber gegen seine dirigierende Freundlichkeit und die treffende Wortwahl konnte sich Ben nicht wehren. Er bekam Beklemmungen.

»Ich würde jetzt wirklich gern gehen.«

»Aber junger Freund. Wenigstens eine neue Hose sollten Sie anprobieren. Ihre ist ja ganz abgewetzt.«

Aschenbach wandte sich ab, um an den Ständern mit den Hosen eine passende auszuwählen. Jetzt oder nie! Ben schlich sich durch die Hintertür hinaus. Er landete auf einem Steg der Gondoliere, der wie leer gefegt war. Er blickte hinauf in den Himmel. Die Sonne hatte gerade ihren höchsten Stand erreicht.

Vermutlich machten die Schiffer in einer der umliegenden Bars Mittagspause.

Aschenbach, der Bens Verschwinden bemerkt hatte, erschien auf der Brücke am Ende des Kanals. Traurig blickte er zu Ben hinüber – ohne die grauen Gestalten mit ihren rot glühenden Augenpaaren zu bemerken, die sich aus Hauseingängen und engen Gassen lösten, ihn einkreisten und dann von zwei Seiten die Brücke betraten. Verzweifelt winkte Ben, um ihn zu warnen, doch der naive Aschenbach hielt es für ein Zeichen von Zuneigung, winkte beglückt mit seinem blütenweißen Taschentuch zurück, ehe einer der Schattenkrieger ihm ein Messer in die Seite stieß. Aschenbach stöhnte kurz auf und fiel, sein Taschentuch noch immer in Händen, über das Geländer in den Kanal. Ben schrie auf.

Die Schattenkrieger bemerkten ihn und stierten ihn an. Sie sammelten sich. Ben hörte ihr Raunen. Er erstarrte: Eine der Gestalten hatte keine rot glühenden Augen, sondern nur schwarze, verätzte Höhlen. Wahrscheinlich war das der Schattenkrieger, dem er in Fagins Wohnung das Augenlicht genommen hatte. Ben war klar, was das hieß. Selbst wenn sie ihn eigentlich nicht mehr verfolgten, weil das Amulett nicht länger in seinem Besitz war, würden sie ihn nun doch jagen – aus Rache!

Ben sprang in eine der Gondeln und griff nach dem Stab, mit dem die Gondoliere ihre langen Kähne bewegen. Doch die Schattenkrieger waren schneller, als er gedacht hatte. Rasend vor Wut jagten sie auf ihn zu. Es gelang ihm, einem den Stab in den Magen zu stoßen. Der dunkle Krieger stürzte in den Kanal. Er schrie, als seine Augen mit dem Wasser in Berührung kamen und dampfend verglühten. Ein zweiter blieb danach zögernd auf Distanz. Ben nutzte die Unentschlossenheit und stieß sich ab. Er sah, wie die beiden Schattenkrieger fauchend vor Wut eine Gondel enterten und die Verfolgung aufnahmen. Wie groß musste ihr Verlangen nach Rache sein, dass sie sich freiwillig aufs Wasser wagten, das Element, das für sie so verhängnisvoll war?

Ben blickte auf den unglaublich langen vorderen Teil der Gondel, der vor ihm lag. Wenn das hier Thomas Manns *Tod in Venedig* war, wo musste er dann hin, um zu Dante zu kommen? Und stand Dante in Tante Lynns Regal überhaupt neben Thomas Mann?

Er sah sich um. Im Gegensatz zu ihm kamen die Schattenkrieger nicht mit dem Stab der Gondel zurecht und gaben das Vorhaben, ihn auf dem Wasser zu verfolgen, wieder auf. Stattdessen versuchten sie, zu Fuß an ihm dranzubleiben.

Ben bog nach links in einen Seitenkanal ab, dann nach rechts. Immer weiter verlor er sich in dem schier endlos verzweigten Kanalsystem. Es roch nach faulem Holz. Diese ganze Stadt faulte an allen Ecken und Enden.

Ben dachte nach. Die fragile Liebe zwischen Aschenbach und dem Jüngling Tadzio. Romeo und Julia. Dante und Venedig. Das lag alles so nah beieinander. Dante musste die Stadt gekannt haben. Verona lag nicht mehr als einen Katzensprung entfernt. Aber was nützte das? Ben schmerzte der Arm von der ungewohnten Benutzung des Stabs. Erschöpft lenkte er die Gondel ans Ufer zu einer Treppe.

»Können Sie mir sagen, ob es in Venedig ein Denkmal Dantes gibt?«, fragte er einen Scherenschleifer, der mit seinem kleinen Wagen auf der Suche nach Kunden war.

Der Mann verneinte. Verdammt! Das wäre vielleicht eine Verbindung gewesen.

Ein Fauchen ließ Ben zusammenzucken. Einer der Schattenkrieger kam ihm entgegen, bereit, sich mit gezücktem Schwert auf ihn zu stürzen. Ben rannte, bog um eine Ecke, versuchte Haken zu schlagen, doch der Kerl in seinem Umhang war schnell, verflucht schnell. Ben durchquerte den Laden eines Fischhändlers, warf Muschelkörbe um, riss Kisten mit Fisch von den Regalen, um den Schattenkrieger irgendwie aufzuhalten. Auf der anderen Seite des Geschäfts befand sich wieder ein Kanal, fünf oder sechs Meter breit. Ben sprang in einen Kahn, löste die Vertäuung, stieß das Boot ab und kletterte am anderen Ufer wieder hinaus. Sein Verfolger kam zu spät. Wutschnaubend stand er ihm jenseits des

Wassers gegenüber. Ben grinste. Die Hürde würde der Kerl so leicht nicht überwinden. Doch gerade als er sich abwenden wollte, sah er, wie der Schattenkrieger Anlauf nahm und mit einem riesigen Satz auf seine Seite sprang. Ben reagierte sofort, stürmte in einen Hauseingang und landete in einem Souvenirladen. Der Verkäufer, ein tattriger alter Mann mit Glatze, stand hinter der Kasse und sah ihn überrascht an. Ben wollte vorn zur Tür hinausrennen, doch die war zu. Sackgasse. »Wir haben schon geschlossen, Signore«, sagte der alte Mann irritiert.

»Dann schließen Sie wieder auf!«, forderte Ben.

Gerade als der alte Mann mit dem Schlüssel hinter seinem Tresen hervorkam, stürmte der Schattenkrieger durch die Hintertür und rannte ihn einfach um. Der alte Mann knallte gegen eines seiner Regale und blieb stöhnend zwischen zerbrochenen Votivtassen und Heiligenbildchen liegen.

Ben blickte in die lodernden Augen seines Gegners. Der Schattenkrieger zog sein Schwert, küsste die Klinge und schritt auf ihn zu. Ben saß in der Falle. Plötzlich sah er, dass in der Auslage des Schaufensters, gerahmt von zwei leuchtenden Miniaturgondeln, eine Büste mit Goldüberzug stand. War das nicht Dantes Kopf? Ben stürzte sich auf das Souvenir und griff danach …

38

Als Erstes fiel ihm das Rauschen auf, dann der Geruch, das Laub von Bäumen, ein leichter Duft nach Moos. Als läge er in einem Entspannungsschaumbad von Pritchard & Grumble zu Hause in Greenwich Village. Ben schlug die Augen auf. Er lag im Moos, rechts und links von ihm die Stämme uralter Bäume. Steh auf, Ben! Er rappelte sich hoch. Sein Rücken schmerzte. Venedig, der Canal Grande, die Souvenirbüste von Dante …

Ein Geräusch, das Knacken eines Zweiges. Dann menschliche Stimmen. Instinktiv ging er in die Knie, versteckte sich im Unterholz und lauschte. Die Stimmen wurden lauter. Zwei davon kannte er: Julia und Mercutio.

Ben spähte durch die Blätter. Sie waren in Begleitung eines alten Mannes. Die wulstige Nase, die hohe Stirn, die Glatze mit dem graulockigen Haarkranz … Wenn es Dante Alighieri war, dann musste das hier der Wald sein, in dem die Pforte zur Hölle lag. Aber was machte Dante hier? Er war Dichter, keine Figur aus einem Buch. Oder war es wie bei Fräulein von Scuderi, die es als literarische Figur bei E. T. A. Hoffmann gegeben hatte und auch als wirkliche Autorin?

Mercutio streifte sich das halbe Oktagon über den Kopf und legte es Dante in die Hände. »Erkennt Ihr es wieder?«

»Ich ließ es einst schaffen. Warum ist es zerbrochen?«

Mercutio berichtete von Ben und seiner Tante.

»Wer ist diese Lynn?«, fragte Dante.

»Sie schreibt Bücher«, erwiderte Julia.

»Eine Dichterin also.« Dantes Züge entspannten sich. »Dann ist das Oktagon zumindest an eine Auserwählte weitergegeben worden.«

»Warum habt Ihr es machen lassen?«, fragte Julia.

»Um zu verhindern, dass die Welt der Dichtung aus dem Gleichgewicht gerät.«

»Aus dem Gleichgewicht?«

»Immer wenn ein Dichter schreibt, taucht er in eine fremde Welt ein. Und je länger er schreibt, desto wirklicher wird diese Welt für ihn. Die wirkliche Welt dagegen verblasst, wird schal und leer.«

»Was ist so schlimm daran?«, fragte Mercutio und nahm Dante das Amulett wieder aus der Hand.

»Nichts, solange beide Welten klar voneinander geschieden sind. Was aber, wenn die Geister der Fantasie sich selbstständig machen, wenn sie Gewalt über ihre Schöpfer und deren Geschichten gewinnen?« Er machte eine Pause. »Das Oktagon besitzt magische Kräfte, mit denen der Hüter die Welt der Dichtung zusammenhält und dafür sorgt, dass in den Werken der Dichter alles so bleibt, wie sie es sich erdacht haben: ihre Orte, ihre Namen, ihre Gedanken.«

»Aber jetzt ist die Trägerin des Oktagons verschwunden«, sagte Mercutio, »genau wie ihr Neffe. Jetzt bin ich der Hüter!«

Ben traute seinen Ohren nicht.

»Wo ist die andere Hälfte?«, fragte Dante.

»Dort, wo sie nicht sein dürfte – bei ihm.«

Dante zuckte zusammen. »Ihr meint … Gondar?«

»Euch ist doch wohl klar, was passiert, wenn er in den Besitz der anderen Hälfte gelangt.«

Dante fuhr sich mit den Händen durchs Gesicht. »Dann war alles vergeblich«, murmelte er.

»Noch ist nicht alles verloren«, beruhigte ihn Mercutio. »Ihr könntet mir helfen.«

Was hatte der Dreckskerl vor? Ben hielt es in seinem Versteck kaum mehr aus.

»Ich Euch helfen?«, fragte Dante.

»Der Eingang«, sagte Mercutio, »wo ist er?«

Ben begriff. Natürlich, die *Göttliche Komödie*, der Eingang zum Inferno!

»Das Amulett muss wieder zusammengefügt werden«, hörte er Mercutio sagen. »Nur, wenn es ganz ist, können wir Gondar besiegen und wieder Ordnung in die Welt bringen.«

Du Heuchler, du gottverdammter Lügner!

»Und wenn es in Gondars Hände fällt?«, fragte Dante voller Zweifel.

»Dieser Kampf muss gekämpft werden und das wisst Ihr!«, sagte Mercutio.

Dante schwieg. Sein Körper schwankte. Er schien mit sich zu kämpfen. »Also gut. Ich werde Euch an den Ort führen.«

Ben folgte den dreien unbemerkt. Nach kurzer Zeit fing Dante an zu singen. Er sang von der schönen Beatrice, von Anmut und Begehren, von Glück und Verzweiflung, vom Griff nach den Sternen und dem Sturz in die Hölle. Auch wenn seine Stimme brüchig war – alles griff ineinander in seinem Lied, jede Note, jeder Vers, jede Strophe, jeder Takt. In diesem Moment verstand Ben seine Tante, fühlte dieselbe Liebe zur Welt der Bücher wie sie.

»Wartet«, beendete Dante unvermittelt sein Lied und blieb stehen. »Da vorn ist es.«

Mercutio und Julia schauten sich um. Sie sahen nichts. Nichts jedenfalls, das der Eingang zur Unterwelt hätte sein können. Nur Fichten und zwei unscheinbare Hibiskussträucher.

»Wollt Ihr uns an der Nase herumführen?«, fragte Mercutio gereizt.

»Schließt eure Augen«, gab Dante zurück. »Und jetzt schaut noch einmal hin und haltet dabei eure Augen geschlossen.«

Ben tat es Mercutio und Julia gleich, konzentrierte sich, wie der Dichter befahl, auf sein inneres Bild. Und tatsächlich: Zwischen zwei Bäumen waren plötzlich Säulen zu sehen, über die sich ein Rundbogen aus Marmor spannte, in dessen Mitte ein fauchender Löwenkopf prangte. Ben öffnete die Augen. Die Pforte blieb sichtbar. Das Tor eines Friedhofs, die Grenze zu einem Schattenreich. Obwohl von keinem Türblatt verschlossen, konnte man nicht hindurchsehen.

Leise wechselte Ben seine Deckung, um besser sehen zu können. Er musterte den Löwenkopf. Das steinerne Tier hatte keine spezielle Blickrichtung, trotzdem schien es, als schaue es jedem, der vor ihm stand, direkt in die Augen, egal, ob man von der Seite herantrat oder von vorn. Neben dem Kopf waren Verse in den Stein gemeißelt:

Durch mich geht's ein zur Stadt der Qualerkornen,
Durch mich geht's ein zum ew'gen Weheschlund,
Durch mich geht's ein zum Volke der Verlornen.
Das Recht war meines hohen Schöpfers Grund;
Die Allmacht wollt' in mir sich offenbaren;
Allweisheit ward und erste Liebe kund.
Die schon vor mir erschaffnen Dinge waren
Nur ewige; und ewig daur' auch ich.
Lasst, die ihr eingeht, jede Hoffnung fahren.

Auch Julia und Mercutio hatten ihre Augen wieder geöffnet, sahen staunend hinüber zum Eingang in die Unterwelt.

»Wie kann das sein?«, fragte Julia.

»Die Kraft der Vorstellung«, erwiderte Dante.

»Und wie kommen wir hindurch?«, fragte Mercutio.

»Mit Mut.«

Mercutio griff Julia am Arm. Er zog sie mit sich zur Pforte, aber sie machte sich los. »Gibt es einen Weg zurück?«

Dante lächelte. »Wusstet ihr nicht, dass man keinen Weg zweimal geht, sosehr er sich auch gleichen mag?«

»Warum ist hinter der Pforte nichts zu erkennen?«

»Es gibt Dinge, die erkennt man nur in sich selbst.«

Julia blickte zwischen ihm und Mercutio hin und her. »Ich gehe da nicht durch!«

»Was sagst du?«

»Ich kann es nicht!«

»Wir müssen Bens Auftrag erfüllen, hast du das vergessen?« Mercutios Heuchelei war unerträglich. »Du willst ihn doch wiedersehen, oder?«

»Dafür würde ich alles geben!«

»Dann lass uns gehen.« Mercutio hielt ihr die Hand hin.

Jetzt oder nie! Ben trat aus dem Gebüsch. »Geh nicht mit ihm!«

Julia starrte ihn ungläubig an. »Ben! Ich dachte, du ... Wie kommst du hierher?«

»Da fragst du am besten ihn«, erwiderte Ben und deutete auf Mercutio.

»Ben, wie gut, dass du ...«

»Hör auf!«

»Aber warum bist du denn so ...?«

»Spar dir die Heuchelei!«

»Ist es etwa schlecht, sich um seine Freunde zu sorgen? Hätte ich das Amulett nicht retten sollen?«

»Retten? Gestohlen hast du es!« Ben wandte sich an Julia. »Das Ganze ist eine riesige Verschwörung. Er hat mich an die Polizei verraten und ins Gefängnis werfen lassen.«

»Wer seid Ihr?«, fragte Dante verunsichert.

»Der wahre Besitzer des Amuletts!«, erwiderte Ben.

»Das alles ist nichts weiter als ein Missverständnis«, versuchte Mercutio zu retten, was nicht mehr zu retten war. »Aber Gott sei Dank bist du jetzt da und wir können gemeinsam ...«

»Das Oktagon!«, unterbrach ihn Ben und streckte die Hand aus. »Gib es mir zurück. Sofort!«

Mercutio antwortete nicht. Er hielt das Amulett in der Rechten. In seinen Augen stand Hass.

»Du willst also, dass ich es mir hole«, sagte Ben drohend.

»Versuch's doch!« Blitzschnell packte Mercutio Julia am Arm und riss sie mit sich zur Pforte.

Ben sprang hinterher. Er erwischte Julias Arm und hielt ihn fest, doch Mercutio war bereits drüben auf der anderen, dunklen Seite, was ihm zusätzliche Kraft verlieh – die Kraft des Bösen.

»Das Oktagon!«, rief Ben Julia zu. Sie verstand sofort. Es gelang ihr, das Lederband mit dem Oktagon zu fassen und es Mercutio aus der Hand zu reißen. Sie schleuderte es Ben entgegen, der es mit sicherem Griff auffing. Ihre Blicke trafen sich. Die Zeit stand still. Mercutio starrte erst zu Ben, dann zu Julia und dann auf seine freie Hand, in der er noch eben das Amulett gehalten hatte. Schließlich zog er Julia mit einem Ruck endgültig zu sich. Seine letzte Trumpfkarte. Doch besaß er die überhaupt noch?

»Gondar wird dich töten, wenn du ihm das Amulett nicht bringst«, sagte Ben. »Und er wird dir Julia nehmen. Also lass sie los!«

Mercutio starrte ihn an. »Keiner wird sie mir nehmen, niemals!«

Ben wollte hinterher, doch eine Hand hielt ihn zurück: Dante!

»Tut es nicht!«

»Ich muss!«

»Wisst Ihr überhaupt, worauf Ihr Euch einlasst?«

»Ich kann sie nicht im Stich lassen. Nicht sie und nicht meine Tante.«

»Eure Absicht ist so edel, wie Euer Herz rein ist, aber …« Der Dichter erhöhte den Druck seiner Hände. »Wenn Ihr dort hineingeht, gibt es für Euch keine Rückkehr ohne das Oktagon. Auch wenn es Euch schützt – nur, wenn Ihr die beiden Hälften zusammenfügt, werdet Ihr das Land Gondar wieder verlassen. Egal, was geschieht, Ihr dürft das Amulett nicht aus der Hand geben. Niemals!«

»Glaubt Ihr, ich schaffe es nicht?«

»Wenn Gondar wirklich die andere Hälfte besitzt, wird er alles daransetzen, auch Eure Hälfte des Oktagons zu bekommen.«

»Das wird er nicht schaffen!«

»Ihr kennt ihn nicht, Ihr wisst nicht, mit welchen Waffen er kämpft.«

»Signore Alighieri, hinter dieser verdammten Höllenpforte sind das Mädchen, das ich liebe, und meine Tante, der ich mehr verdanke als allen andern in meinem Leben.«

Er fühlte die Hand des Dichters nach dem Amulett greifen und gab es ihm. Dante strich mit dem Zeigefinger darüber. »Beschütze ihn und hilf ihm«, murmelte er. Dann hängte er es Ben um den Hals.

»Geht«, sagte er leise. »Aber versprecht mir, dass Ihr, was auch geschieht, der Stimme Eures Herzens folgen werdet.«

»Das werde ich. Lebt wohl.«

»Lebt wohl, junger Mann. Möge Euch Euer Mut nicht verlassen.«

Ben war mulmig zumute. Er fror auf einmal. Seine Hände suchten das Amulett und umschlossen es. Vor ihm, irgendwo inmitten des wabernden Nichts hinter der Pforte mit dem Löwenkopf, würde sich sein Schicksal entscheiden. Er atmete tief durch und tat den entscheidenden Schritt …

39

Licht. Gelblich düster. Fahl und kalt, wie vor einem Gewitter. Dabei von einer Leuchtkraft, die seinen Augen wehtat. Ein Licht, das alles versteckte und alles zeigte. Ein Licht, dem nichts entging. Gondars Licht!

Es drang in seine Haut, bestrahlte seine Organe, schlich sich in jeden Knochen und schien durch seine Adern, als suche es nach seiner Seele.

Eine so tiefe, abgründige Traurigkeit hatte Ben noch nie gefühlt. Es war, als sei jede Lebenskraft aus ihm gewichen, jede noch so kleine Erinnerung an das Gute, das Schöne, an die Wärme einer Umarmung oder die Leichtigkeit eines Lachens. Keine Musik mehr in ihm, kein Gefühl. Alles zerstört.

Er taumelte vorwärts, hinab in das verlorene Land der Elenden, Lehmboden unter seinen Füßen, rissig und bedeckt von feinem schwefelfarbenem Sand. In einer Landschaft ohne Struktur, ohne Anfang und Ende. Felsbrocken aus erkalteter Lava lagen verstreut herum, willkürlich, wie von oben herabgeworfen aus dem bleichen, konturlosen Himmel.

Jeder Schritt fiel ihm schwer, genau wie das Atmen. Dabei war die Luft nicht dünn, eher klebrig. Wie hatte Dante gesagt: ›Wisst Ihr überhaupt, worauf Ihr Euch einlasst?‹ Jetzt keimte in Ben eine Ahnung. Er dachte an die Mahnung des Dichters: ›Folgt der Stimme Eures Herzens.‹ Nur: Wie sollte er der Stimme seines

Herzens folgen, wenn er dieses Herz kaum mehr spürte; wenn er gefühllos wurde und kalt wie die Felsen um ihn herum?

Er versuchte sich zu erinnern. An New York, das Haus in der Morton Street, sein Zimmer. Es funktionierte nicht. Alles blieb blass, ließ ihn kalt.

Also versuchte er sich in die Bibliothek seiner Tante hineinzudenken, schweifte in Gedanken durch die Reihen der Regale, sog den eigentümlichen Geruch der Bücher in sich auf. Endlich eine Regung, ein schmerzhaftes Zucken in der Brust. Die Ahnung eines Verlusts. Er vermisste seine Tante. Die Ahnung wurde zum Gefühl. Jetzt nur nicht nachlassen. Er stellte sich ihr Gesicht vor, malte sich aus, wie sie litt, wie sie gequält und gefoltert wurde von Gondars Kriegern. Je grausamer, desto besser. Es musste wehtun, sonst löste es nichts aus. Er fühlte Wut, die sich zu Hass steigerte. Sein Körper presste sich zusammen. Er drückte die Beklemmung aus den Poren seiner Haut.

Doch es reichte nicht.

Julia! Der Schwung ihrer Nase, die Kontur ihrer Wangenknochen, das unergründliche Blau ihrer Augen. Der Duft ihrer Haare, die Wärme ihrer Stimme, ihr Gesicht ganz nah an seinem …

Das Frösteln, das ihn seit seiner Durchquerung der Pforte erfasst hatte, verging langsam. Ihm wurde warm. Und mit der Wärme kehrte sein Denken zurück. Er fühlte wieder Kraft in Armen und Beinen. Er war wieder er.

In dieser Landschaft, in der man sich kaum verstecken konnte, war er das einzig Lebendige weit und breit. Was allerdings auch bedeutete, dass er auf Meilen hin auszumachen war. Mercutio kannte ihn genau, er wusste, Ben würde folgen – wenn es sein musste, bis ans Ende der Welt. Beeil dich, Ben! Er musste so weit wie möglich kommen, ehe Mercutio bei Gondar eintraf und der seine Schergen aussandte.

Ben suchte sich einen faustgroßen Stein. Jeder Mensch hat ein starkes und ein schwaches Bein. Das Gewicht des Steins in seiner Hand auf der starken Seite würde den Unterschied ausgleichen und verhindern, dass er im Kreis lief. Das Zweite waren die Fußspuren. Wenn kein Wind aufkam, würden sie lange zu sehen sein. Ben zog sich sein Hemd aus und steckte die Ärmel rechts und links hinten in seine Schuhe. So konnte er ganz normal gehen und gleichzeitig schleifte das Hemd wie eine Schleppe hinter ihm her und verwischte die Spuren.

Stunde um Stunde ging er durch die gleichförmige Landschaft. Es schien egal, ob er stehen blieb oder weiterlief, weil er nie das Gefühl hatte, er würde sich weiterbewegen. Auch der Himmel blieb immer derselbe, wurde nicht dunkler, nicht heller, als gäbe es in dieser schrecklichen Wüste weder Tag noch Nacht, nur diese eine bleiche zeitlose Helligkeit.

Auch wenn er sein Fühlen zurückgewonnen hatte, irgendwann würde sein Körper aufgeben. Er fing an zu stolpern, selten erst, dann immer öfter. Durst begann sich zu regen. Schließlich bemerkte er, dass er den Stein in seiner Hand verloren hatte. Lange würde sich sein Bewusstsein nicht mehr steuern lassen, er musste ausruhen, unbedingt.

Ein Stück weiter machte er einige Felsen aus. Er schleppte sich hin und sank hinter dem größten nieder. Mit den Händen grub er den Boden um den Stein herum auf, kratzte eine Mulde aus dem lehmigen Grund, zwei Handbreit tief, nicht mehr. Darin rollte er sich zusammen. Den Aushub verteilte er, so gut es ging, auf seinem Körper. Dazu ein wenig Sand. Die Andeutung einer Tarnung, der Versuch, mit dem Boden zu verschmelzen. Er schloss die Augen. Nur ein wenig ausruhen, ein paar Minuten schlafen, nicht mehr …

Was sind das für Stimmen, abgehackt und kalt? Ein Traum, Ben, nur ein Traum. Nein, das ist kein Traum!

Er schlug die Augen auf. Vor sich das Granitgrau des Felsens. Da waren tatsächlich Stimmen. Und ein Schnauben, ganz nah, direkt hinter ihm. Vorsichtig drehte er sich um. Keinen Meter entfernt befand sich der Kopf eines Pferdes. Das Fell war schwarz, die Augen feuerrot. Schattenkrieger! Neben dem einen standen zwei weitere Pferde. Langsam hob Ben die Hand. Das Pferd schnupperte, die Ohren stellten sich neugierig auf. Vorsichtig erhob sich Ben. Seine Knochen taten ihm weh. Hoffentlich wieherte das Tier jetzt nicht. Er strich ihm über Nase und Mähne. Gott sei Dank, es blieb ruhig.

Über dem Sattel lag ein grauer Umhang mit Kapuze. Die Schattenkrieger mussten sich auf der anderen Seite des Felsens befinden. Bens Hand griff nach dem Amulett. Es beruhigte ihn, mit den Fingern über das glatte Metall zu streichen, dann hob er den Umhang an, ließ ihn aber sofort wieder los. Wenn die Kerle ihn schnappten … Andererseits … Er sah sich um. Der Felsen überragte ihn um mehr als das Doppelte. Oben schien er flach zu sein. Vielleicht schaffte er es hinauf. Er griff sich den Umhang, wedelte damit Sand auf – bis die Mulde, in der er gelegen hatte, aussah wie eine natürliche Vertiefung im Boden. Bloß keine Spuren hinterlassen.

Vorsichtig kletterte er auf den Felsen, ließ sich oben über die Kante rollen, legte sich flach auf den Bauch.

Keine Sekunde zu früh, denn die Schattenkrieger hatten sich offenbar entschlossen aufzubrechen. Jedenfalls hörte er sie um den Felsen herumkommen.

»Wô seînt umethangk?«, wisperte eine Stimme.

»Vergesst umethangk!«, fauchte ein Zweiter, seinem Kumpanen jedes weitere Wort verbietend. »Uff! Gêbet neufleysch am innegang. Muoget fassen.«

Ben hörte die drei aufsitzen und davonreiten. Vorsichtig spähte er über den Felsrand. Die Schattenkrieger galoppierten in die Richtung, aus der Ben gekommen war, Richtung Höllenpforte.

Er ließ sich am Felsen heruntergleiten, landete mit einem Sprung im Staub und musterte die Spuren der Reiter. Woher waren sie gekommen? Den grauen Umhang über die Schultern geworfen, folgte er den Abdrücken der Hufe. Die offenen Seiten wiesen ihm die Richtung. Gut vier oder fünf Stunden mochte er unterwegs sein, als er an den Rand einer Rampe kam, die hinabführte in einen gewaltigen Schlund, ein riesiges Loch in der Erde. Hatte nicht der Schuster auf der fliegenden Insel gesagt, um zu Gondar zu gelangen, müsse man senkrecht in den Boden stoßen?

Ben roch etwas. Er kannte diesen Geruch. Es war derselbe, den er damals in der Bibliothek wahrgenommen hatte, als seine Tante verschwunden war. Er erinnerte sich an das Bild, das damals in ihm aufstieg: eine Burg, hineingebaut in die Erde, und eine Treppe, die in unergründliche Finsternis hinabführte.

Ben begriff: Das Land Gondars war nicht nach oben gebaut, zum Licht hin, sondern versteckte sich in den Abgründen der Dunkelheit, war herausgesprengt aus dem kalten, abweisenden Fels, hineingeschlagen in ewige Nacht …

40

Angespannt schlich Ben die Rampe hinab. Der Umhang lastete schwer auf seinen Schultern. Zu seiner Rechten entdeckte er einen Durchbruch im Fels. Sollte er weiter dem Verlauf der Rampe folgen? Er zögerte einen Moment, dann entschied er sich für den Durchbruch. Dahinter konnte er Stufen erkennen, die nach unten führten.

Er griff wieder nach dem Amulett. »Hilf mir!«, flüsterte er und tastete sich die Treppe hinab. Sie verlief in Windungen, spiralförmig wie das Haus einer Schnecke. Je tiefer er kam, desto wärmer wurde es und desto stärker musste er gegen die Gefühllosigkeit ankämpfen, die er schon beim Durchschreiten der Höllenpforte gespürt hatte.

Von unten drang die Ahnung eines Flackerns zu ihm herauf. Wenige Stufen später weitete sich die Treppe, der Lichtschein wurde heller. Ben hielt inne. Er vernahm so etwas wie ein Klopfen, ein tausendstimmiges Prasseln, als schlüge Metall auf Stein. Jeder Muskel seines Körpers, jede Sehne war bis zum Zerreißen gespannt. Ihm wurde bewusst, dass er keine Waffe bei sich hatte. Was er tat, war kompletter Wahnsinn.

Noch zwei Stufen, noch eine und …

Vor ihm lag ein riesiger Saal, von Tausenden Fackeln erleuchtet; eine Kathedrale, an deren Grund sich zahllose zerlumpte Figuren mit Spitzhacken immer tiefer in den Fels hineingruben. Zwischen ihnen gingen Gestalten in grauen Umhängen, Schattenkrieger, die wahllos mit Peitschen auf die gebeugten Rücken einhieben, um die unablässig schuftenden Arbeiter anzutreiben. Der Abraum wurde von anderen Arbeitern auf Kiepen weggeschleppt.

Welchem Zweck diente all diese Arbeit? War Ben auf die Baustelle eines Palastes gestoßen, einer Art Kultraum, in dem sich nach der Fertigstellung Gondar von seinen Untertanen würde anbeten lassen? Oder hatte er einfach nur befohlen, sich an den Erdmittelpunkt heranzugraben, dorthin, wo giftige Gase und flüssiges Magma waberten? War das hier eine Art Selbstvernichtungsmaschine, um der eigenen, grauenhaften Existenz ein Ende zu bereiten? Ben schauderte bei dem Gedanken. Dantes Inferno war leibhaftig geworden, schrecklicher, als es sich der Dichter je hätte ausmalen können.

So unauffällig wie möglich schlich Ben weiter hinab. Die Hitze wurde unerträglich. Der Umhang brannte auf seiner Haut. Am liebsten hätte er ihn abgeworfen, nur für einen Moment, um sich Kühlung und Linderung zu verschaffen, aber die Angst, entdeckt zu werden, war stärker. Schritt für Schritt quälte er sich weiter, bis er auf Rufweite an die Gepeinigten herankam – nah genug, um Einzelheiten erkennen zu können. Die Rücken der Minenarbeiter waren gekrümmt, ihre Kleidung hing in Fetzen von ihren ausgezehrten Körpern. Vom Laufen auf dem rauen Fels waren ihre Füße aufgerissen und mit Geschwüren übersät. Sie besaßen keine Gesichter. Ihre Köpfe waren über und über vernarbte, haarlose Klumpen, augenlose Fratzen.

Plötzlich, wie auf ein geheimes Signal, verstummten die Peitschen und Spitzhacken. Pferdegetrappel hallte durch die Gänge. Ein Windstoß fegte in die Halle, brachte die Fackeln zum Flackern. Schattenkrieger sprengten durch eine Öffnung am Fuß des riesigen Gewölbes. Einer von ihnen trug keinen Umhang. Das mussten die Schattenkrieger sein, die Ben an der Felsgruppe getroffen hatte. An langen Seilen zogen sie Männer, Frauen und ein Kind hinter sich her, die immer wieder stolperten, stürzten und weitergeschleift wurden, bis es ihnen gelang, wieder auf die Beine zu kommen. Obwohl sie staub- und blutüberströmt waren, erkannte Ben einige von ihnen: Robinson Crusoe, Freitag, Don Quijote, Oliver Twist, den alten Fagin, Romeo Montague und schließlich auch Emma Bovary.

Das also hatten die Schattenkrieger damit gemeint, als sie sagten, es gebe ›neufleysch am innegang‹. Sie hatten die Figuren aus den Büchern erst umgebracht und dann durch die Höllenpforte hierhergetrieben, damit sie auf ewig in Gondars Hölle schmoren sollten, so wie all die andern Verurteilten um sie herum.

Die Opfer wurden zu einem freien Platz in der Mitte der Höhle getrieben, kurz darauf schleppten Arbeiter mehrere Becken mit glühenden Kohlen heran. Einer der Schattenkrieger blies in ein armlanges Horn, worauf die übrigen Schergen Gondars ihre Peitschen knallen ließen. Der Krieger mit dem Horn blickte die stumm dastehenden Arbeiter an, deren Lebensgeister fast erloschen waren, und sprang von seinem Pferd. Er ging an ihnen vorbei, als wolle er ihnen mit seinem Blick den Todesstoß geben. Schließlich zischte er ihnen zu: »Begrûesset neufleysch!«

Die Arbeiter verharrten reglos. Schwiegen wie zum Protest.

»Begrûesset!«, schrie der Schattenkrieger erneut und stieß sein Schwert einer Arbeiterin in den Bauch. Mit einem leisen Stöhnen sackte sie zu Boden. Der Widerstand ihrer Leidensgefährten brach in sich zusammen. Sie begannen mit den Stielen ihrer Spitzhacken rhythmisch auf den Boden zu klopfen. Das Klopfen nahm zu, steigerte sich, wurde zum Dröhnen, tausendfach verstärkt und zurückgeworfen von den Felswänden.

Oliver Twist fing an zu schreien. Angst, Verzweiflung, Schmerz – alles, was er zu fühlen noch imstande war, entlud sich in diesem Schrei. Einer der Schattenkrieger zückte seine Peitsche, ließ das Ende durch die Luft sausen. Mit einem gezielten Schwung legte sich das lederne Band in mehreren Lagen um den Hals des Jungen. Ein Reißen am Griff der Peitsche und Oliver bekam keine Luft mehr. Mit einem Röcheln erstarb sein Schrei.

»Kennt ihr denn gar keine Gnade?«, fragte Robinson Crusoe leise, worauf er selbst auch die Peitsche zu spüren bekam und wie Oliver und die übrigen Männer und Frauen von den Schergen Gondars zu den Kohlebecken gezerrt wurde.

Dann war es totenstill. Ben schaute hinüber zu jenem Schattenkrieger, der eben die Reihen der Arbeiter abgegangen war. Erneut stieß er ins Horn, lauter und länger als zuvor. Als er geendet hatte, packten die Schergen die Köpfe der Neuen und drückten sie, mit den Gesichtern voran, in die rot schimmernde Glut. Schreie, die zu einem Gurgeln gerannen. Die Haare der Gefolterten kräuselten sich und vergingen. Ihre Kopfhaut schimmerte weißlich, ehe sie Blasen warf. Die finsteren Schergen rissen sie wieder nach oben. Niemand hätte mehr sagen können, wer von ihnen Robinson Crusoe, wer Romeo war. Auf ein Kommando hin schleppten Arbeiter Bottiche mit Wasser heran und entleerten sie über den Verbrannten. Obwohl sie nichts sahen, schienen die Arbeiter zu spüren, wohin sie gingen. Die gerade Gepeinigten schrien mit dampfenden Köpfen ein letztes Mal auf, ehe ihnen der Schmerz das Bewusstsein raubte.

Ben begann zu würgen, das Innere seines Magens stülpte sich nach außen. Alle Arbeiter hier waren getötete Figuren aus der Literatur, Opfer eines Vernichtungsfeldzugs gegen die Welt der Bücher. Aber warum machte das Gondar? Aus Rache? Oder trieb ihn die pure Lust am Bösen an?

Während der Trupp der Schergen wieder davonritt, schlich Ben an den Wänden entlang hinüber zum Eingang des Tunnels. Er musste noch tiefer eindringen in das Labyrinth dieser unterirdischen Anlage. Nur so konnte er herausfinden, wo seine Tante war. Und wo Julia. Falls die beiden überhaupt noch lebten.

Er folgte dem Verlauf des Tunnels. In regelmäßigen Abständen flackerten an den Wänden brennende Fackeln. An einigen Stellen tropfte Wasser von der Decke. Bens Durst war größer als die Angst, es könnte ungenießbar sein. Er schloss die Augen, öffnete den Mund. Für einen Moment war alles gut. Die Erinnerung an eine Tropfsteinhöhle irgendwo in Norditalien. Sein Vater, der ihm den Unterschied zwischen Stalagmiten und Stalaktiten erklärte. Sie fuhren mit einem Boot durch die unterirdische Zauberwelt auf der Grenze zwischen Traum und Wirklichkeit … Er leckte sich die Lippen, ließ noch mehr kühles Wasser auf seine Zunge tropfen.

Plötzlich sah er rote Punkte am Ende des Gangs auftauchen. Schattenkrieger. Ehe sie reagieren konnten, wandte sich Ben schon ab, zog die Kapuze tiefer ins Gesicht und ging zügig weiter. Hoffentlich hatten sie ihn nicht beim Wassertrinken gesehen, sonst war seine Tarnung aufgeflogen. Er hörte ihre Schritte schneller werden. Ruhig bleiben!

Da war ein Abzweig. Er bog in einen schmaleren Gang ein und rannte los, so schnell er konnte. Ein Blick zurück über die Schulter. Lavaaugen, die immer näher kamen. Wieder bog er ab, dann noch mal, ehe er, völlig erschöpft, eine Nische im Fels entdeckte. Er musste es riskieren, bevor seine Verfolger um die Ecke bogen. Alles oder nichts! So gut es ging, verbarg er sich zwischen den Felswänden. Jetzt kam ihm der dunkle Umhang zugute, denn der sorgte dafür, dass er kaum noch von der Dunkelheit um ihn herum und dem Gestein zu unterscheiden war.

Die Schattenkrieger näherten sich. Ihre Schritte waren kräftig und gleichmäßig. Dann sah er sie, ihre Augen, ihre Umhänge, er roch den Gestank, der aus ihren Mäulern drang. Bitte …!, flehte Ben innerlich. Er hielt den Atem an. Bitte …! Sie liefen an ihm vorbei wie eine Maschine, die sich nicht vom Weg abbringen lässt.

Nur langsam beruhigte sich Ben wieder und kam aus seinem Versteck. Er nahm eine Fackel aus ihrer Halterung und bog in einen unbeleuchteten Gang ab. Der in den Fels geschlagene Stollen führte deutlich abwärts. Je tiefer Ben kam, desto heißer wurde es. Heißer und stickiger. Das Atmen fiel ihm von Schritt zu Schritt schwerer. Er fühlte sich todmüde. Und begann wieder jene Gleichgültigkeit zu spüren, gegen die er schon beim Betreten von

Gondars Reich angekämpft hatte. Ihm wurde bewusst, wie hilflos er war. Er besaß keine Waffe und nicht einmal einen Plan – nur das halbe Amulett. Jetzt begann auch noch seine Fackel zu rußen. Mit jedem Schritt wurde der Rauch stärker und nahm ihm die Luft zum Atmen. Schließlich warf er die Fackel hustend fort, rieb seine brennenden Augen, schloss sie. Seine Schultern schlugen gegen die Wände, er stolperte über Geröll, stürzte, zwang sich, wieder aufzustehen, stürzte erneut, zwang sich noch einmal. Julia, wo war sie? Und Lynn? Und wer war Gondar? Wie sollte er sich das Grauen vorstellen? Etwas unterbrach seine Gedanken, versuchte ihm seinen Geist aufzuzwingen. Er konnte nicht sagen, was es war, er wusste nur, er war am Ziel. Zitternd blieb er stehen, die Augen noch immer geschlossen …

41

»Da bist du ja«, hörte Ben eine Stimme sagen.

Obwohl er sie noch nie gehört hatte, erkannte er sie sofort. Auch wenn sie viel leiser und sanfter war, als er erwartet hatte, lag in ihr eine so ungeheure Kälte, dass ihm das Blut in den Adern gefror.

»Wir haben dich schon erwartet.«

Ben öffnete die Augen und schaute sich vorsichtig um. Er befand sich in einem prunkvoll ausgestatteten Saal. Der Boden war mit kostbaren Teppichen belegt, neben mächtigen Säulen standen goldene Gefäße mit Flammen darin. Das Licht spiegelte sich in einem Deckenmosaik, das mit Tausenden funkelnder Diamanten besetzt war. Instinktiv wich Ben zurück und stieß dabei an etwas Glattes, Schweres. Er fuhr herum. Vor ihm hing ein riesiges Pendel in Form eines Halbmonds. Die Unterkante der dunklen Scheibe schimmerte silbrig, sie war geschliffen wie die Klinge eines Messers.

»Gefällt es dir?«

Wo steckte Gondar?

»Ich bin hier.«

Dort – auf einer in den Fels geschlagenen mannshohen Empore stand der dunkle Herrscher. Ben schauderte. Er war größer als die Schattenkrieger, auch wenn er ihnen im Ganzen glich. Derselbe verkohlte nackte Schädel. Doch anders als von den grauen Gestalten ging von ihm keine Hitze aus. Die Augen glühten nicht, sie wirkten wie Stein. Es war, als sei mit seinem Äußeren auch sein Inneres verbrannt – bis auf das Skelett eines stählernen Willens, der alles und jedes um sich herum bezwang. Er strahlte eine Kälte ab, die lähmend wirkte und jeden Widerstand im Keim erstickte.

Sein Gesicht war mit schwärenden Brandwunden bedeckt, von deren Rändern sich die verschmorte Haut abgeschält hatte. Seine Nase war nichts weiter als ein hautloses Stück Knorpel, die Augen lagen lidlos in ihren Höhlen, die weggeschmorten Lippen ließen den Mund in einem grotesken Grinsen erstarren. Ben wollte schreien, weil ihn das, was er sah, an das Schlimmste erinnerte, was er je erlebt hatte. Genauso verbrannt hatte sein Vater ausgesehen, als er nach dem Absturz der Maschine aus dem flammenstarrenden Flugzeugwrack auf ihn zugewankt war und ein letztes Mal seinen Namen geflüstert hatte …

»Der Tod ist ein Erlebnis von erlesener Schönheit«, sagte Gondar und wischte mit der Hand ein imaginäres Staubkorn von seinem purpurfarbenen Umhang. »Ich jedenfalls finde, man kann gar nicht genug davon bekommen.«

Er lächelte dem neben ihm stehenden Mercutio zu. Der nickte beflissen.

»Wo ist Julia?«, fragte Ben.

»Hier bei mir«, sagte Mercutio und zog sie aus dem dunklen Felsenschatten zu sich ins Licht. Ben erstarrte. Statt des abgewetzten Kattunkleids trug sie ein Brautkleid aus weißer Seide und einen Schleier aus heller Gaze. Ihre Haut war noch durchscheinender als sonst. Sie wirkte willenlos, wie betäubt.

»Wir haben Besuch, Liebste«, sagte Mercutio zu ihr und strich ihr zärtlich eine Haarsträhne aus der Stirn.

»Wer ist das?«, fragte Julia mit seltsam entrückter Stimme.

»Ich bin es, Ben!«

»Er glaubt, du kennst ihn«, sagte Mercutio zu ihr.

»Woher sollte ich?« Verständnislos sah sie durch Ben hindurch. Sie mussten ihr irgendetwas eingeflößt haben, was ihren Willen gelähmt und ihr Wesen verändert hatte.

Ben spürte Wut in sich aufsteigen. »Was habt ihr mit ihr gemacht?«

»Ich habe dem guten Mercutio einen kleinen Gefallen getan und der Natur ein wenig nachgeholfen«, erwiderte Gondar.

»Einen Gefallen?«, fragte Ben und wusste im gleichen Moment, was Gondar damit gemeint hatte. Er wandte sich an Mercutio. »Du hast dich an ihn verkauft?«

»Eine Frage der Gelegenheiten«, erwiderte Mercutio. »Man ergreift sie oder lässt sie ungenutzt vorbeiziehen. So einfach ist das. Gondar hat mir ein Angebot gemacht, das ich nicht ausschlagen konnte.«

»Was hat er dir für deinen Verrat versprochen?«

»Verraten kann man nur Freunde, ich war nie dein Freund.«

»Es geht um Romeo, nicht um mich. Du hast deinen besten Freund in den Tod geschickt!«

»Er hat mir Julia genommen!«

»Du hast sie nie besessen.«

»Ich habe sie länger und tiefer geliebt, als Romeo es je konnte.«

»Trotzdem hat sie *ihn* gewählt.«

»Und jetzt liebt sie *mich*!«

»O nein, Mercutio, das tut sie nicht. Ihr habt sie mithilfe eines Trankes zu einer Marionette gemacht. Mit Liebe hat das nichts zu tun.«

»Halt deinen Mund!«

»Sie wird dich niemals lieben und das weißt du.«

»Sei still!«

»Was musstest du Gondar dafür geben, abgesehen von deiner Seele? Das Amulett? Solltest du es mir abjagen und ihm bringen? Aber natürlich. Julias vermeintliche Liebe gegen meine Amuletthälfte.«

Gondar klatschte amüsiert Applaus. »Respekt, Respekt. Du

hast nicht übertrieben, Mercutio. Dein Freund scheint tatsächlich eine gewisse Intelligenz zu besitzen.«

Er schien die Situation zu genießen. Wie ein Schauspiel, das er selbst inszeniert hatte. Ben fragte sich verzweifelt, wie er Julia aus Gondars und Mercutios Händen retten konnte und was der dunkle Herrscher mit Lynn gemacht hatte.

»Der brave Neffe macht sich Sorgen um seine Tante«, stellte Gondar lapidar fest. »Wie rührend.«

Ben starrte ihn an. Konnte Gondar seine Gedanken lesen?

»Aber natürlich kann ich das. So wie ich auch eure Sprache spreche. Und weißt du, wem ich das verdanke? Deiner lieben Tante.«

Was meinte er damit? Hieß das etwa … Hatte sie ihn selbst … War er eine ihrer Figuren?

»Mein Kompliment«, sagte Gondar überheblich. »Dein Scharfsinn ist beeindruckend, wenngleich nicht ganz zutreffend. Aber ich finde, das sollte dir deine Tante lieber selbst erzählen.«

Er nickte Mercutio zu, der zur Seite trat und den Blick freigab auf einen Stuhl, auf dem, gefesselt, geknebelt und kaum mehr bei Bewusstsein, Tante Lynn saß. Gondar zückte ein Messer aus seinem Gürtel und schnitt ihr den Knebel und die Fesseln durch, worauf sie einfach zur Seite kippte und reglos am Boden liegen blieb.

»Tante Lynn!«, schrie Ben. Sie reagierte nicht.

»Aufrichten«, befahl Gondar. Mercutio packte Lynn und zog sie hoch. Er musste sie stützen, damit sie nicht gleich wieder zusammenbrach. Gondar schlug ihr ins Gesicht, einmal, zweimal. »Was ist denn los mit dir? Willst du nicht deinen lieben Neffen begrüßen?«

Sie öffnete die Augen. Ihr Blick flackerte.

»Tante Lynn«, flüsterte Ben.

»Ben, mein Ben …«, flüsterte sie zurück.

»Was hat er mit dir gemacht?«

»Ich hätte … besser … aufpassen … müssen.«

»Es stimmt also? *Du* hast ihn erschaffen?«

»Nein«, erwiderte Lynn leise. »So war es nicht. Jedenfalls ... nicht ganz.« Ihr Mund war trocken, das Sprechen fiel ihr sichtlich schwer. »Ich ... ich brauchte jemanden, der in meinem neuen Roman das Böse verkörpern sollte. Auf der Suche nach Inspiration stieß ich in einem Archiv auf einen Brief aus dem Jahr 1595.«

»Was für einen Brief?«

»Ein Schreiben Shakespeares an den Theaterunternehmer John Burbage.«

»Worum ging es darin?«

»Um ein neues Stück. Die Macht des Bösen und ihren Sieg über das Gute. Der Held war ein Erzschurke namens Dragon. Shakespeare hatte das Stück in Burbages Auftrag in nur sieben Tagen geschrieben und anschließend verbrannt.«

»Warum verbrannt?«

Tante Lynn zögerte. Sie sprach jetzt noch leiser als vorher. »Weil ihm sein Schurke so böse geraten war, dass Burbage das Stück als zu düster ablehnte. Er fürchtete, die Schlechtigkeit des Helden könne das Publikum abschrecken.«

»Und in dem Brief an Burbage war dieser Dragon beschrieben?«

Lynn nickte. »All seine Schlechtigkeit, sein ganzes verdorbenes, abgründiges Wesen.«

Ben begriff: Seine Tante hatte aus Dragon Gondar gemacht und ihn in ihrem Roman wieder zum Leben erweckt.

»Kompliment«, spottete Gondar und wandte sich an Mercutio. »Er hat es endlich verstanden.«

»Und die Schattenkrieger?«, bohrte Ben nach. »Was ist mit denen?«

»Verworfene wie ich«, gab Gondar zurück und zum ersten Mal zeigte er so etwas wie eine innere Regung. »Schachfiguren auf dem Spielbrett der Literatur, bestraft mit ewigem Vergessen. Hervorgebracht und wieder vernichtet von einem Puschkin, einem Balzac oder den Schwestern Brontë.«

Die Erkenntnis traf Ben wie ein Schlag. Auch die Schattenkrieger waren Figuren aus Geschichten, abgelehnte und vernichtete Entwürfe aus den Köpfen berühmter Dichter und Schriftstellerinnen, Vergessene, die es nicht in die Weltliteratur geschafft hatten, weil ihre Schöpfer sie vorher verbrannt hatten. Durch das Amulett hatte sich Gondar zu ihrem Anführer aufgeschwungen. Er war ihre Stimme, ihr Rächer, der die Figuren der Weltliteratur aus den Werken der Dichter tilgen ließ, um die Welt der Bücher nach seinem Geschmack neu zu erfinden, mit seinen Figuren und seinen Geschichten …

»Ich sehe, du hast verstanden«, sagte Gondar.

»Der Schlüssel ist also das Amulett, hab ich recht?«, fragte Ben. »Nur mit seiner Hilfe konntet Ihr all diese scheußlichen Morde begehen und somit die Bücher verändern.«

Gondar nickte. »Es hat lange gedauert, bis ich begriff, dass mich der Zufall ausgerechnet in den Kopf einer Hüterin der Literatur geführt hatte. Als ich es schließlich herausfand, war sie verloren.« Er zog das halbe Oktagon, das an einer goldenen Kette um seinen Hals hing, unter dem Mantel hervor und ließ die verbrannten Finger darübergleiten. »Es sehnt sich nach seiner anderen Hälfte. Du hast sie doch hoffentlich dabei?«

»Ich bin nicht hier, um sie Euch zu überlassen«, erwiderte Ben.

»Dein Neffe hat Mut«, sagte Gondar zu Bens Tante. »Allerdings wird ihm das nichts nützen.« Er lächelte Mercutio zu, der Lynn wie eine leblose Puppe im Arm hielt, während die willenlose Julia sich an ihn schmiegte und mit ihrem Brautschleier spielte.

»Wieso hast du ihm das Amulett gegeben?«, fragte Ben seine Tante.

Lynn sah ihn gebrochen an. »Das habe ich nicht. Er hat es mir entrissen. An jenem Morgen, als ich dich rief.«

»Da war doch niemand außer uns beiden im Zimmer.«

»Aber ich wusste, er würde kommen. Ich spürte es schon Tage zuvor, als ich an ihm schrieb. Ich wusste, es wäre besser, ihn aus meinem Roman zu löschen, doch ich konnte es nicht. Er hatte bereits zu viel Macht über mich gewonnen.«

»Und als ich weg war, ist er gekommen.«

Tante Lynn nickte. »Er stand plötzlich vor mir. Es gelang mir noch gerade, ein paar Worte für dich auf einen Zettel zu schreiben, dann hatte er mich schon gepackt.«

»Warum hast du mir nicht von ihm erzählt, als ich bei dir war?«

»Ich habe es versucht, aber du hast dich gewehrt.«

»Ich wusste doch nicht, was auf dem Spiel stand.«

»Ich habe es dir gesagt.«

Sie hatte recht. Und selbst wenn sie ihm von Gondar und seiner Bedrohung erzählt hätte, er würde es niemals geglaubt haben. Er konnte es ja selbst jetzt kaum glauben.

»Deine Schreie«, sagte er und hörte sie erneut. So wie damals, auf der Rückbank des Taxis in der Third Avenue. »Ihr habt miteinander gekämpft?«

»Ja«, sagte Lynn, der das Sprechen immer schwerer fiel. »Er hat versucht, mir das Amulett zu entreißen, aber ich habe es festgehalten. Dann hat er versucht, mich in seine Welt zu ziehen. Ich stolperte und stürzte auf die Kante des Schreibtischs …«

»… und dabei zerbrach das Amulett.«

»Ja. Gondar riss mich hoch. Er hatte nichts davon gemerkt.«

»Du hast das halbe Amulett zwischen die Seiten von *Romeo und Julia* gesteckt und das Buch ins Regal geschoben.«

Seine Tante nickte. »Wie ich das geschafft habe, weiß ich nicht mehr. Dann wurde alles schwarz um mich her…«

Sie atmete heftig. Sie brauchte Wasser, unbedingt. Aber Ben wusste, dass Gondar ihr nichts geben würde.

»Nun, da du alles weißt, sollten wir zum Abschluss kommen«, sagte Gondar.

»Ich hab Euch schon einmal gesagt …«

»Nicht so voreilig. Warte, bis du mein Angebot gehört hast.«

»Ich handele nicht mit Euch.«

»Ich dachte, du liebst deine Tante.« Er deutete auf das Pendel. »Mein neuestes Spielzeug. Ich habe den Einfall dazu von einem ihrer Kollegen, Edgar Allan Poe.«

Ben spürte, wie seine Knie weich wurden.

»Nun, was sagst du? Wollen wir es gemeinsam ausprobieren?«

»Das könnt Ihr nicht tun!«

»Kann ich nicht?« Gondar lächelte. »Wieso nicht?«

»Du darfst ihm deine Hälfte nicht geben, Ben«, stieß Lynn hervor. »Egal, was er mit mir macht.«

»Er wird sie mir geben, ganz sicher«, erwiderte Gondar.

»Nein, das wird er nicht. Niemals!« Sie sah Ben an. »Er hat Romeo, Robinson, Oliver Twist und all die andern zwar getötet, aber er hat sie nicht endgültig vernichtet.«

»Schweig!«, zischte Gondar, doch Lynn ließ sich nicht beirren. »Nur wenn er das ganze Amulett in Händen hält, wird sein Triumph unumkehrbar sein.«

»Entzückend«, gaukelte Gondar Belustigung vor. »Die Tante versucht, ihren Neffen an Mut noch zu übertreffen.« Er wandte sich an Ben. »Also, was ist? Gibst du es mir jetzt sofort oder wollen wir erst noch gemeinsam das Schauspiel genießen?« Er schnipste mit den Fingern. Mercutio zerrte Lynn zu einer Treppe, die von der Empore hinunter in den Saal und zu dem Pendel führte.

»Wartet!«, schrie Ben und griff nach dem Band an seinem Hals.

»Nein!«, rief Lynn. »Das darfst du nicht!« Sie riss sich von Mercutio los, warf sich gegen Gondar, griff nach dem Dolch in seinem Gürtel und stieß sich die Klinge bis zum Heft in die Brust. Röchelnd brach sie zusammen und stürzte von der Empore. Ben rannte zu ihr.

»Tante Lynn, nein …!«

Er hob ihren Kopf. In ihren Augen glomm ein kleiner Rest Leben. »Du musst die beiden Hälften des Amuletts zusammenführen«, flüsterte sie kaum hörbar. »Nur so gerät die Welt wieder zurück in ihr Gleichgewicht.«

»Du meinst, man kann all die Morde rückgängig machen?«

»Die Hälften … zusammen …« Blut lief ihr aus dem Mund. Dann war sie tot. Sie hatte sich selbst geopfert, damit Gondar Ben nicht mit ihrem Leben erpressen konnte. Er schaute auf. In ihm war nichts mehr als grenzenlose Wut.

Gondar stand zitternd am Rand der Empore und blickte auf ihn herab. »Gib es mir!«, zischte er.

»Nein!«, schrie Ben. »Niemals!«

Gondar drohte die Fassung zu verlieren, hatte sich aber sofort wieder unter Kontrolle. Seine zu einer Fratze verzerrten Züge entspannten sich, sofern man das bei einem Gesicht wie seinem sagen konnte. Sein Körper straffte sich. Dann packte er Julia am Arm und stieß einen hellen Pfiff aus. Unmittelbar darauf waren Schritte zu hören und aus einer kleinen Tür im Fels traten zwei seiner Schergen. Gondar deutete auf das Pendel. »Spânet die maid ein!«, befahl er in der Sprache der Schattenkrieger und stieß ihnen Julia entgegen.

Mercutio erschrak. »Was habt Ihr vor?«

Gondar antwortete nicht, wandte sich stattdessen wieder an Ben. »Du willst mit mir spielen? Also gut, spielen wir.« Er blickte zum Pendel hinüber. »Es ist in der Höhe verstellbar. Mit jedem Schwung sinkt es um einige Millimeter herunter. Seine Klinge ist schärfer als ein Samuraischwert und außerordentlich präzise.« Er machte eine kurze Pause, um seine Worte wirken zu lassen. »Ein wunderbarer Anblick, wenn sich das Fleisch teilt und das Blut zu sprudeln beginnt …«

»Das ist gegen die Abmachung!«, stieß Mercutio zitternd hervor. Er war bleich geworden.

»Ich bitte dich«, entgegnete Gondar ungerührt. »Das alles liegt doch nicht an mir, es liegt an deinem jungen Freund hier. Wenn er mir gibt, worum ich ihn bat, wird deiner Liebsten nichts geschehen.«

Daraufhin nickte er den Schergen zu, die Julia zu der Aussparung unter dem Pendel zerrten und sie mit Lederriemen an metallenen Ringen, die aus dem Boden ragten, festschnallten. Dann machten sie sich daran, Julia auszuziehen.

»Das dürft Ihr nicht!«, stammelte Mercutio.

»Hört auf!«, rief Ben.

»Aber nicht doch«, erwiderte Gondar. »Nur wenn der Körper bloßliegt, entfaltet die Klinge ihre magische Wirkung.«

Ein Wink von ihm und die Schergen machten weiter. Atemlos musste Ben zusehen, wie sie Julia mit ihren Schwertern das Kleid vom Leib schnitten, bis sie nackt und ungeschützt unter dem Halbmond lag.

Tu, was er will, schrie es in Ben, gib ihm das verdammte Amulett! Er spürte Gondar, fühlte, wie der dunkle Herrscher in seine Gedanken kroch, genussvoll seinen inneren Kampf beobachtete. Er sah, wie Gondar auf das Pendel schaute und langsam den Kopf hin und her zu wiegen begann. Mit Schrecken bemerkte Ben, wie das Pendel Gondars Kopfbewegungen folgte und anfing auszuschlagen; wie mit der zunehmenden Stärke von Gondars Kopfbewegungen auch das Pendel immer stärker schwang, bis das Schwingen auch zu hören war und surrend die Halle teilte. Noch war die Messerklinge am unteren Ende des Halbmonds eine Handbreit von Julias Körper entfernt, aber schon in wenigen Minuten würde sie den Leib der Länge nach zerteilen.

Gondar stoppte das Wiegen seines Kopfes, doch das Pendel schwang weiter.

»Beeindruckend, nicht wahr«, sagte er sanft. »Aber warte, bis es ihren Körper erreicht und seine Wirkung richtig entfaltet. Oder möchtest du mir vorher geben, um was ich dich bat?«

Ben schüttelte stumm den Kopf. Sein Geist, sein Körper, seine Seele – alles ein einziger Widerstreit. Er musste die beiden Teile des Amuletts wieder zusammenfügen, die Welt zurück ins Gleichgewicht bringen. Doch wie?

»Jetzt gib ihm schon deine verdammte Hälfte!«, schrie Mercutio Ben an. »Er wird sie sonst töten!«

Ben schaute hinüber zum Pendel. Nur noch wenige Zentimeter trennten die Klinge von Julias Brust. Gondars Schergen kamen auf ihn zu. Er musste etwas tun, sofort …

»Also gut«, sagte er und streifte sich das Lederband mit dem Oktagon über den Kopf. »Ich werde es deinen Männern geben.«

Was er vorhatte, war riskant, aber was hieß das schon angesichts seiner Situation.

Das Pendel schwang zwischen ihm und den beiden Schattenkriegern surrend hin und her. Die offene Handfläche mit dem Oktagon von sich gestreckt, ging er langsam auf die grauen Gestalten zu. Gondar und Mercutio waren in seinem Rücken. Jetzt kam es drauf an. Würde die Gier des dunklen Herrschers ausreichen, um in die Falle zu laufen?

Bitte, flehte er innerlich, bitte lass ihn das Signal geben …

Und Gondar gab das Signal. Jedenfalls kam einer der beiden Krieger auf Ben zu und blieb ihm gegenüber stehen. Wusch, sauste das Pendel zwischen ihnen hindurch, nur Zentimeter von Bens Hand mit dem Oktagon entfernt. Er streckte die Hand weiter vor. Der Schattenkrieger tat dasselbe. Aus den Augenwinkeln beobachtete Ben das Pendel. Der Schattenkrieger griff nach dem Band des Amuletts. Genau in diesem Moment zog Ben das Band. Die Hand des Schattenkriegers, der es weiter festhielt, wurde nach vorn gerissen und durch das heransausende Pendel mit einem glatten Schnitt vom Arm getrennt. Jetzt ging alles blitzschnell. Ben sprang auf den Verwundeten zu, zog ihm das Schwert aus der Scheide und rammte es ihm in die Brust. Röchelnd sank der Krieger nieder. Einen Fuß auf seine Brust gestellt, riss Ben die schwere Klinge wieder heraus und wandte sich dem zweiten Schergen zu. Der war zu überrascht, um zu reagieren. Ehe er nach seinem Schwert greifen konnte, war Ben schon bei ihm und spaltete ihm den Kopf. Dann löste er die abgeschlagene Hand vom Band des Oktagons und hängte es sich wieder um den Hals.

Ein Blick zu Julia. Das Pendel war kaum mehr einen Daumenbreit von ihrem Körper entfernt. Tu was! Ben wandte sich zu Gondar und Mercutio. Der dunkle Herrscher zitterte vor Wut.

»Ich will Eure Hälfte!«, forderte Ben.

»Du musst verrückt sein!«, zischte Gondar.

»Eure Hälfte!«

»Du musst verrückt sein!«, zischte Gondar.

»Ich sagte: Eure Hälfte!«

»Niemals!«

»Und wenn wir darum kämpfen?«

»Du willst mit mir kämpfen?«

»Traut Ihr Euch nicht?«

»Du glaubst wirklich, du kannst mich besiegen?«

»Ebenso wie Ihr glaubt, unbesiegbar zu sein.« Es gab nur eins, was Gondar bezwingen konnte: seine Eitelkeit, seine grenzenlose Überheblichkeit.

Gondar zögerte. Dann sprang er mit einem gewaltigen Satz zu Ben herunter. »Also gut, Menschensohn, lass uns kämpfen.«

Ben warf ihm eines der beiden Schwerter zu. Gondar fing es geschmeidig auf. Sie belauerten sich, schlichen umeinander herum wie Katzen, während das Pendel rauschte und Julia nur noch Millimeter vom Tod entfernt war.

»Halt es an!«, forderte Ben.

»Besiege mich«, erwiderte Gondar und ließ sein Schwert auf ihn niedersausen. Ben parierte den Angriff mit einer Körperdrehung und stieß seinerseits zielsicher zu. Die Klinge bohrte sich in Gondars Oberschenkel.

Ungerührt wich der dunkle Herrscher nach hinten aus. Kein Zeichen von Schmerz, kein Tropfen Blut, als die Klinge aus seinem Bein glitt. Mitleidig verzog er den Mund. »Es ist immer besser, sich vorher über seinen Gegner zu informieren. Sonst erlebt man bisweilen böse Überraschungen.«

Damit ging er wieder zum Angriff über.

Bens Arme begannen zu schmerzen, seine Knie zitterten. Er spürte, wie seine Kraft nachließ. Je müder er wurde, desto frischer schien Gondar zu sein. Ohne jedes Anzeichen von Anstrengung führte er einen Streich nach dem andern, tanzte Ben regelrecht aus. Jedes Mal, wenn die Schwertklingen gegeneinanderknallten, wurde es schwieriger für Ben, einem Treffer auszuweichen. Es war nur eine Frage der Zeit, bis ihn der dunkle Herrscher besiegt haben würde.

Aber Gondar konnte doch nicht unverwundbar sein. Irgendeinen Schwachpunkt musste er haben! Seine Gefühle, schoss es Ben durch den Kopf, es konnten nur seine Gefühle sein! Wo war der Sitz seiner Seele? Besaß er überhaupt eine? Sein Herz, seine Brust – wenn, musste er ihn dort treffen.

Konzentrier dich, Ben, nur noch dies eine Mal! Ein erneuter Blick hinüber zum Pendel. Die Klinge hatte mittlerweile Julias Körper erreicht, fuhr ihr unterhalb des Brustbeins ins Fleisch, hinterließ eine feine Linie aus Blut. Selbst wenn die rote Spur kaum sichtbar war – noch ein paar Schwünge des Pendels und sie würde den Knochen erreicht haben; ein paar Schwünge mehr und sie würde den Knochen durchtrennen …

»Respekt, junger Freund«, spottete Gondar, »du hältst dich tapfer.« Und schon führte er den nächsten Angriff, zwang Ben erneut zum Zurückweichen.

Ein Blick hoch zu Mercutio. Der starrte zu der Blutspur auf Julias Bauch. Er schien wie von Sinnen, dabei völlig reglos, erstarrt in Fassungslosigkeit. Begriff er gar nicht, was vor sich ging, oder lähmte ihn nur seine Scham?

»Wach auf, Mercutio, er tötet sie!«

Keine Reaktion des Veronesers. Es war, als würde Bens Aufforderung ungehört durch ihn hindurchdringen.

Du verdammter Scheißkerl! Zorn machte sich in Ben breit, grenzenloser Zorn. Ein letztes Aufbäumen vor der unvermeidlichen Niederlage. Er stürmte vor, unvermittelt und völlig ungedeckt. Mit der Verzweiflung des Kapitulierenden holte er aus, ließ die Klinge seines Schwerts nach vorn schnellen, riss sie dabei hoch und stieß zu.

Er traf Gondar unterhalb des Herzens.

Auch wenn der Stoß nicht tief gegangen war – endlich zeigte

Bens Angriff Wirkung. Der dunkle Herrscher schien überrascht, geriet ins Wanken, hatte Mühe, sich auf den Beinen zu halten. Ben zog das Schwert zurück. An seiner Spitze klebte Blut. Er hatte Gondars wunden Punkt gefunden.

Aber was nutzte ihm das? Nichts, gar nichts. Denn Gondars Erstaunen verwandelte sich in unbändige Wut. Seine Waffe hin und her schwingend, stürmte er auf Ben zu und schlug ihm das Schwert aus der Hand. Es sauste durch die Luft und landete klirrend vor Mercutios Füßen. Der hob es auf, starrte darauf. Im selben Augenblick verlor Ben das Gleichgewicht und stürzte rücklings zu Boden. Das war das Ende. Gondar trat zu ihm und setzte ihm das Schwert auf die Brust. »Es tut nicht weh, du wirst nicht leiden.«

»Haltet das Pendel an, ich bitte Euch.«

»Warum sollte ich?«

»Sie hat nichts damit zu tun.«

»O doch, das hat sie. *Romeo und Julia* – im Tode vereint. Eine kleine Geste, nicht mehr. Eine großzügige Verbeugung vor ihrem und meinem Schöpfer.«

»Sie stirbt, Mercutio, hörst du mich? Sie stirbt!«

Der Stoß traf Gondar völlig unvorbereitet. Ein leichtes Stöhnen, nicht mehr. Er starrte auf die Klinge, die ihn von hinten durchbohrt hatte und in Höhe seines Herzens vorn wieder ausgetreten war. Die Spitze war mit Blut besudelt. Eine Hand legte sich von hinten auf seine Schulter. Gondar wandte sich um, der Hand entgegen – und schaute in Mercutios Augen. Kalt blickten sie ihn an, die Lider zuckten kurz, als er die Klinge wieder herauszog. Mercutio atmete heftig, seine Tat musste ihn furchtbare Überwindung gekostet haben. Eine Hand auf seine tödliche Wunde gepresst, blieb Gondar reglos stehen, sein Schwert noch immer auf Bens Brust. Dann, mit einer unvermittelten Bewegung, schwang er herum und schlug seinem Mörder den Kopf ab. Sein letzter Streich – das Schwert glitt ihm aus der Hand. Er blickte dem über den Boden springenden Kopf des Veronesers hinterher, ehe er mit irrem Lachen auf die Knie ging und über Ben zusammenbrach. Der wälzte sich unter dem Sterbenden hervor, riss ihm das halbe Oktagon vom Hals, rappelte sich hoch.

»Julia!«

Das Pendel durchdrang ihren Körper inzwischen fingerbreit. Ihr Brustbein knirschte leise. Es war zu spät.

Du musst die Hälften zusammenfügen!, hörte Ben in sich die verlöschende Stimme seiner Tante. Die Welt musste zurück ins Gleichgewicht.

Seine Hände zitterten, als er die beiden Teile des Oktagons aneinanderführte. Dann, als sich die Hälften endlich berührten, erfüllte ihn eine Kraft, wie er sie noch nie gespürt hatte.

»Julia!«

Er packte das Schwert, hieb die Riemen durch, mit denen die Sterbende gefesselt war, riss ihren blutenden Körper unter dem Pendel hervor, drehte ihren Kopf zu sich, küsste sie.

Lebe, Julia, lebe!

Er spürte die Kraft durch sich hindurchströmen, fühlte sie von sich zu ihr gleiten und sah, wie sie die Augen aufschlug. Julia schaute ihn an. Kein Anflug von Schmerz, keine Spur von Verwundung. Nur friedliche Ruhe.

»Ben?«, sagte sie leise. »Bist du das …?«

Dann war nur noch Rauschen um ihn.

42

Kein Oben, kein Unten. Farben, die wild ineinanderliefen. Formen, die sich auflösten. Sein Körper wirbelte umher. Erinnerungsfetzen: der Schwung des Pendels, die Schärfe des Messers, das Zittern von Haut. Die reglos daliegende Lynn, Gondars Dolch in ihrem Bauch, das Blut in ihrem Mund …

Julia! Er versuchte ihr Gesicht zu erkennen, es gelang ihm nicht. Alles verschwamm, keine Klarheit mehr, nichts, woran sein Blick sich festhalten konnte. Dann, von einer Sekunde zur andern, war es vorbei …

Stille.

Fester Boden unter den Füßen. Eichenparkett. Ein Fischgrätmuster mit darin eingelegten kleinen Quadraten aus Ebenholz. Moment mal – er kannte dieses Parkett. Er sah sich um. Die vertrauten Regale, der Schreibtisch aus dunklem Holz, der Geruch der Bücher. Er war in Tante Lynns Bibliothek. Und in seiner Hand hielt er das Amulett, achteckig und vollkommen, als wäre es nie zerbrochen gewesen …

»Ben?«

Sie war da! Er drehte sich zu ihr um. »Julia?« Gott sei Dank, sie lebte und war unversehrt.

»Wo sind wir?«, fragte sie.

»Zu Hause«, sagte er, als wäre es das Selbstverständlichste von der Welt. Er nahm sie in den Arm, roch an ihrem Haar. Es duftete. Alles an ihr schien zu duften. Sie sah ihn an. Ihre Augen waren blau und tief wie das Meer. Ihre Fingerspitzen berührten sein Haar, glitten über seine Stirn, zeichneten die Form seiner Augenbrauen nach. Ihre Lippen näherten sich seinen, sie schloss die Augen. Er blickte sie weiter an, spürte ihren Mund auf seinem Mund – und flog davon. Ein Gefühl, als ob er seine Hand öffnen würde und darin läge ein funkelnder Diamant, alles wäre gut und nichts Böses mehr auf der Welt. Kein Raum, keine Zeit, kein Denken – nur Julia und er und nichts mehr, das dazwischenstand, kein Gondar, kein Mercutio, kein … Romeo! Sein Name wie ein Erschrecken. Er schlug die Augen auf. Sie schaute ihn an, als wüsste sie genau, was er gerade gedacht hatte.

»Pssst!«

Sie legte einen Finger auf seine Lippen und küsste ihn erneut. Und wieder war alles gut und er fühlte sich wie der glücklichste Mensch auf Erden.

Etwas strich um seine Beine. Mr Oz!

»Hey, Ozzie.«

Der Kater miaute.

»Entschuldige bitte«, sagte Ben und nahm ihn hoch. »Julia – Mr Oz, Mr Oz – Julia.«

»Hallo, Mr Oz«, sagte Julia und streichelte über Ozzies rot getigertes Fell. Der Kater begann zu schnurren.

»Er mag dich«, sagte Ben.

»Glaubst du?«

»Ich weiß es.«

Sein Blick fiel auf den Schreibtisch seiner Tante. Ihr Stuhl, die Tastatur ihres Computers, der Zettel, den sie ihm geschrieben hatte …

»Tante Lynn!«, sagte er leise.

Etwas stach in sein Herz. Sie hatte es nicht geschafft. Aber warum war dann Julia hier? Das konnte nur am Amulett liegen. Daran, dass er es zusammengefügt hatte. Und Emma Bovary und

Robinson und Freitag und all die anderen Figuren? Was war mit denen? Nachdenklich betrachtete er das Oktagon.

»Was ist denn, Ben?«

»Ich …«

»Ja?«

»Warte!«

Er lief zum Regal mit den Lieblingsbüchern seiner Tante. *Moby Dick*, *Robinson Crusoe*, *Das Herz der Finsternis*, *Don Quijote*, *Die Leiden des jungen Werther*, *Faust*, *Gullivers Reisen*. Die Werke standen unschuldig in Reih und Glied, als wäre nichts geschehen.

Bens Hand zitterte, als er wahllos eines der Bücher herausgriff: *Oliver Twist*. Seine Augen flogen über die Zeilen. Bitte lass mich ihn finden. Da war er, Oliver, so wie er ihn kennengelernt hatte, seine Mütze schräg auf dem Kopf, und da war auch Fagin, der alte Gauner. Erleichterung machte sich in Ben breit. Sie lebten!

»Was machst du denn da?«

»Sie sind wieder da.«

»Wer? Wovon sprichst du?«

Sie blickte ihn ahnungslos an. Mein Gott, Julia! Sie wusste es ja nicht, natürlich wusste sie es nicht. Für sie gab es nur eine Welt. An der maß sie ihr Leben und alles, was sie erlebt hatte auf ihrer Reise durch die Welt der Bücher. Wahrscheinlich hielt sie das alles für einen Traum oder ein Wunder. Dass sie jetzt hier mit ihm in der Bibliothek seiner Tante stand und ihm beim Durchblättern von Romanen der Weltliteratur zusah – für sie war es nur eine Fortsetzung ihres gemeinsamen Abenteuers, während es für ihn … Was war es eigentlich für ihn? Endpunkt? Neuanfang? Die Rückkehr in sein altes Leben?

Die Sehnsucht nach seiner Tante überfiel ihn mit einer Heftigkeit, die ihm den Atem nahm. Warum musstest du sterben, Lynn? Wegen all dieser Bücher und Geschichten, gab er sich selbst zur Antwort. Seine Tante war die Hüterin der Literatur gewesen. Sie hatte ihre Aufgabe erfüllt. Jetzt war die Reihe an ihm.

Und Julia? Die Liebe zu ihr besetzte jede Zelle seines Körpers, ließ ihn lächeln und sehnen … Aber was sollte aus Romeo werden? Was aus der größten Liebesgeschichte aller Zeiten? Die Weltliteratur würde entscheidend ärmer sein ohne die Liebe zwischen Romeo und Julia.

»Warum schaust du so traurig?«, fragte Julia ängstlich.

»Ich …«

»Liebst du mich?«

»Ja, das tue ich.«

»Warum freust du dich dann nicht?«

Er schaute sie lange an. Als könne er sie auf diese Weise für alle Zeit in seine Seele brennen. Den Schwung ihrer Schultern, die Farbe ihrer Augen, den Duft ihrer Haut …

Sie hatten alles zusammen erlebt, hatten jede Gefahr gemeinsam gemeistert. In seinem Kopf drehten sich die Gedanken, wirbelten die Gefühle umher wie die Schneeflocken auf dem Schlachtfeld in *Krieg und Frieden*. Er sah das Gesicht von Bolkonski vor sich, es glich so sehr dem von Romeo …

»Ben!«

Ben sah sich um. Wo war Shakespeares Stück? Wo hatte er die Ausgabe abgelegt, als seine Reise begann? Dort, auf dem Schreibtisch, neben dem unfertigen Manuskript seiner Tante. *Romeo und Julia*, in Leder gebunden. Er schlug das Buch auf, irgendwo im dritten Akt – und fand, was er befürchtet hatte: Romeo war da, lebte in den Zeilen wie eh und je, schwarz auf weiß; eine Julia aber gab es nicht mehr in den Straßen von Verona, wie auch – sie stand ja hier bei ihm im Haus seiner Tante in New York in der Morton Street.

Er wollte sie nicht verlieren. Zum ersten Mal liebte er wirklich. Und doch … Sag es ihr, Ben, halt sie nicht hin. Du hast kein Recht dazu, ihr etwas vorzumachen.

»Es gibt da etwas, das ich dir erklären muss«, sagte er leise und klappte das Buch zu.

Sie spürte sofort, dass etwas nicht stimmte. »Du willst mich doch nicht etwa fortschicken?«

»Es geht nicht darum, was ich will oder nicht.«

»Aber eben war doch noch alles gut …«

Eben, Julia, aber nicht jetzt, sagte er stumm vor sich hin. Die Dinge sind nicht, was sie scheinen. Es ist nicht meine Entscheidung, es liegt nicht in meiner Hand! Es fiel ihm schwer, weiterzusprechen.

»Du musst zurück nach Verona«, sagte er schließlich und konnte seine Tränen kaum zurückhalten.

»Was?«

»Es … es geht nicht anders.«

»Aber warum?«

Der Ausdruck in ihren Augen brach ihm das Herz. Nicht noch einmal so ein Verlust, sagte dieser Ausdruck, nicht noch einmal das durchleiden, was ich nach Romeos Tod durchlitt …

»Lass mich bei dir bleiben«, flehte sie.

Was soll ich dir darauf sagen, Julia? Dass du eine Kunstfigur bist? Die geniale Erfindung eines englischen Dichters? Wie könnte ich dir je erklären, dass wir in verschiedenen Welten leben? Wie würdest du reagieren, wenn ich jetzt mit dir hinausginge in die Straßen von New York mit seinen Hochhäusern, seinen Autos, seinem Durcheinander aus Sprachen und Kulturen?

»Julia!«, flüsterte er.

»Bitte, Ben!«

Ich darf das nicht, verstehst du? Ich muss dich zurückgeben, auch wenn ich alles dafür gäbe, mit dir zu leben. Und selbst wenn du dich an diese Welt gewöhnen könntest, so würdest du irgendwann doch erfahren, dass Romeo lebt, und mich hassen dafür, dass ich es dir nicht gesagt habe …

»Wenn du wüsstest, wie sehr ich mir wünsche, mit dir zusammenzubleiben«, sagte er. »Wenn du auch nur den Schatten einer Ahnung hättest, was du mir bedeutest …«

»Ich liebe dich, Ben!«

»Ich liebe dich auch – aber … es geht nicht.«

»Warum nicht?«

»Weil … weil er lebt …«

»Wer?«

»Das Amulett hat ihn ins Leben zurückgeholt.«

»Von wem sprichst du?«

»Von Romeo.«

»Was redest du denn da?« Ihre Mundwinkel zitterten, dann schrie sie los: »Warum tust du mir das an? Warum?«

Noch einmal zweifelte er. Was würde ihr in Verona bevorstehen? Sie würde sich am Ende von Shakespeares Tragödie selbst umbringen. Konnte er das wirklich zulassen? Oder musste er es sogar zulassen? Er drückte sie an sich, bis ihr Schluchzen schließlich verstummte. Er spürte ihr Herz schlagen, fühlte ihren Atem an seiner Brust.

»Lass mich nicht los«, flüsterte sie.

»Nein«, sagte er.

Lange standen sie so da, bis sie schwer wurde in seinen Armen. Sie war eingeschlafen. Vorsichtig löste er sich von ihr, trug sie hinüber zum Sofa, legte sie behutsam ab.

Dann schlug er die *Romeo-und-Julia*-Ausgabe seiner Tante ein letztes Mal auf. Er nahm Julias Hände, legte sie auf die Buchseiten. Julia seufzte leise im Schlaf.

Seine Augen füllten sich mit Tränen. »Mach's gut«, flüsterte er und berührte ihre Hand mit dem Amulett …

Er blieb lange reglos sitzen, die Augen geschlossen, auf dem Schoß den Kater seiner toten Tante. Er fürchtete sich vor dem Moment, in dem Julia verschwinden würde, aber als er kam, spürte er ihn nicht. Als er die Augen wieder aufschlug, war ihr Platz auf dem Sofa leer.

Er nahm das Amulett in beide Hände und betrachtete es. Er dachte an Julia, wie er sie zum ersten Mal gesehen hatte, wie sie sich gegenseitig Wasser in die Gesichter gespritzt hatten auf Robinsons Insel, wie sie ihn angeschaut hatte auf der Liege im Behandlungszimmer von Doktor Bovary …

Müde, aber entschlossen stand er auf, ging hinüber zum

Schreibtisch, setzte sich auf Lynns Stuhl. Er wartete darauf, zusammenzubrechen. Doch das geschah nicht. Zum ersten Mal in seinem Leben war er allein, ohne einsam zu sein.

Was jetzt? – Weißt du das nicht längst, Ben? – Doch, Tante Lynn, ich weiß es. – Da war eine Geschichte, eine unglaubliche Geschichte, seine Geschichte …

Warum fängst du nicht an, Ben? – Ich habe noch nie geschrieben, ich kann das nicht. – Doch, Ben, du kannst es!

Er atmete tief durch, schaltete erst den Computer, dann die Schreibtischlampe an und legte die Finger auf die Tastatur. Er zögerte, ehe er langsam zu tippen begann …

Eine Hand legte sich auf seine Schulter. Erschrocken drehte er sich um und schaute in das Gesicht seiner Tante.

»Wie ich sehe, hast du deine Aufgabe angenommen«, sagte sie.

»Aber du bist doch …«, stammelte er. »Ich habe doch gesehen, wie du …«

»Weißt du noch, was ich dir vor ein paar Tagen hier in diesem Raum über die Wirklichkeit gesagt habe?«

»Du meinst, dass nicht nur das wirklich ist, was man sieht?«

»Genau das meine ich«, sagte sie und zwinkerte ihm zu.

Sie schaute auf den Monitor:

La corrida – der Stierkampf, el toro – der Stier, el matador – der Stiertöter … Ben versuchte zu frühstücken und gleichzeitig Spanischvokabeln zu lernen, als ihn ein Klingeln zusammenzucken ließ. Glocke Nummer drei hatte angeschlagen – die Bibliothek. Er blickte hinüber zu dem Kasten aus Eichenholz. Die Anlage bestand aus einem ausgeklügelten System von Schnüren und Drähten, die hier in der Küche zusammenliefen.

»Vergiss es, Tantchen. No chance!«

Es klingelte erneut. Lynn war ein verflucht zäher Knochen. Immer sollte er nach ihrer Pfeife tanzen. Aber damit war jetzt Schluss!

Das Buch

Die Welt der Literatur ist in Gefahr: Gondars Schergen meucheln Helden, zerstören Schauplätze und löschen die Erinnerung an ferne Zeiten. Nur – wer ist dieser Gondar? Die berühmte Schriftstellerin Lynn aus New York will Don Quijote, Kapitän Ahab wie auch Romeo und Julia retten, da sie ihr so viel bedeuten. Doch sie unterliegt Gondar und ist plötzlich wie vom Erdboden verschluckt. Ihr fünfzehnjähriger Neffe Ben nimmt mithilfe eines Amuletts ihre Spur auf. Er gelangt in das Verona Romeo und Julias, wo er Zeuge des Mordes an Romeo wird. In allerletzter Sekunde rettet er Julia vor den Häschern Gondars. Mit ihr und Romeos Freund Mercutio setzt er seine Reise durch die aufregende Welt der literarischen Abenteuer fort – immer auf der Suche nach seiner Tante und dem Rätsel der Zerstörung dieser Welt. Dann nimmt Gondar ihn und seine Freunde ins Visier – eine atemlose Verfolgungsjagd beginnt!

Die Autoren

Christoph Wortberg, 1963 in Köln geboren, ist Schauspieler (u. a. *Lindenstraße*) und arbeitet als Drehbuchautor für Film und Fernsehen (u. a. *Großstadtrevier, Der letzte Zeuge, Tatort*). Seit 2004 schreibt er Romane für Jugendliche. 2007 wurde er mit dem Hansjörg-Martin-Kinder- und Jugendkrimipreis ausgezeichnet.

Manfred Theisen, 1962 in Köln geboren, forschte für das deutsche Innenministerium in der Sowjetunion, gründete einen Entwicklungshilfe-Verein in Äthiopien, arbeitete als Redakteur und leitete eine Kölner Zeitungsredaktion, bevor er Autor von Jugendromanen wurde. 2005 wurde er mit dem Karl-Simrock-Jugendbuchpreis ausgezeichnet.

Beide Autoren leben mit ihren Familien in Köln. 2006 veröffentlichten sie gemeinsam das Jugendbuch *König der Welt.*

Artemis Fowl
Die verlorene Kolonie

352 Seiten. Gebunden mit Schutzumschlag.
ISBN 978-3-471-77280-5

Dämonenalarm! –
Der neue Artemis Fowl

Kehren die Dämonen auf die Erde zurück? Jahrtausendelang lebten sie auf der Insel Hybras in einer Zwischenwelt, doch nun werden mehr und mehr dieser mondsüchtigen Wesen auf der Erde gesichtet. Eine Bedrohung für die Menschen und Unterirdischen? Artemis Fowl ist zutiefst beunruhigt. Nur wenn es ihm gelingt, einen der Dämonen zu fangen, wird er Gewissheit über ihre Pläne bekommen. Doch gerade als er auf Sizilien zuschnappen will, kommt ihm Minerva Paradizo, ein zwölfjähriges, ungewöhnlich kluges Mädchen, zuvor. Eine rasante Verfolgungsjagd beginnt, bei der Minerva und er schon bald auf derselben Seite kämpfen. Gemeinsam gelingt es ihnen, die zornigen Wesen zu bannen. Doch Artemis gerät dabei selbst in die Zwischenwelt.